民國文化與文學_{研究}文叢

十二編

李 怡 主編

第 **14** 冊

艾蕪與文化中國——紀念艾蕪誕辰 115 週年
第一屆國際學術研討會論文集（下）

本書主編 李怡、周文

國家圖書館出版品預行編目資料

艾蕪與文化中國——紀念艾蕪誕辰 115 週年第一屆國際學術研
討會論文集（下）／本書主編 李怡、周文 -- 初版 -- 新北市：
花木蘭文化事業有限公司，2020〔民 109〕
目 4+194 面；19×26 公分
（民國文化與文學研究文叢　十二編；第 14 冊）
ISBN 978-986-518-249-6（精裝）
1. 艾蕪 2. 學術思想 3. 中國文學 4. 文集
820.9   109011006

特邀編委（以姓氏筆畫為序）：

ISBN-978-986-518-249-6

丁　帆	王德威	宋如珊
岩佐昌暲	奚　密	張中良
張堂錡	張福貴	須文蔚
馮　鐵	劉秀美	

民國文化與文學研究文叢
十二編　第十四冊　　　　　　　ISBN：978-986-518-249-6

艾蕪與文化中國——紀念艾蕪誕辰 115 週年
第一屆國際學術研討會論文集（下）

本書主編　李怡、周文
主　　編　李怡
企　　劃　四川大學大文學學派項目組
總 編 輯　杜潔祥
副總編輯　楊嘉樂
編　　輯　許郁翎、張雅淋　美術編輯　陳逸婷
出　　版　花木蘭文化事業有限公司
發 行 人　高小娟
聯絡地址　235 新北市中和區中安街七二號十三樓
　　　　　電話：02-2923-1455／傳真：02-2923-1452
網　　址　http://www.huamulan.tw 信箱 hml 810518@gmail.com
印　　刷　普羅文化出版廣告事業
初　　版　2020 年 9 月
全書字數　335581 字
定　　價　十二編 14 冊（精裝）台幣 36,000 元　　版權所有‧請勿翻印

艾蕪與文化中國——紀念艾蕪誕辰 115 週年
第一屆國際學術研討會論文集（下）

李怡、周文　主編

目

次

三、地方、經驗與文學

艾蕪抗戰小說的巴蜀文化氣韻

陳思廣　　劉笛

摘要：

　　艾蕪的抗戰小說具有濃鬱的巴蜀文化氣韻。如《山野》在藝術手法上，作家或通過敘述者對敘述手法與敘述時間的控制，即通過插入停頓、重複敘述、倒述等手段，改變文本的敘述時長，形成緩慢勻緩的速度與節奏，契合巴蜀之人安逸閒適與自由散漫的性情；或以簡單的幾個人物勾畫出一場耿直燥辣、愛恨分明、充滿激情的山地戰，映現巴蜀兒女耿直燥辣、愛拼敢闖的人物性格。在人物塑造上，艾蕪以蜀地民兵、榮歸軍人、逃兵以及難民等，構成了其抗戰小說的人物全圖，其中，又以榮歸軍人塑造最具特色。在小說意象的營建上，艾蕪選取了具有典型巴蜀文學氣韻的「洄水沱」意象，將表面上緩和平靜，實則暗流洶湧，匯污積垢、殺機四伏的巴蜀特性表現得淋漓盡致，使艾蕪的抗戰小說呈現出特有的巴蜀文化氣韻，煥發出獨特的藝術魅力。

關鍵詞：艾蕪；抗戰小說；巴蜀文化氣韻

　　談及艾蕪，人們自然而然地聯想起他的《南行記》，甚至會情不自禁地將「漂泊」「流浪漢」「浪漫主義」等詞語加之於他，這固然反映了艾蕪留給讀者的深刻印象，但我們也想說，這在某種程度上也暴露出讀者對艾蕪創作理解的偏疏。因為艾蕪不僅是一位「漂泊作家」，一位「中國現代流浪漢小說」的開拓者，還是一位抗戰小說家，一位巴蜀文化氣韻的自覺踐行者，特別是當我們整體審視艾蕪的抗戰小說時，這種感受顯得愈發強烈而清晰。

一、《山野》的游擊戰書寫與巴蜀文化氣韻

四川盆地和成都平原獨有的地理特徵決定了巴蜀人自給自足的農耕生活模式，並給予了相對富庶、寬鬆的生存環境，同時四面環山的地理環境在無形中阻隔了國家權力、國家文化對巴蜀地區的滲透與束縛。可以說在相當長的一段時間之內，巴蜀文化和其經濟模式一樣，在國家文化（儒家傳統文化）的邊緣地帶，自給自足地蓬勃發展。這就勢必會形成一種安逸閒適、自由散漫的生存景觀，形成「文化性格上相對保守、封閉，缺乏努力創新之激情的特點」〔註1〕。但燥辣、耿直的「巴蜀性格」，少受禮教綱常桎梏而可以較快接受新奇事物、文化的特點，又使四川人往往敢於衝破盆地的封鎖，去追求和獲得更為廣闊的視野與價值觀，並以之作為邏輯基點來反觀、自省本土文化之優劣。所以，一面是安逸閒適與自由散漫，一面是耿直燥辣與愛拼敢鬧，共同構成了巴蜀之地的文化氣質之特點。表現在《山野》中，就呈現出如下特點：

（一）通過敘述者對敘述手法與敘述時間的控制，即通過插入停頓、重複敘述、倒述等手段，改變文本的敘述時長，形成緩慢勻緩的速度與節奏——這恰與巴蜀之人安逸閒適與自由散漫的性情相契合。《山野》的故事是描寫吉丁村在一天一夜裏的抗日游擊戰生活。這看似短篇小說的題材，硬是被艾蕪寫成了三十多萬字的「長篇巨製」。那麼，艾蕪是怎樣控制文本時間使其形成「長制」呢？最常用的藝術手法就是穿插停頓。例如在 16 章結尾處，寫美珍和阿棟離開「軍營」，開始返家。21 章寫阿岩與村長韋茂和失和，氣憤地奪馬，準備和阿龍離開吉丁村。到了 23 章的時候，騎馬離開的阿岩和阿龍才遇上從「軍營」往家回的阿棟和美珍。即小說的第 17～22 章實際上是一個信息量龐大的穿插段，利用的就是美珍和阿棟從「軍營」返家的這段時間（16～23 章），這段回家之路在文本中完全沒有被提到，也就是說，沒有預定情節，作家全部用來作為其他事件的穿插。對於文本設定的一天一夜的總時長來說，這一段「返家時間」所佔用的比例很小，但輸出的情節量卻非常豐富（當然還有一個不宜重複計算的 21～23 章之間的小插入）。同樣的例子還有，第 22 章末尾寫徐華峰提出與韋茂和同去黑虎關查看情況，第 25 章才寫他們到達了黑虎關。中間的第 23 章就是一個插

〔註 1〕李怡、肖偉勝主編：《中國現代文學的巴蜀視野》，巴蜀書社 2006 年版，第 18頁。

入（24章為倒述）。從第26章開始直到第28章（第二部結束），都是描寫吉丁村的民兵與敵人作戰的場景，第27章交待阿勁、阿樹受困，第28章交待徐華峰生死未卜，第三部的29、30（部分倒述內容）、31、32章則又是一個多內容的插入，直到在32章的「下半闋」三人分別被阿龍找到（中間省去了描寫阿勁和徐華峰是怎樣脫困、阿樹是怎樣死亡的情節，只用美珍與美玉去前線的情節取而代之），文本的敘述時間得以延長。除了插入停頓外，倒述也是延長文本時段的好辦法。從第5章伊始，敘述者先用了一個不太標準的技術性重複，即運用韋茂廷的視角簡要重複了第4章韋茂和與長松見面的事件，隨後就以倒述的方式，講述他和長松、長桃兩兄弟的過節。第11章長松給美珍和阿棟介紹礦工隊的歷史、第30章倒述美珍從野豬嶺回來以後辦托兒所的事宜等，也是如此。倒述所起的作用就是補充歷史信息，讓情節或人物象在開始敘述之前就真實存在，一直延續到現在一般，省去了花費正敘時間去描述不太重要的信息的敘述時長。如果沒有穿插和重複或是倒述，完全按線性時間來敘述的話，《山野》或許會因為沒有起承轉合、沒有懸念設置、沒有欲揚先抑而變得味同嚼蠟，難以下嚥，這與巴蜀之地重趣味逸致的文化性格也顯然不符。因此，表面看來，這是艾蕪處心積慮地運用多種敘述手法拉長一個原本並不複雜的故事，實際上是巴蜀文化氣韻潛移默化的結果。

　　（二）以簡單的幾個人物勾畫出一場耿直燥辣、愛恨分明，充滿激情的山地戰，刻畫出巴蜀兒女耿直燥辣、愛拼敢闖的人物性格。小說寫的是一場游擊戰，戰鬥開始時，阿樹和阿勁正準備去巡邏，原本指望著阿岩帶領隊伍打響伏擊戰，但由於日本鬼子出現太快，阿岩的隊伍正在陳家鎮截擊另外的敵軍，阿勁、阿樹、阿壽便與敵人展開了近身戰。不久阿壽犧牲，阿樹被擊中手臂暴露了位置，陷入與敵人的肉搏之中。千鈞一髮之際，阿勁顧不得渾身的劃傷，從死亡線上將阿樹救回，這種在生死線上本能地爆發出的耿直俠義的戰鬥精神，就是巴蜀文化氣質中耿直燥辣的具體呈現。隨後，阿勁考慮到阿樹的傷勢以及心理創傷（差點被敵人扼喉管致死），讓阿樹趕緊離開，留他自己與敵人抗衡：

　　　　阿樹聽見阿勁這麼地說，便又不忍地低下了眼睛。

　　　　「那麼我也不走了！」

　　　　「不可以的，你帶傷了！」

　　阿勁堅決要阿樹走開，一面偕抬頭往上面瞧了一瞧。阿樹抬起頭來在慘痛的神色中，竭力鼓起勇氣說：

　　「沒相干！我右手還可以用手槍打仗。」

　　「不成！」阿勁迅速地搖一下頭。「你一定走吧！」接著又指一下阿樹手裏拿著的手槍，「你這點子彈打完了又怎麼辦？快點走了吧，你留著，倒使我擔心！」〔註2〕

　　阿勁和阿樹既是戰友又是朋友又是哥弟，他們互相體諒，粗中有細，又互相角力，敢愛敢恨，雖都不言明，但是早已將生死置之度外，願意為朋友為國家犧牲，像是兩個耿直仗義、充滿豪俠之氣的孤膽英雄。仗義豪俠的孤膽英雄還得算上小知識分子徐華峰，當他得知阿勁、阿樹和阿壽身陷險境，又被阿棟拒絕援救後，一激之下帶著另外三個戰士前去支持。徐華峰只是一介從未玩過槍桿子的書生，在危難關頭不計後果地自告奮勇，就是一種慷慨激昂的英雄主義氣概。擁有這種耿直精神的還有阿岩，因為貧困，阿岩一直被吉丁村許多人物所排斥，他幾乎是半被迫著離開吉丁村投靠長松的礦工隊的，但他還是願意救吉丁村於水深火熱中。正是艾蕪將深植於心的巴蜀大地的生存體驗、川人特立獨行的文化性格，融會貫通在他筆下的正面人物靈魂中，才使他們的性格既活靈活現，又透發著濃鬱的巴蜀文化氣韻。

二、民兵、榮歸軍人、逃兵與難民：艾蕪抗戰小說的人物形象

　　艾蕪抗戰小說的巴蜀氣韻不僅表現在藝術手法與巴蜀氣質的高度契合上，還表現在艾蕪對蜀地民兵、榮軍者、逃兵以及難民的形象塑造上。這幾類人物交織在一起，構成了艾蕪抗戰小說的人物全圖。

　　民兵是一種群眾性的、不脫離生產的人民武裝組織。《山野》中吉丁村的民兵都是當地的農民，他們沒有精良的裝備，也沒有受過正規軍的素質訓練。時代的巨輪將他們推到抗戰的最前線，他們只能放下鋤頭，扛起刀槍，保一方水土。只不過，他們的愛國主義意識較為淡薄，功利目的比較強烈——確保自己的土地、莊稼、房產、妻兒不受侵害。阿棟就是這樣一個人。在吉丁村的民兵組織中，阿棟是個小領導，他雖然有點血性，內心尚有一點愛國意識，但自私自利，做任何事都喜歡權衡得失，不願意承擔

〔註2〕艾蕪：《山野》，文化生活出版社1948年版，第309～310頁。

任何責任，更不願意冒風險犧牲，他趨炎附勢也不團結其他戰友，只在確保自己利益不受損的情況下，完成可以討好的工作，是一個聰明的投機主義者。同時，他還對讀書人抱有敵意，認為他們又狡猾又有脾氣，不值一提。游擊戰打響時，他的第一反應就是撤退，在徐華峰需要他協助去解救被圍困的同伴時，他卻自私地拒絕了。老實巴交的阿壽，本能性地恐懼戰爭，恐懼死亡。由於內心的空虛，阿壽始終處於無奈、被迫與懼怕之中。剛開始作戰時，阿壽非常害怕，可不久就被戰鬥激發出了混合著愛國主義和英雄主義的大無畏氣概，最後英勇犧牲。與阿棟、阿壽的寫實性不同，阿勁、韋長松這兩位民兵形象更具有象徵意義。阿勁是民兵中的尖兵代表，沉著冷靜，有勇有謀，愛國且個人英雄主義傾向濃烈；韋長松是吉丁村民兵組織與外來武裝力量聯繫的橋樑，也是讓吉丁村從封閉走向開放的一個破牆者，是屬於德智兼備的民兵領導。雖然作家對阿勁與韋長松的刻畫有待鮮明，但所傳遞的意蘊卻明瞭清晰。

榮歸軍人是艾蕪抗戰小說中人物塑造上最具特色的一類形象。《重逢》中的潘雄輝是個可悲可歎的榮歸軍人，憑著運氣沒在戰爭中喪命，因得了一筆款子而有了底氣。他沒有榮歸軍人本該有的尊嚴和自律，反而因為有錢的打點馬上投入到魯德清為他安排的享樂中，沒想到飯局中招來的陪酒女裡，竟有自己的老婆芸香，他氣急敗壞，大打出手，最後被憲兵抓走，上演了一出讓人哭笑不得的悲喜劇。潘雄輝無論如何也沒有料到，大家重逢在一個黑白顛倒的世界：軍人丟失了自己的氣概，像個無恥流氓；抗屬無人照顧，淪為娼妓，可悲可歎。《故鄉》中的廖進伯，曾經一度帶兵打仗，現在因事歸鄉，是一個有一定眼界和思想的榮歸軍人。所以他在「故鄉」，既是一個實力派，也是部分青年的思想領袖。隨著時間的推移，廖進伯的私欲和野心逐漸顯露。他捨棄了軍人的威嚴開始施展他八面玲瓏的交際手腕，假裝批評和關心各界問題，其實是在組建利益集團。他用他自以為是的處世之道，經營著他的歸鄉生活，試圖掩蓋他的虛偽和狡詐。同樣是榮歸的軍人，陳傑威（《故鄉》）的情況又有所不同，他一心想要上前線抗敵，卻因為老母親希望他回家生養後代而退出軍隊，終日賣酒為生十分痛苦。一個堂堂正正的抗日軍人，在大敵當前時，卻因為倫理關係的羈絆而放棄承擔保家衛國的責任，是個人的也是時代的悲哀。

逃兵的形象以吳占魁和陳酉生最為典型。吳占魁（《田野的憂鬱》）是個從部隊跑回來的「兵大爺」，他什麼也不怕，帶著鄉人去搶軍餉。他既不因逃兵的身份而畏畏縮縮，不敢見光，也不怕打劫軍餉丟掉性命，他怕的是割不到穀子，讓依仗他的村民們活活餓死。可惜他不僅行動失敗，還無力阻止梁大嫂和三個十多歲的孩子自殺而亡，自己還被密探追捕，進退維谷。靠一個還帶有封建殘餘思想的個人的力量，顯然無法改變廣袤黑暗的鄉村世界。陳酉生（《鄉愁》）因受不了軍隊非人的生活而逃脫，但沒料到回到家鄉卻又掉入另一個左右為難的「陷阱」。陳酉生曾說：「老實說，我就怕醫好了又弄你去，叫你吃不飽，睡不好，苦得要命，到頭還落得這一下場。你默倒我還怕打仗麼？飛機坦克，大炮機關槍，這些人他們還見得少？他媽的，只要有想頭，火裏水裏，狗養的才不敢去！」〔註3〕由此可見，軍隊不光對他們實施嚴重的虐待，還讓他們徹底地失去希望。所謂的「想頭」不僅指向物質報酬的匱乏，還可以理解為老百姓對內戰的消極反對，對戰爭的疲倦與厭惡。抗戰好不容易熬到頭，誰又願意再次捲入一場窩裏鬥呢。為了手足相殘而拼命，許多老百姓都很難理解其邏輯基點，更何況，陳酉生早已被潛在的對手——共產黨的「對窮人好的」品質所打動，決心衝出天羅地網後去投靠他們。艾蕪對吳占魁和陳酉生的逃兵行為基本持褒獎態度，傾向於賦予他們一種耿直仗義的大無畏的梁山好漢的氣魄，使這一形象有了新的特質。

艾蕪筆下的難民並非真正意義上的大規模遷徙的難民群，多是混亂無序地遷徙在城市與鄉村之間，在荊棘上盲目來回的底層民眾。《小家庭的風波》就是表現都市公務員階層難民的代表作。屠先生因承擔不起都市的生活花費而搬遷到鄉村，可一再高漲的物價讓他們的農村生活也變得困難起來，孩子們終日饑腸轆轆、讓屠太太下定決心象村婦一樣開始賣小菜，可村裏人認為屠先生明明有份體面的工作，太太居然賣小菜，完全是來搶他們的飯碗。生活的真相和城市人面子的衝突讓屠家人愁眉不展，坐如針氈。《都市的憂鬱》中的袁大娘因為男人抗戰犧牲，在農村無法過活便來到城市謀求生計，勤儉節約地攢錢只為能再回農村過自己原本的生活，但控制不住的物價飛漲讓她希望幻滅，瀕臨死亡。《石青嫂子》中，地主吳大爺將內遷學校留給石青嫂子的田地「視如己出」，要求她繳納土地押金和租子，先是派人來威脅，後又派甲長來好言相勸，石青嫂子始終不從，最終地主派人一把火燒了她的家，石

〔註3〕艾蕪：《鄉愁》，上海中興出版社 1948 年版，第 13 頁。

青嫂子只得拖著五個孩子離開家鄉茫然地落難到城市中去。《一個女人的悲劇》中周四嫂子的命運與石青嫂子如出一轍，不同的是石青嫂子的離開還帶著堅毅和丁點希望，而周四嫂子還沒來得及成為難民，就淒慘地結束了自己的生命。《膽小的漢子》中的張大哥被抓壯丁的威脅嚇得舉家逃到城市中來，改名易姓不說，還像逃逸的罪犯一般擔驚受怕，惶惶不可終日，變成了一個名符其實的心靈上的難民。這些無論是遷入農村的都市人，還是湧入都市的農村人，都在食不果腹、衣不蔽體的生命線上掙扎，他們的遷徙就像被打散的螞蟻們在盲然地尋覓著返巢的路，他們平凡而脆弱，不得不成為戰火歲月中最深刻的體驗者與最悲慘命運的承受者。

三、「回水沱」意象的典型書寫

「『洄水沱』係四川語彙，指江河中水流迴旋形成的區域。在洄水沱，水流既平靜徐緩，近於停滯，又深不可測，暗藏殺機，同時整條河道中的泥沙，污物又都匯積於此，『內涵』豐厚。這樣的停滯，陰暗和污濁似乎正是四川盆地落後、沈寂的象徵，於是，在某種意義上，它便成了現代巴蜀生態的第一個具有典型性的『意象』。」〔註 4〕這種表面上緩和平靜，實則暗流洶湧，匯污積垢、殺機四伏且具有典型巴蜀文學氣韻的「洄水沱」意象，在四川作家的作品中較為普遍，在艾蕪的抗戰小說中也表現得相當典型。

在余峻廷的「故鄉」，各界「名流」都打著愛國主義的旗號，辦實業、辦教育、辦報刊，實則為發國難財，滿足一己私欲。教育局長徐松一與郵局局長陳潔林互相包庇，各取所需；地主土豪龍成恩與縣長串通，霸佔雷志恒家後山的官司勢在必得；榮歸軍人廖進伯周旋於各種勢力之間，八面玲瓏，坐收漁翁之利。各方又因私欲膨脹而拉幫結派，暗中角鬥。小學校長余峻城拉攏商界龍頭蔡興和，掀起擠兌風波，擊碎徐松一的「實業」夢；優華中學校長周銘湘因辦校款項與徐松一暗生芥蒂；龍成恩與廖進伯為辦報之事產生不快。在前線社會狀況動盪不安、水生火熱，國人們或奮勇抗敵、或流離失所之時，大後方的「故鄉」卻依舊保持著麻木不仁的死水狀態，且不是一個人的停滯和僵化，而是整個「故鄉」小社會裏，上至廟堂下至百姓的集體停滯與僵化。更可怕的是，「故鄉」這個「洄水沱」不僅自身藏污納垢，還形成淤泥沼澤使一些充滿希望的抗日生力軍深陷其中。雷慶生因欽佩當年駐紮過的

〔註 4〕李怡：《現代四川文學的巴蜀文化闡釋》，湖南教育出版社 1995 年版，第 36 頁。

紅軍老表的魄力，一心嚮往「故鄉」以外的游擊隊生活，可憐哥哥雷吉生不但自己要逃兵役，還要聽命於父親，再三阻攔雷慶生的出走，害得雷慶生只能通過打獵來排遣打「鬼子」的心理衝動與願望；雷志恒是有勇氣和強力的印刷工人，從前線歸來是為了「盡孝」，若不是執拗的雷老金傾家蕩產與龍家打官司導致生活困窘，雷志恒早就奔赴前線英勇殺敵。但蹚過「故鄉」的渾水後，雷志恒更是駐足不前，直到因擠兌風波中父親冤死而大鬧衙門，才不得不像梁山好漢一般從「故鄉」逃亡。余峻廷的家庭衣食無憂，但他一方面屈於母親的淫威，一方面又樂於「故鄉」安逸的鄉紳生活，並幼稚地將抗日宣傳計劃的施行寄託在他人身上，幾乎一事無成。在雷志恒深陷危難之際，還被廖進伯引誘一同遊山玩水，將朋友的囑託拋在腦後，最後若不是因為好友志恒、慶生的遭遇讓他內疚並看清事實，余峻廷絕不會下定決心離開這塊正在吞噬著他的「洄水沱」。

表面上看，《故鄉》的直接取材地雖如作者所說在湖南寧遠，但其所關涉的卻是抗戰語境下，中華民族大地上所有近似於「洄水沱」的地域。可以試想，這一地理位置上更靠近大前線的寧遠尚且如此，那麼，作者真正的「故鄉」——偏安一隅的巴蜀之地的生存景觀又將是如何呢？艾蕪這樣「一個具有現代意識的現代作家必然會痛感於故鄉的壓抑和停滯」〔註5〕，特別是當他幾乎出於責任感地試圖掀開心靈的重壓時，必然會選擇透視自己最熟悉的家鄉，通過「洄水沱」的意象來釋放心靈的重壓。這也是《故鄉》立意所彰顯的巴蜀氣韻。

如果說《故鄉》的「洄水沱」意象主要表現在對社會整體狀態的象徵，那麼《山野》當中的「洄水沱」更多地體現在個體人物身上。「故鄉」小城相對封閉的地理環境提供了其成為一潭「死水」的客觀條件，然而，位居於南方「山野」的吉丁村就沒有「故鄉」那麼幸運了。故事開始時，整個吉丁村就已經陷入戰時狀態，時刻防範著日本人的進犯。乍看上去，似乎整村的男女老少都意識到了只有抵抗才會獲得爭取自由的真正機會，但實際情況並非如此。村中最富有的地主韋茂廷有著豐厚的還未被掠奪的家產，逃難到親家的徐德利稱日本人的侵略為「劫數」。因此，韋茂廷希望投和保全家產的願望與徐德利的亡國論不謀而合。他倆一同找村長兼抗日作戰總指揮韋茂和商量投降事宜，被韋茂和拒絕。因為茂和在鎮上的織布廠、染房、米店、房產都

〔註5〕李怡：《現代四川文學的巴蜀文化闡釋》，湖南教育出版社1995年版，第46頁。

在前次日本人進犯時化為了炮灰，出於為自己化為泡影的產業復仇的緣故，他開始組織村人進行武裝反抗。他大女兒韋美玉說：

> 他只踏踏實實做有利的事情，他不喜歡哪個拿大帽子給他戴的。你默倒，他如今打仗，是為了想得愛國那些好名聲麼？全不是的，一點也不是的！他只為了他的財產和地位，他從幾十畝田掙到了幾十萬家私，他從摸鋤頭的種田佬爬到了鎮裏大商家，人家一下把他幹光了，想想吧，他會甘心麼。……〔註6〕

也就是說，茂和之所以一開始拒絕議和堅持反抗，只是因為咽不下財產散盡的那口氣，支撐他的動力只有復仇。所以當戰況急轉直下，韋茂和發現不僅不能復仇，反倒性命堪憂時，他唯一的動力消失了。這時，韋茂廷早已逃之夭夭，徐德利又來吹耳邊風，韋茂和不僅同意了議和，還企圖讓韋茂廷經手，好為自己事後推脫責任留後路。作為抗敵領頭人的心理覺醒程度尚且如此，那些直接面對刺刀機槍的村民們的內心可見一斑。阿棟參加抗戰首先是為了保住自己的產業，再是不願他人瞧不起自己。同輩的阿壽代表了更為普遍的心理，為了保護自己的財產而不得不戰，內心的空虛又使其無法獲得戰鬥的勇氣和動力。從村長韋茂和到村兵阿壽，他們或是乾脆逃跑、或是倡導投降、或是被動抗戰，都不約而同地體現出了小農意識和實用心理所造成的痼疾。他們表面都不動聲色，但內心各自敲著骯髒、自私又冷血的小算盤。對當前的局勢認識混沌，對自我的覺醒毫無意識，惶論愛國或愛民族。哪怕大敵當前，在乎的也只是自己埋頭看見的巴掌大的利益。這種普遍的心理狀態與「洄水沱」所象徵的停滯落後、封建腐朽如出一轍。

如果說，自私麻木者常常打起自己的小算盤，那麼，那些有著愛國、抗敵自覺意識的人物又會如何呢？知識分子代表徐華峰一向主張堅決抗日，大力宣傳並鼓動阿岩、阿龍、阿勁投身戰場，但妻子韋美玉一心撲在保全自己的小家庭上，不斷勸說其放棄吉丁村逃往大後方，不惜利用徐內心的軟肋（在戰爭狀態下，文人沒有用武之地）來刺激他，引出他的自卑感，使他發出「可惜自己不是一個武人」〔註7〕的感慨。這一心理顧慮一直折磨著他，讓他總想在村民面前做一個思想的領導者，卻又始終自認在「武人」面前說不起話，連想救深陷敵人包圍圈的同伴的想法，最後也演變成「讓我下去！我就要下

〔註 6〕艾蕪：《山野》，文化生活出版社 1948 年版，第 143 頁。
〔註 7〕艾蕪：《山野》，文化生活出版社 1948 年版，第 146 頁。

去給他看！」〔註 8〕的證明行為。在外人眼中，韋美珍絕對是以大膽潑辣、倔強不馴著稱的，但內心依然烏雲密布。她懼怕未知的戰爭，她去為駐守前線的傷員看病，很大程度上是一種逞能、好強之舉。所以，當她聽到沿途村民的不理解聲，看到煤礦隊戰士的油滑和冷漠時，她收穫的全是灰心和失望。就連抗敵英勇的阿岩、阿龍也有「二心」，想要離開吉丁村，投靠長松的挖煤隊，「那樣一心一意地打仗，活得痛快些，省得在這裡，命拼了，還要看他們的嘴臉。受他們的氣！」〔註 9〕，而阿龍勸說阿岩之所以還不能放棄村子，不是因為至親、故里的關係，而是「我們留著村子，我們是要留著糧食呀！」「我們就得要使他們高興給呀！」〔註 10〕。由此可見，徐華峰和美珍雖有自覺的愛國意識，但對抗戰和自己的認識及定位還不夠清晰，加之性格的因素，不時湧出隱藏在積極抗日表象下的內心漩渦。而作為阿岩、阿龍這一類只管拼真刀真槍的戰士，其自覺意識也不夠強大，他們靠的是天生的血性和野性，和隱蔽在他們內心深處的那種因為歷來貧賤而希望通過拼命保衛村莊得到尊重、獲得農田和地位的單純願望。當他們發覺期望在很大程度上會落空時，內心掀起了憤怒的波瀾。這一類人都是暴力反抗敵人的支持者，但內心都有著或大或小的泥沼，讓他們不時迷糊了雙眼，就像「洄水沱」一樣，表面看似平靜，其中卻暗藏矛盾與危機。正是艾蕪清晰地以「洄水沱」意象揭示了巴蜀人內心的隱秘與複雜，揭示了抗戰時期鄉鎮底層民眾的社會心理，才使《山野》的人物與立意呈現出鮮明的巴蜀文化氣韻，煥發出動人的藝術魅力。

總之，艾蕪的抗戰小說具有濃鬱的巴蜀文化氣韻。如《山野》在藝術手法上，作家或通過敘述者對敘述手法與敘述時間的控制，即通過插入停頓、重複敘述、倒述等手段，改變文本的敘述時長，形成緩慢勻緩的速度與節奏，契合巴蜀之人安逸閒適與自由散漫的性情，或以簡單的幾個人物勾畫出一場耿直燥辣、愛恨分明、充滿激情的山地戰，映現巴蜀兒女耿直燥辣、愛拼敢闖的人物性格。在人物塑造上，艾蕪以蜀地民兵、榮歸軍人、逃兵以及難民等，組構成其抗戰小說的人物全圖，其中，又以榮歸軍人塑造最具特色。在小說意象的營建上，作家以具有典型巴蜀文學氣韻的「洄水沱」意象，將表

〔註 8〕艾蕪：《山野》，文化生活出版社 1948 年版，第 325 頁。
〔註 9〕艾蕪：《山野》，文化生活出版社 1948 年版，第 212～213 頁。
〔註 10〕艾蕪：《山野》，文化生活出版社 1948 年版，第 214 頁。

面上緩和平靜，實則暗流洶湧，匯污積垢、殺機四伏的巴蜀特性表現得淋漓盡致，使艾蕪的抗戰小說呈現出特有的巴蜀文化氣韻，煥發出動人的藝術魅力。

（四川大學文學與新聞學院，成都 610064；生活·讀書·新知三聯書店#生活書店出版有限公司，北京 100010）

艾蕪《漂泊雜記》等作品的政治地理學

四川大學文學與新聞學院　張歡鳳

摘要：

　　艾蕪《漂泊雜記》等散文作品與其小說《南行記》有異曲同工之妙，從某種意義講更呈現親歷、直觀與探險的魅力，行文從政治地理學即人與世界、地域環境關係加以考察，可以更加深刻地感受現代性，從而領略新文學「抒情與史詩」的基本風貌。艾蕪行文中有關西南邊疆地景人文的書寫，涉及多方面開創性質的貢獻，有著豐富的文獻資源。

關鍵詞：艾蕪；《漂泊雜記》；政治地理學；世界；現代性

　　夏志清名著《中國現代小說史》留下不少遺憾，其中之一是像對艾蕪這樣頗具特色的新文學名家未曾有鵠評，如其自述：「在第十四章裏，我對艾蕪、沙汀、端木蕻良、路翎四人作了些簡評，主要也因為作品看得不全，只好幾筆帶過。」〔註1〕就這「幾筆帶過」在中譯本中也未見出現，可能譯者感覺內容太過空洞簡疏，言不及義，從而刪除。這種著史的隨意性，被亞羅斯拉夫·普實克批評為「這些都是順嘴的評論，……缺乏對材料的科學和系統的研究。」〔註2〕「我認為，夏志清此書的主要缺點就在於，他沒能準確闡述不同作家作品並加以區分，從而概括出它們各自的主要特徵。」〔註3〕發生於上個世紀六

〔註1〕夏志清，《中國現代小說史·中譯本序》，復旦大學出版社，2005年，第16頁。
〔註2〕亞羅斯拉夫·普實克，《抒情與史詩——現代中國文學論集》，上海三聯書店，2010年，第201頁。
〔註3〕如前，第204頁。

十年代的這場學術爭論已經遠去，於今看來夏（志清）、普（普克）二人都是留名的國際學者，著述各有側重，雖存遺憾，影響經久。客觀而論，對艾蕪作品重視研究不足的遺憾一直存在，以致有考取中國現代文學研究的考生對之一無所知。其實早在艾蕪創作出道成名之初，先行者郭沫若就表達了驚喜欣賞之情：「我讀過艾蕪的《南行記》，這是一部滿有將來的書。我最喜歡《松嶺上》那篇中的一句名言：『同情和助力是應該放在年輕的一代人身上的。』這句話深切地打動了我，使我始終不能忘記。」〔註 4〕更早即 1931 年，魯迅在艾蕪創作探索初期即給予教導支持，不僅寫信回答他與沙汀二人有關創作方面的問題〔註 5〕，並稱讚艾蕪習作《太原船上》「寫得樸實」，〔註 6〕還在艾蕪因左翼文學運動被捕入獄後提供援助使其出獄。〔註 7〕近些年對文學史的研究有所強化，國內對艾蕪早年文學成就不無精彩述評，如：「熟悉的生活卻是早年在他鄉異國的漂泊，以及所謂『化外』邊陲和華緬雜居地蒼茫雄闊。那種奇異的人生滋味，作為『人生哲學的一課』養育了作家大異奇趣的心眼。」〔註 8〕「艾蕪在寫人和景時，常常把風俗畫和風景畫融會在一起。與沙汀的現實主義有所不同的是，艾蕪在風俗畫、風景畫的描寫中滲透著飽滿情感；……尤其是用畫畫和音樂來構築散文風格之美，這是艾蕪鄉土小說的浪漫主義特質，和沈從文、廢名小說一樣，這種浪漫主義的氣質造就了中國鄉土小說作家對於這種形式美的刻意追求，它影響著幾代中國鄉土小說作家……」〔註 9〕上引兩位學者評論都不約而同將艾蕪與稍早幾年進入文壇的沈從文進行比較，

〔註 4〕郭沫若，《癢》，原載 1936 年 6 月 25 日《光明》一卷二期，引見《郭沫若全集‧文學編》第 10 卷，人民文學出版社，1985 年，第 386 頁。

〔註 5〕詳見魯迅 1931 年 12 月 25 日《關於小說題材的通信（並 Y 及 T 來信）》，原載 1932 年 1 月 5 日《十字街頭》第 3 期，後收入《二心集》，載《魯迅全集》第 4 集，人民文學出版社，1982 年，第 367～369 頁。

〔註 6〕見 1982 年艾蕪致中田喜勝信回憶，載《艾蕪全集》第 15 卷，四川文藝出版社、成都時代出版社，2014 年，第 238 頁。

〔註 7〕參見艾蕪《三十年代的一幅剪影──我參加左聯前後的情形》，見載《艾蕪全集》第 11 卷，四川文藝出版社、成都時代出版社，2014 年，第 370 頁。原文：「後來周揚領導左聯的時候，便設法請律師出庭辯護，魯迅就捐助了五十元給律師史良作為出庭的費用（我出獄後知道是魯迅捐助的）。結果，我和同案的六個工人，都得到了自由。」對此艾蕪回信日本友人、研究者先後亦有相同說法可以參照，見《艾蕪全集》第 15 卷，第 93 頁、234 頁。

〔註 8〕許道明，《插圖本中國新文學史》，上海古籍出版社，2005 年，第 252 頁。

〔註 9〕丁帆，《中國鄉土小說史》，北京大學出版社，2007 年，第 136～138 頁。

也都不約而同將關注重點擱在艾蕪早期漂泊題材創作領域。事實上，艾蕪文學創作成就的高峰在其青年時代，尤其在不同凡響的異域跋涉、求索、探險這一親身經歷書寫方面。這正應合了以後普實克關於中國現代文學「抒情與史詩」的生命體徵與藝術衡量。艾蕪「南行」據其自述以及作品主題反映是他受到世界新文化與新文學浪潮的推動影響，期望由邊陲過渡下南洋求取半工半讀的生活學習機會，從而使自己在理想的人生道路上奮勇前行。筆者認為，艾蕪構成呼應關係的「南行」題材文學篇章，是動態的，遞進式的，有如今之「全程直播」，有著懸念與實驗的宗旨，特別構成史詩脈絡與質地。在此方面，應該是他有別於沈從文等作家的地方，後者的題材更帶有隨意性、靈活性，是發散式的結構關係，乃至局外人的講述。將艾蕪在題材方面加以比較，也許不夠恢宏廣闊、瀟灑恣肆，侷限自我體驗，而正是這種「獨一性」，讓他早年的「南行」創作，表現出一種堅貞的氣質與單純的路向以及比較完整的結構，特別能夠映像出 20 世紀「探索」的世界題義。「只有當個人意識到自己的存在和獨一性時，他才能爭取自己的權利，以自己的方式安排自己的生活，決定自己的命運。」〔註 10〕艾蕪的主動漂泊跋涉甚至是「向死而行（生）」如現代西方哲學中常見形容的「在通向語言的途中」的「孤寂」的「漫遊者」〔註 11〕，無疑有著更多的悲劇節奏與氣息。我認為這也是他「南行」文學書寫不朽的根本原因，也是他有別於當時其他鄉土作家或漂泊題材寫作者的側重點。郭沫若當年有感而發「這是一部滿有將來的書」絕非信口雌黃，也非泛泛之論，其實表達了 20 世紀中國文學「在路上」即尋找、擁抱世界先進浪潮的義無反顧的勇氣、用意及其感受。

　　對艾蕪《南行記》等小說作品研究相對較多，而其散文、傳記作品等同是「南行」題材的書寫相對來說關注者不多。其實如前引學者認為他的小說有著「構築散文風格之美」的特點，而其系列散文創作，直書其事，更多地抒發情懷，在真實性與細節的淋漓盡致方面，表現出更多小說之外的樸素之美以及多樣化的邊疆異域生態特徵，這是艾蕪南行述寫文學成就中不可或缺的一環，是相互映襯的文學畫廊。《漂泊雜記》一書初版於 1935 年 4 月，1937年 2 月再版，由上海福州路生活書店、生活印刷所推出。毫無疑問，這是與

〔註10〕亞羅斯拉夫·普實克，《抒情與史詩——現代中國文學論集》，上海三聯書店，
　　　2010 年，第 1 頁。
〔註11〕可參見（德）海德格爾《在通向語言的途中》，商務印書館，2004 年。

其小說集《南行記》近同時期堪稱齊頭並進的文學嘗試創作。事實上也有個別篇章如《在茅草地》亦見載《南行記》，這一方面可說明艾蕪寫作小說與散文並無嚴格區分，題材多出自真實體驗；二方面南行經歷確是他生命中最難忘懷的挑戰，也是他創作道路上最為有力的活水資源。《漂泊雜記》初版與再版遺憾都沒有序跋，結束一篇《想到漂泊》似乎是一個總結、一個「跋」，其中寫道：

> 我自己，由四川到緬甸，就全用赤足，走那些難行的雲南的山道，而且，在昆明，在仰光，都曾有過繳不出店錢而被趕到街頭的苦況的，在理是，不管心情方面，或是身體方面，均應該倦於流浪了。但如今一提到漂泊，卻仍舊心神嚮往，覺得那是人生最銷魂的事呵。為什麼呢，不知道。這也許是沉重的苦悶，還深深地壓入在我的心頭的原故吧？然而一想到這種個人式的享樂，是應該放棄的時候，那遠處佳麗的湖山，未知名的草原，就只好一讓它閒躺在天末了。〔註 12〕

更為有力的是，作者引用「諾貝爾文學獎」獲得者普寧記敘契訶夫臨終前嚮往漂泊流浪的高聲夢囈傳達自己的心聲。將艾蕪定性為一位頗具抒情色彩的漂泊者作家，這都是有力的例證。1982 年由雲南人民出版社重印《漂泊雜記》，艾蕪寫了一篇《重印前言》，闡述當年歷程，並說明將原來的四十篇行文擴充為四十六篇，「還得感謝四川大學中文系教師黃莉如、毛文同志，在三十年代舊報紙雜誌內搜集到，並加以複製。」〔註 13〕文中提及的兩位都是筆者大學本科生時代的授業老師、前輩，於此不勝追懷之意。

王德威在《〈海外中國現代文學研究譯叢〉總序》一文中概述：「打開地理視界，擴充中文文學的空間座標，在離散和一統之間，現代中國文學已經銘刻複雜的族群遷徙、政治動盪的經驗，難以以往簡單的地理詩學來涵蓋。」〔註 14〕雖然如此，筆者在思考這篇論文布局時，仍擬從地理學的範疇來加以切入討論，因為單從文藝美學著手，重複現實主義與浪漫主義的結合以及左翼作家對民間底層深切同情云云，前賢論多，重申不啻辭費。《漂泊雜記》等

〔註 12〕艾蕪，《漂泊雜記》，生活書店，1937 年，第 247 頁。

〔註 13〕艾蕪，《漂泊雜記》，雲南人民出版社，1982 年，第 3 頁。

〔註 14〕王德威，《〈海外中國現代文學研究譯叢〉總序》，見亞羅斯拉夫·普實克，《抒情與史詩——現代中國文學論集》，上海三聯書店，2010 年，第 8 頁。

散文作品能夠深深吸引我的原因，不單在文學的主題與修辭、剪裁，更在其地理疆域與民族交會關係的具體呈現，以及探險穿越性質的跋涉丈量。「把自然地理和政治地理結合起來」〔註 15〕，「希望把世界作為人類環境來研究，」〔註 16〕地理學正是這樣「一種藝術」，包括「對特殊地區中較有興趣的特徵進行生動和有聯繫的描述。」〔註 17〕我們只有從地理學特別是政治地理學、文化地理學關係方面解讀艾蕪作品，才能更深入理解他作品中所富有的現代意味礦藏以及經久不衰的文字魅力，從而豐富我們的認知學識與解讀版圖。

一、與世界整體聯動是其漂泊的推動力

長期以來有學者習慣將艾蕪稱為「流浪文豪」，稱其《南行記》等作品為流浪題材，其實這是有語義邏輯判斷方面的差池。在中文中，近義詞流浪、漂泊、流亡、流（離）散等，這些詞屬性質嚴格講是有差別的，限於本文篇幅，我們毋庸引經據典，僅據常識判斷可知，「流浪」傾向於經濟困頓無依、居無定所的被動物質生活行為。「漂泊」則意味有物質與精神雙重方面可能造成的生命移動行為。「流亡」更傾向於政治等社會原因，更側重於因政治避難而造成的逃離。離散（dispersed：scattered about）可能有上述種種原因從而造成的分離流散現象，這主要指一種家園關係，即與家園的疏隔、散失。艾蕪將自己的散文命名《漂泊雜記》，他更喜歡用「漂泊」形容自己當年「南行」的處境，當然時或也兼以「流浪」自我形容（如前引），但往往是處於戲謔乃至反諷的語文句式。他生命的體驗與求索經歷，實際用「漂泊」形容更加精確。關於他「南行」的動機，他有反覆闡述，這裡僅節取片斷：

> 我在成都省立第一師範學校的時候，北京工讀互助團、留法勤工儉學會那些肯做卑賤工作的前輩們，不僅使我受了極大的感動，而且我下定了決心去效法他們。蔡元培說的「勞工神聖」，簡直金光燦爛地印在我的腦裏。(《我的青年時代》)〔註 18〕

> 一九一九年的五四運動，在全中國湧起巨大的新的思潮，熱烈地歡迎民主和科學。遠離北京的四川青年，也受了影響。總想多學

〔註15〕哈，麥金德，《歷史的地理樞紐》，商務印書館，2017 年，第 6 頁。

〔註16〕同前。

〔註17〕同前。

〔註18〕載《艾蕪全集》第 11 卷，四川文藝出版社、成都時代出版社，2014 年，第 267 頁。

些新知識，即使遠去外國，也是高興的。那時四川有好多學生，想到法國去勤工儉學。這一求學的機會，我錯過了。開始由於處在鄉村，不知道；隨後知道，卻又不再招生了。我自己想出一個辦法，到南洋群島去找半工半讀的機會，一九二五年夏天，離開了家鄉，向雲南緬甸走去，進入了社會大學，在昆明的街頭，上了人生哲學的一課。（《寫在前面的話》）〔註19〕

顯然，艾蕪的漂泊生活是有明確的目標性的，他更傾向於精神方面的追求。現代地理學的重要原理之一即「認為世界已經成為一個整體，因而也就成為一個完整的政治體系。……自從近代利用蒸汽改進航海技術以來，這樣的統一整體已經出現。」〔註20〕郭沫若新文學運動初期的作品對艾蕪產生重要影響，以致艾蕪《南行記》結集出版除寄贈魯迅（見載魯迅日記）外，也想請郭氏（郭沫若此前已在上海《光明》上讀到艾蕪作品並撰有佳評）指正（後經同是川籍的任白戈帶往日本）〔註21〕。郭沫若此前擁抱與謳歌海洋世界氣息的詩集《女神》，鼓動了無數青年讀者的心扉，顯然是充分的新世紀地理人文的中國版謳歌。民國初年以來形成的外出求學浪潮，是像艾蕪一樣的千萬青年學子的自覺行為。這在魏斐德《中華帝制的衰落》一書中對當時乃至更早的現象源流有鮮明揭櫫：「1911 年，帝國政府的垮臺不僅解構了政治秩序，而且解構了支撐帝國的古典傳統。……因此新城市精英完全失去傳統紳士的認同，開始向外看——上海、日本、甚至遠至美國和培養下一代工程師與律師的大學。」〔註22〕千百年來只有鄉土與家國意識的中國人，現在更多有了世界地圖與知識，有了人類命運牽動的進步的聯想與共識。這無疑給了為理想求學、求索的青年更大的勇氣。事實上眾所周知四川青年留法勤工儉學湧現出來的傑出政治、軍事、文化人士，參與成功改變了現代中國的政治體制與文化精神面貌。艾蕪在這條道上獨闖蹊徑，選擇徒步闖蕩邊疆過境以期下南洋群島求學，這一緣自他自身家庭經濟條件（農家子弟），二比較現成

〔註19〕同前，第 3 頁。
〔註20〕哈·麥金德，《歷史的地理樞紐》，商務印書館，2017 年，第 11 頁。
〔註21〕艾蕪與郭沫若關係直接記錄見艾蕪《你放下的筆，我們要勇敢地拿起來》《悼念任白戈同志》等文（《艾蕪全集》第 13 卷），參見陳俐《艾蕪與郭沫若的君子之交》，載《郭沫若學刊》，2016 年第 3 期。另筆者青年時代約在 1979 年曾於四川大學中文系參與主辦郭沫若研究會上親耳聽到艾老發言講述郭老作品對他的影響以及郭老對他有過的嘉許勉勵。
〔註22〕魏斐德，《中華帝制的衰落》，黃山書社，2010 年，第 215～240 頁。

的「南絲綢之路」，自古川人借道西南攀西河谷走廊而達滇、緬、印度、馬來西亞、星島、印尼等，從事貿易與工役，這都見於艾蕪《南行記》《漂泊雜記》等作品多處描寫中，如其在緬東北，時常耳聞鄉音，如置身鄉土故地，四川人的南行與僑居歷程可上溯千年，但像艾蕪這樣為理想求學抱負而穿越山川叢林奮勇南行的，舉世無多（對艾蕪有救命之恩的川籍緬人萬慧法師是一例）。故而他的作品的現代性，亦反映在充分的地理學意識上，尤其在政治與文化地理方面，達到可稱飽和的內容與要素。他把顛沛流離、履險犯難甚至陷入困境的遭遇稱為「人生哲學的一課」，把邊疆社會形形色色的人際關係形容為「社會大學」，其「打不垮」的戰鬥精神，其實正標注了現代世界文學題材的鮮明特徵之一，如傑克倫敦、契訶夫、蒲寧、高爾基等，因為他研習中英雙文，加之酷愛肇始於京滬等地的「五四」新文學〔註23〕，對外國作家的接受事實上是相當廣泛深入的，其重要影響散佈在他的行文中，學者許道明有簡略概括：

> 在艾蕪《文學手冊》中，震顫著英國的哈代、挪威的易卜生和漢姆生、美國的傑克・倫敦和舍伍德・安德森等一大串名字，尤其是蘇俄作家屠格涅夫、契訶夫和高爾基，似乎像啟蒙導師一樣引領著他的文學生涯。〔註24〕

如同一張世界的文學地標圖案，艾蕪在穿越川滇緬叢林河谷地帶中，多次陷入危機、困境甚至絕境（如重病被趕出客店），但他能靠精神的力量與青春的韌力，始終不渝、頑強不屈，於行文中表現出相當的樂觀主義，這都與世界聯動的先進知識力量與詩意招喚分不開的。他在《南行記》首篇《人生哲學的一課》結束時宣告自己決不會半途倒下妥協：「就是這個社會不容我立足的時候，我也要鋼鐵一般頑強地生存下去！」已有類似傑克倫敦、海明威的硬漢精神，雖然艾蕪的寫作還比後者更早，這種啟蒙運動以來熱愛生命、追求真理、真知的永不退縮的超人式風範氣度，詳見於各個篇章，呵成一氣，他在旅途常被問及在外漂泊的動機，如：

> 他們問到我為什麼要離家遠走，來過這種苦難的生活。我便說，人是不應該安於他的環境的，應該征服他的環境。因為人是生來活

〔註23〕關於五四新文學刊物書籍對艾蕪的具體影響和激勵，可詳見《我的幼年時代》《我的青年時代》《三十年代的一幅剪影——我參見左聯前前後後的情形》以及其生平多篇散文、序跋、回憶錄。
〔註24〕許道明，《插圖本中國新文學史》，上海古籍出版社，2005 年，第 252 頁。

動的東西，便當不顧一切地去活動。一個人，能夠吃苦，能夠耐勞，能夠過最低度的生活，外界無論什麼東西都不能嚇退他的。這是我當時談話的最主要的意思。同時，我也全靠這些念頭，敢於拋掉了我一切的所有，赤裸裸地走到世界上來，和世界作殊死的搏鬥。(《我的青年時代》)〔註25〕

直到老年，他仍然堅持這樣的認識：「一個人應該勇敢地到世界上去，尋找更新的思想，擴大認識面，增廣見聞。」(《我的幼年時代·校後記》)〔註26〕

文化地理學者認為：「家園感覺（與家鄉）的創造，是文本中深刻的地理建構。……家被視為依附與安穩的處所，但也是禁閉之地。為了證明自己，男性英雄得離開（或因愚蠢或出自選擇），進入男性的冒險空間。……移動能力、自由、家園和欲望之間的變動關係，被視為極富男性氣概之空間經驗的寓言。」〔註27〕《南行記》《漂泊雜記》等作品正是建立在這種空間地理關係突出的精彩之作，作品中隨時體現出來的關係世界人文精神與勇敢向外突圍、探索的自由的勇氣，凸顯 20 世紀二、三十年代新文學的主體精神、世界意識。

二、溯遊而行，川流不息

漂泊一詞原指水上漂移，最典出庾信《哀江南賦》：「下亭漂泊，高橋羈旅。」又《太平廣記》《集異記·嘉陵江巨木》：「江之滸有烏陽巨木，長百餘尺，圍將半焉，漂泊搖撼於江波者久矣，而莫知奚自。」〔註28〕後引申形容人的生活居無定所、四方奔走。艾蕪南行即由今成都北郊由岷江流域經大渡河、金沙江、怒江、盤龍江、檳榔江、瀾滄江（湄公河），以及途經許多或有名稱或無名稱的支流河溪，直至奔向海洋。可以說，除山地森林外，艾蕪南行描寫最多的風景即江河谷地，他的徒步穿越行進，顯然帶有古人築水而居、溯遊而行的自然生態、人文地理元素特徵，因為只有築水而居，才有人居生存環境；而只有溯水沿岸而行，才不會迷失方向。同時，湧現他筆底的生命氣息以及「川人」向前奮鬥探索的精神，也因江河流水的象徵意蘊而更得充

〔註25〕《艾蕪全集》第 11 卷，四川文藝出版社、成都時代出版社，2014 年，第 281 頁。
〔註26〕同前，第 113 頁。
〔註27〕（美）麥克·克讓，《文化地理學》，臺北：巨流圖書有限公司，2008 年，第 48～49 頁。
〔註28〕參見百度百科 https://baike.baidu.com/item/。

分體現。地理學家指出：「水流和氣流始終在進行移開那些阻擋它們道路的障礙物的工作。它們企圖達到理想的環流簡單化。」〔註29〕江河水流自來有賦予生生不息、川流不止的詩興寓意。蘇軾當年《文說》即有「萬斛泉源」「滔滔汩汩」「隨物賦形」的比喻。連姓名也改取川江符號的郭沫若（這個筆名有「關沫若」典故，〔註30〕即沫水與若水的合稱），對艾蕪作品欣賞評論，指出「邊疆的風土人情，正是絕好的文學資料。希望能有人以靜觀的態度，以詩意的筆調寫出。艾蕪的《南行記》便以此而成功者也。」〔註31〕郭沫若認為的「成功」，想來「邊疆的風土人情」與「詩意的筆調」兼得，川人如川江奔流不息、前赴後繼的進取精神，要旨應在其中。

《漂泊雜記》首篇《川行回憶記》即以愉快甚至天真（作者自喻「孩子氣」）的筆調記敘出行首站「從成都出發，搭乘岷江的下水船，直到犍為，才登岸去住宿息客店子，」「本來要由水路去到敘府的，但因岷江下游，匪太多了，船不敢下去，才把貨物和旅客，通留在犍為，而我們也只好由水上移到陸地上去住。」〔註32〕這篇散文描述了與同伴因為界地權力的變換，貨幣流通障礙遭遇的尷尬，由此可見當年國內西南地域經濟與政治分割零亂的現實狀況。文中直到作者再次登船渡江，已「想不出錢的辦法」，作者不啻神來之筆，引用《史記·藺相如傳》「相對而嘻」，形容少年人闖世界的莽撞與天真、無奈，以及川江流域人情世故。「不管，不管，索性今天再同人吵架好了！」

　　　　然而到底還是富有孩子氣的原故吧，看見對岸漸漸移近，船伕子要收錢的時候，兩人的額上就都冒出不安的毛毛汗了。〔註33〕

文章到此戛然而止，沒有結果，餘味悠長。應該是像這樣履險犯難、遭遇尷尬的情形在南行旅途當時太多，作者以後或許認為也沒有必要一一交底。再有據作者講，當時是應《申報·自由談》副刊要求〔註34〕，估計字數篇幅也都是有所限制的，筆到意到，艾蕪的《漂泊雜記》反而更有《南行記》之外的雋永之趣。同時也頗能顯出作者駕馭文字的神采精練。

〔註29〕哈·麥金德，《歷史的地理樞紐》，商務印書館，2017年，第43頁。
〔註30〕詳見拙作《論郭沫若早期海洋詩歌特色書寫中的文化地景關係》，載《現代中國文化與文學》，2017年，第2輯。
〔註31〕郭沫若致彭桂萼書信，最早刊於1940年代中，《警鐘》雜誌第6期。詳見陳俐《艾蕪與郭沫若的君子之交》載《郭沫若學刊》，2016年第3期。
〔註32〕艾蕪，《漂泊雜記》，生活書店，1937年，第2頁。
〔註33〕艾蕪，《漂泊雜記》，生活書店，1937年，第6頁。
〔註34〕艾蕪，《漂泊雜記·重印前言》，雲南人民出版社，1982年，第2頁。

從川滇到緬甸終至上海，作者逐水攀越，事無鉅細，如江水「隨物賦形」，頗得人文地理之曼妙，這也許正是前引郭沫若所感受到的「詩意的筆調」，洋溢在行文中的，自有堅韌與樂觀的氣息。但每每涉及苦難人間，遭遇悲慘事實時，作者雖然亦含有微笑，卻是帶著眼淚甚至是悲憤的心音。《江底之夜》堪稱合集中一篇傑作，抒情的筆調，寫實的態度，酸澀的苦嘲，悲哀的同情，湧現於滇東河谷地帶、極其自然的筆端：

> 這兒名叫江底，看地勢正是名符其實的，對面陡險的山岩，帶著森森的夜影壁立著，繞有霧靄的峰尖，簡直可以說是插入雲際了。這面呢，山坡雖不像那樣的高聳著，但傾斜的長度，也就夠人爬著流汗了，而且從江底的街口，仰著望上去，那給晚煙封住的嶺頭，已是和著入夜的天色混而為一了，令人分認不出來。江上軟軟地橫臥著一長條鐵索橋，是聯繫著東川和昭通的交通血管的，白天馱貨的馬隊經過時，一定是搖擺抖動得很厲害，這時卻只有二三歸去的村人踏著，發出柔和的迫微的吱咖聲音。水勢極其兇猛，不停地在嶙峋的岩峽間，碰爆出宏大的聲響，有時幾乎使人覺得小石挺露的街道，瓦脊雜亂的屋子，都在震得微微抖動的一般。〔註35〕

作者在渲染之間，講述了一名「馬店主」的故事，「一位三十來歲的粗女人」，她在照顧「三個高矮不齊的孩子和一個尚未滿歲的嬰兒」吵鬧之間，卻偷翻客人即作者的行囊試圖竊取財物，夜裏又與山上相好私通，為此得到一隻南瓜的晨炊接濟，為孩子果腹。作者經歷了極不愉快也不舒適的一晚，臨別時「在挨近水缸的桌上，取一支粗瓷飯碗，忽然看見壁上掛著一張小小的相片，就著窗外透進來的鮮明的晨光，還可以從一層薄薄的塵灰上面，分辨出兩個青年軍人的雄健姿影。側邊有字，細看始明白：」

> 民國八年與徐排長攝於四川之瀘州，後徐君陣亡於成都龍泉驛一役，即將此僅存之遺影，敬贈君之夫人惠存。
>
> 陳長元謹贈〔註36〕

可稱文雅的口吻與現實嚴重的境況形成極大的反差乃至反諷，而地理的關係躍然眼前。我們沒有必要去考索那次川滇戰役的具體名目與經歷，事實上民國初年無數次的西南地區內戰巷戰耗戰之類，自古沙場埋征骨，家人猶

〔註35〕艾蕪，《漂泊雜記》，生活書店，1937 年，第 32～33 頁。
〔註36〕同前，第 45～46 頁。

見夢寐。作者收筆是以「回頭去看見孩子們和母親還在那裡熱心地弄煮著南瓜，心裏便禁不住黯然起來。」作為一名左翼（普羅）作家，艾蕪的行文多存有這種底層的掙扎以及同情悲憫，有對社會批判的指向。但他駕馭行文的描寫，沒有口號，也少有理論與疵筆，總是抒情白描寫意之間，映襯著深深的內涵及人間情懷，令讀者感受到自然山川雄奇的同時亦感受人世間的不公平。如本文前引「把自然地理和政治地理結合起來。」「自然地理的三個不同方面：低地區，北極和內陸河流的流域盆地，以及草原地帶，這三個區域在空間和時間方面都不是恰好相合的。」〔註37〕《漂泊雜記》與《南行記》採寫「流域盆地」自有突出的空間意識與時間意義。《江底之夜》與《南行記》中的《松嶺上》有異曲同工之妙，後者描寫一名曾經殺人復仇及至藏匿邊地山嶺沉醉鴉片煙的老漢，相同是都在諷刺乃至有著黑色幽默的同時，表達著嚴肅的人間關懷和悲憫，並構成鮮明的山川圖景與人際關係。

三、與邊疆傳教士的接觸與疑竇

《南行記》與《漂泊雜記》等作品多處寫到滇緬地區的西方傳教士與教會神職人員。展現了 20 世紀初期教會在西南邊疆地區的活躍分布並對部分居民精神生活所產生的影響。顯然艾蕪對這一近代文化地理關係有相當的注意，鴉片與洋教，這兩種漂洋過來的風氣，幾乎相繼出現甚至盛行在舊年川滇各地，尤其「南絲綢之路」、「茶馬古道」交通樞紐，從而形成病態的風景。艾蕪涉及教會的筆墨較為公允客觀，同時表現出知識青年漂泊者不肯置信卻多有觀察的細微特徵。這方面的內容他有敘述，有輕嘲、諷刺，有交流，也有比較公道的報告記錄，似乎承認教職人員深入滇緬邊疆高原山區河谷地傳教兼行教育、醫療的艱苦努力。

《漂泊雜記》中《進了天國》一章專題記錄為了有一個比較好的環境閱讀、接觸西方書刊，同時獲得片時休息，他在雲南進入「禮拜堂」的遭遇。因為漂迫露宿生活呈現出的裝束面貌，「在禮拜堂前拉客去聽聖經男女，就並不拖我，但我卻偏要進去，雍容不迫地走了進去。」他以白描的手法惟妙惟肖地描繪了教堂中的情形，同時寫到自己所受到的莫名歧視，最終被一名男性教職人員趕出教堂，最後這段行文顯然有著傾向化的諷刺、置疑，並不無自嘲之意：

〔註37〕哈‧麥金德，《歷史的地理樞紐》，商務印書館，2017 年，第 18 頁。

他簡直氣得周身發顫起來，話聲雖是仍舊低小，但卻像從牙齒裏磨出來的一樣。聽著那女的吐著清朗的媚人的聲音，又說到窮人苦人最受上帝愛憐那一句的時候，我便被人推出門外，走到秋風掃著的街頭去了。〔註38〕

另外一篇散文《在昭通的時候》也述及「在昭通學生的排外聲中，我還不時到福音堂去：這並非去聽牧師的傳道，而是在閱書報處，尋覓精神的糧食。」〔註39〕內容講述結識一名由成都教會創辦華西大學（今併入四川大學）卒業的現任中學教員，二人結伴遊覽，在街巷熬鴉片煙的氣味中，對西方文化加以討論，意見不無分歧。作者最後自認：「文化不發達的地方，文化的侵略畢竟是很難抵抗的。全中國都需要盡力發展自己的文化，昭通只是可舉的一例。」〔註40〕

特別詳盡述及傳教者生活的是《在茅草地》，這篇界乎小說散文體例之間的作品篇幅較長，分別收入《南行記》與《漂泊雜記》，可見作者重視程度，至少表明記憶深刻。這篇作品記述由緬甸境內「八募」返回曾經經過的「茅草地」求取工作，由趕馬店老闆告之「深山裏，有座洋學堂，聽說要請個教漢文的老師，」作者於是寫好一篇英文的自薦書，「穿入霧的山林，向疑著是否有無的陌生地方去了。」最終確實不虛此行，在山中村落真找到一座「洋學堂」，「天主教堂和小學校的英文招牌都掛在一塊兒。」見到一名「法蘭西」的「洋修女」，方知學校並不要招收漢文教師，而是需要一名「加青話」教員。作者失望之餘得到一餐不錯的招待，臨別時還得到一枚「銀角形式的」神女小像掛件，「洋修女」叮囑他下山「叫你的姐姐妹妹來這裡聽聽福音啦」。掛件帶下山後令店主一家感到十分好奇。在文章中，現實的困頓與願望的失落再次產生強烈的碰撞構成行文張力，景物描寫之間，映像出更多的漂泊求索之意。即便有反諷的意味，但對洋教真實存在於滇緬邊界山中村落，並未加遮掩與醜化。

東西方文化的碰撞交會，從而展開文化的地理版圖，正如文化地理學者所論：「東西方之間的關係是『時間性』形式的對比。西方界定自己為先進的，要創造歷史，改變世界，東方則是被界定為靜滯與永恆。……歐洲塑造了未

〔註38〕艾蕪，《漂泊雜記》，生活書店，1937 年，第 30 頁。
〔註39〕如前，第 24 頁。
〔註40〕如前，第 25 頁。

來，而東方只能不斷重複。」〔註41〕在艾蕪時代，勇敢跋涉試圖向國門外的西方環境求學，是當時毋庸諱言的政治文化態勢，他《南行記》《漂泊雜記》等作品，詳細表現了這一心路歷程，呈現了 20 世紀二十年代中葉西南邊疆乃至鄰國 「開化」（「西化」）與半開化狀態的生態景觀，也是其作品富有文學建構多重魅力的符號學資源。除了「洋教士」之外，《漂泊雜記》還涉及一些佛教、本土教的宣化現象，如《邊地夜記》記述投宿一老婦人家中，遭遇「保安隊」上門劫掠，一名「老師」即宗教人士不無傳奇色彩的前後遭遇。表達了作者不無疑惑同時也是隱憂的民間關懷。

四、多民數疆域版圖的交通與交攻

西南地區是中國少數民族聚居最多的區間，艾蕪的冒險「南行」穿越與逗留多個民族區域，這之間的觀察、體驗、交流、戒備等，頻現於行文中，可稱淋漓盡致。他無疑是「五四」新文學至三十年代中採寫與涉及中國西南少數民族種族區域題材最多最早的作家，這方面興許只有沈從文的湖南湘西書寫可以與之媲美。但艾蕪的親身經歷與漂泊冒險遊記寫實，是沈的唯美主義情調的「希臘小廟」式的建構不能取代的。早在 19 世紀後期，川滇黔這些「西南夷」地區除傳教士、商賈外即經歐美探險家考察穿越甚至置留，例如舉世皆知的奧地利籍美國人約瑟夫·洛克，他比艾蕪稍早一點（自 1922 年始）深入滇、川、康等地區進行科考，與納西、彝、藏、羌、回等多個中國少數民族族群有所交會。後來三十年代英國作家詹姆斯·希爾頓（James Hilton）依據其素材創作小說名著《消失的地平線》。洛克當時的遊歷是得到美國《地理雜誌》的資助，他的穿越往往是有西南族群頭領交接保護，派出數名保鏢以及差役，馬轎從行，安全是有保障的。限於當時的傳媒管道，1925 年從成都動身南行的艾蕪似乎還並不確知洛克等人，而他的徒步無產式漂迫穿越與洛克等人比較，更有天淵之別。其冒險犯難、前途未卜、生死一線間，都構成《南行記》《漂流雜記》等作品不可複製的藝術懸念與張力。顯然在 20 世紀中期西南多民族區域特別「南絲綢之路」「茶馬古道」已構成交通的現代初步人際關係，但不可逆料與民族衝突隔膜、風險，仍如影隨形。艾蕪不迴避矛盾衝突與社會問題的紀實作品於三十年代還引起雲南省政府駐南京辦事處

〔註41〕（美）麥克·克讓，《文化地理學》，臺北：巨流圖書有限公司，2008 年，第 66～67 頁。

的抗議，指斥其歪曲滇東沿線民俗事實。〔註42〕

　　我在拙作《論艾蕪〈南行記〉交織反射的鴉片煙與青春氣息》〔註43〕論文中，述及《南行記》所成功塑造川、滇、緬邊地多民族區域青春女性形象，如《瑪米》《我詛咒你那麼一笑》《月夜》《山峽中》《流浪人》等涉及傣、回、彝、漢等多民族。這些女性形象既是那個時代與外界交通交流的森林片葉，也是亂世交攻、提防、戒備帶有反抗壓迫掠奪的生命形態寫真。《漂泊雜記》中有多篇述及多民族分布區域的行路歷程，如《蠍子塞山道中》《潞江壩》《走夷方》《擺夷地方》《鄉親》《克欽山道中》《古卡爾》等。自然生態抒情與人際關係的錯綜複雜、交會而戒懼，最終突出人性的美善包容與堅忍不拔，繪製出文學的西南通道地景關係，是這些作品共通的特色。「男走夷方，女多居孀，生還發疫：死棄道旁。」〔註44〕是《走夷方》一文的題引，傳說濕熱煙瘴能夠殺人，就是「擺夷婦女，多是眉目清秀的」，也可用巫蠱殺人，一個同行的暗自從事鴉片貿易的同伴就煞有介事地警告作者。在這些看似悠閒、抒情的行文中，密布緊張感覺，作者防人，人防作者（看見有手持鋤刀的莊稼漢會驚心，而有一次因隨行林中手中持有一節樹枝還引起作者前邊一群學生的恐慌），都充分表現了細節的生動。有驚而無險，作者在《潞江壩》借宿「擺夷人」家中，受到招待，文尾不覺自心裏呼出：「這是和平良善的民族啊！」

　　多語種交匯也是一個特點，「擺夷人」會「說著生硬的雲南話」，作者因漂泊期間逗留山谷中從事工役也學會了一些如傣語、克欽語、緬語等。作者在師範學校和昆明置留期間比較熟練地學習掌握了英語。這些語言交匯雜用無疑也襯托出一幅 20 世紀初期雲南邊地的文化地圖。《漂泊雜記》涉及較多的是「夷人」、「擺夷人」，即今之稱定的「彝族」或「摩梭族」，前者可能性更大。筆者在拙作《早期涼山彝族題材詩歌地標與風物特色書寫》等〔註45〕論文中曾有詳細引證可參見。「夷」、「彝」同音，新中國建立後正式定名，據

〔註42〕艾蕪，《漂泊雜記·重印前言》，雲南人民出版社，1982 年，第 2 頁。
〔註43〕張歡鳳，《論艾蕪《南行記》交織反射的鴉片煙與青春氣息》，載《中華文化論壇》，2018 年，第 6 期。
〔註44〕艾蕪，《漂泊雜記》，生活書店，1937 年，第 88 頁。
〔註45〕張歡鳳，《早期涼山彝族題材詩歌地標與風物特色書寫》，載《阿來研究》2016，第 5 輯，四川大學出版社。《大涼山的「麥田守望者」──俾伍拉且生態詩歌研究》載《民族文學研究》，2018 年，第 2 期。

說：「按照廣大彝族人民的共同意願，以鼎彝之「彝」作為統一的民族名稱。」
〔註 46〕迄今分布川、滇、桂等西南區域，彝族總約八百七千餘萬人口。梳理
下來，艾蕪極可能是新文學史第一位書寫彝族境界題材文學的作家。以陌生
化的內容書寫與近距離地交流觀察，寄寓深深的關愛、理解與同情甚至是讚
美，這是艾蕪《漂泊雜記》中對西南少數民族同胞比較一致的人文態度與文
學情調。

限於篇幅，《漂泊雜記》等作品中所涉及邊疆官民、匪患、軍閥、商貿、
走私、邊境、性別、民俗、出產、交通、家族、教育等大量牽涉政治文化地
理學的內容，不遑具論，留待他日。

如本文前引，捷克漢學家普實克以「抒情與史詩」總括中國現代文學的
基本風貌特徵，指出中國的現代文學比以往任何時期都敢於敞露自己的心扉，
抒發人間關懷，同時彰顯作者的個性，有悲劇的感受表現力，他說：「新的
語言並不是新文學誕生的基本條件，以現代方式成長起來的作家，能以現代
的眼光觀察世界，對現實生活的某些方面有與眾不同的興趣，這才是新文學
誕生的根本前提。」〔註 47〕如本文前論，艾蕪《漂泊雜記》等散文作品，從
政治地理學即人與社會環境的關係作用這一角度加以探討詮釋，特別能夠從
中感受到世界性與現代性的審美標出，雖然作品內容情節大多已經成為遠去
的歷史，但解讀名著，闡發新意，「發現和說明在社會中人類之間和他們在
局部發生變化的環境之間存在的關係」〔註 48〕，這是「政治地理學的職能，」
〔註 49〕同時也是文學理論與批評的職能義務。正如魯迅當年回覆沙汀、艾蕪
求教信中所說：「取其有意義之點，指示出來，使那意義格外分明，擴大，
那是正確的批評家的任務。」〔註 50〕

2019 年 5 月 30 日作畢於四川大學南門太守穴

〔註 46〕參見百度彝族辭條，並中華人民共和國中央人民政府網站 http://www.gov.cn/
彝族辭條。
〔註 47〕亞羅斯拉夫‧普實克，《抒情與史詩——現代中國文學論集》，上海三聯書店，
2010 年，第 201 頁。
〔註 48〕如前，第 107 頁。
〔註 49〕哈‧麥金德，《歷史的地理樞紐》，商務印書館，2017 年，第 25 頁。
〔註 50〕見魯迅 1931 年 12 月 25 日《關於小說題材的通信（並 Y 及 T 來信）》，原載
1932 年 1 月 5 日《十字街頭》第 3 期，後收入《二心集》，載《魯迅全集》第
4 集，人民文學出版社，1982 年，第 368 頁。

南行之旅與漂泊書寫

四川大學文學與新聞學院　王奕朋

摘要：

艾蕪出生在一個四川沒落地主家庭，地域環境和家庭環境對其性格的形成起到了重要作用。艾蕪生長在這樣的環境中，卻沒有理所當然地接受它。對於袍哥和戰爭，艾蕪是並無好感的，反應在作品中，便是艾蕪對袍哥群體的書寫和改造，以及南行前後反戰情緒的流露。艾蕪對「勞動人民」的態度也並非如傳統批評話語所說，是完全的讚美；從作品中看，便是其對下層群眾抱以同情理解的同時，卻又顯得並不十分合群。從南行前後的現實生活，到文本中「我」的態度，可以看出：艾蕪之所以會不斷南行和漂泊，正是因為他所看見的社會並不是他理想中的社會，換言之，漂泊本身不是南行的目的，當南行歸來、尋到「吾心安處」，艾蕪也將站在新的起點，繼續向前邁進。在《南行記》之前便有對「漂泊」、「流浪」的書寫，在不同的書寫背後，既有作家個體情緒的差異，也有時代變遷的影響，而《南行記》從形式與內容上都實現了對新文學「漂泊」書寫的突破。

關鍵詞：艾蕪；《南行記》；原因；文學史；價值

一、南行前的精神特質

《南行記》的舞臺上，趕馬人、私煙販子、小偷、抬滑竿的、士兵在賣力地表演，軍官和唱戲的也偶而登臺客串。我們不禁要問，是什麼給予了前面幾種人以主角光環？按照艾蕪本人的說法，《南行記》既然只是一路上親身經歷、見聞的記錄，創作時自然就沒有太多選擇的餘地。然而，一切材料在

被組織的過程中，都會無可避免地帶有個人的烙印，或者說，編導的權柄始終在客觀與主觀之間游移。而這游移的動力，不僅如一貫的評論所說，是對勞動人民的讚美和對壓迫者的批判，同時也處處帶有作家自幼浸染的地域和家庭氣息。一個人在年少時的所見所感，往往對其之後的人生選擇起著關鍵性的作用。從這個意義上講，站在五四新文化運動對艾蕪產生影響的角度，來解釋其南行、創作《南行記》，乃至日後加入左聯等一系列事件，固然有合理之處，但如果將其作為唯一的視角，則未免有點流於單調。只有較為全面地瞭解作家兒時的生活環境（包括地方性的大環境和家庭性的小環境），剖析其對作家心理產生的微妙影響，並將兩種視角結合起來，才能更好地完成對其作品（尤其是早期作品）的闡釋。

細讀文本不難發現，小說中的這些「下層人物」，許多都帶有濃鬱的江湖味道——有情有義、不拘小節、講究「道兒上」的規矩……如《流浪人》裏因擔心母女倆而責備同伴的矮漢子，又如《森林中》不願丟下「累贅」似的私煙販子的馬頭哥，或者如《荒山上》一直替「我」著想的順貞子，再加上作家四川人的身份，便讓我們不由得聯想到「袍哥」這一特殊的群體——馬頭哥和順貞子還會講黑話，簡直「鮮明地表白」了自己袍哥的身份。這些人既是無產者，同時——不管有沒有正式入會——也沾染有袍哥的氣質。

為什麼這裡要說是袍哥而不是其他的「俠客風範」呢？這是因為，袍哥是川渝地區一道獨特而突出的風景線，晚清民國尤為炫目。在從艾蕪出生到其離家南行（即 1904～1925 年）這段時間內，袍哥勢力無論從廣度還是深度，都產生了巨大的地方性影響。如果要更全面地瞭解艾蕪南行前的生活環境，我們就有必要為當時的「川渝袍哥圖」勾勒出一個大致輪廓，並從事實出發，體會這種氛圍對幼年、青年艾蕪所造成的影響。

在當時，袍哥勢力幾乎遍布整個四川（當時重慶也屬四川境內），不僅人數眾多、人員繁雜，而且與整個社會系統都有所勾連。有一句諺語很貼切地形容了這種繁榮盛況：「仁字號一紳二糧，義字號買賣客商，禮字號又偷又搶，智字號盡是扯幫，信字號擦背賣唱。」[註1] 不消說百分之九十的成年男性都「嗨」過袍哥，就連讀書的小孩子們也有意無意地追趕「排痤次」、「拉幫派」的風氣。艾蕪小學班上就有一男生，召集同學成立了「棒棒會」，自封大爺，

〔註 1〕袁庭棟：巴蜀文化志，成都：巴蜀出版社，2009.05：247。

其餘的祖叔子侄，也都成了哥老弟兄了。〔註2〕

袍哥的一大特點，正如前文所述，便是看重一個「義」字。在現代人看來頗覺「神奇」的體現之一，便是其對待「偷」與「盜」的不同態度。所謂「認盜不認偷」，袍哥人家認可「光明正大」地搶，卻不屑於「悄悄咪咪」地偷。雖然這二者在今天看來都不具備合法性，但在當時袍哥的價值觀裏，出於對「義」的崇尚，對二者所採取的態度卻是截然相反的。與「清水袍哥」相對的「渾水袍哥」，甚至還是職業強盜。不過，盜亦有道，艾蕪的四堂叔就曾被強盜擄走，捉去數月，後來見實在沒有什麼油水好撈，於是在綁到下一個能幫他們寫信的人之後，便將其放歸家中，臨走時還給了一筆盤纏。

艾蕪的父親也是袍哥的一員，要「嗨」得開，平時出手就得慷慨大方。艾蕪的父親在小學任教，工資並不高，且又是家裏唯一的經濟來源，這就使得一家人的生活日漸拮据起來。艾蕪年幼時曾不止一次聽到母親私下哽咽著向父親抱怨：「少用點哪，這樣花費下去，還得了！」〔註3〕而艾蕪自己對父親這種生活方式也是不看好的，他對此的形容是：「賭桌上，煙燈旁邊，便不能不敷衍一下。至於茶館出，酒店進，則更是常事。相與的人都有揮金如土的氣概，那怎好壓緊自己的衣袋，捨不得大把大把地花錢呢？」〔註4〕最後，因為家裏拿不出學費，艾蕪與聯合中學失之交臂。這對他打擊極大，甚至一度產生了自棄的念頭，是「想到我的母親對我懷抱很大的希望，不忍使她因我而受到人生最大的痛苦」〔註5〕，才沒有從了那泉塘的水的誘惑的。

人生活在一定的環境之中，卻不一定順從於它。可以說，雖然當時袍哥遍地，但從自己的生活體驗來看，艾蕪並不認為其存在是完全合情合理的。在生活中間接遭其打擊，自是談不上什麼好感；在小說裏也類似，比如，在《荒山上》裏的順貞子，就是一個很講義氣的袍哥朋友，其行為準則符合傳

〔註2〕艾蕪：我的幼年時代，見 艾蕪全集第11卷，成都：四川文藝出版社，成都時代出版社，2014.06：43。原載於《文藝春秋》第6卷第1～6期（1948年1～6月）。

〔註3〕艾蕪：我的幼年時代，見 艾蕪全集第11卷，成都：四川文藝出版社，成都時代出版社，2014.06：71。

〔註4〕艾蕪：我的幼年時代，見 艾蕪全集第11卷，成都：四川文藝出版社，成都時代出版社，2014.06：80。

〔註5〕艾蕪：我的幼年時代，見 艾蕪全集第11卷，成都：四川文藝出版社，成都時代出版社，2014.06：110。

統袍哥人家的規矩，對「我」也很坦誠；但「我」對他的營生的看法卻是「有錢能使鬼推磨」、強盜也得乖乖地為大商人服務。在順貞子眼裏，逃荒的難民比強盜更可怕，而這於「我」而言則難以苟同。顯然，「我」是站在另一個角度來評價他們的。作家筆下另外一些人物也常帶有袍哥的義氣，但他們的價值觀念與傳統意義上的袍哥人家卻並不完全相符——作家對他們「改造」，以及對他們的態度，是十分值得玩味的。

艾蕪的母親是一個典型的農村家庭婦女（雖然艾蕪家裏還有田地，祖父母、父母都不事耕種，但已經家道中落，並不曾過地主的悠閒日子），勤勞、樸實、善良，總是默默地給予艾蕪以關懷和支持。如果他按時完成了功課，母親會偷偷給他煮雞蛋吃；高小臨畢業時，覺得讀書無甚出路的父親並不太支持艾蕪繼續深造，而母親則希望他勇於嘗試，還鼓勵他說道：「你好好用功，只要你明年考得進高小，我拉錢募帳都會叫你讀的，你爹不出錢，我會找你的外婆！」〔註6〕母愛之於子女，猶如雨露之於幼苗。毫無疑問，艾蕪性格中的柔軟面很大程度上便來自母親對他的愛護，《南行記》中的「我」大多數時候也是很和善、為他人著想的。比如對待《我們的友人》裏的老江，明知道他是因自己的過錯而花光了大家的伙食費，卻還是因擔心他被其他幾個脾氣不好的朋友趕出去，自己掏錢替他補上虧空，又知道他經濟困難，還不要他還錢。然而，作為兒子的艾蕪，除了跟在母親身後分擔點力所能及的家務，大多數時候只能看著母親「終日有做不完的事」，甚至還要受妯娌和公公婆婆的氣。有一次不知因為什麼事情，祖母竟說：「你同她們不能比的，人家娘屋裏是啥人家？」〔註7〕母親便躲進屋裏哭，還說著很沉痛的話。還有一次，艾蕪的二舅父在艾蕪家多借宿了一宿，又被叔父他們約出去看戲，祖父便頗有微詞。母親很委屈地揩眼淚，說：「人窮了，做客都會招到討厭的！」〔註8〕但身為丈夫的父親也只能無可奈何地安慰幾句。旁人看來只是很小的兩件事，卻給艾蕪幼小的心靈留下了難以磨滅的印象，以至於幾十年後回憶起來，母親的低泣還彷彿在耳邊縈繞。

〔註6〕艾蕪：我的幼年時代，見 艾蕪全集第 11 卷，成都：四川文藝出版社，成都時代出版社，2014.06：85。

〔註7〕艾蕪：我的幼年時代，見 艾蕪全集第 11 卷，成都：四川文藝出版社，成都時代出版社，2014.06：73。

〔註8〕艾蕪：我的幼年時代，見 艾蕪全集第 11 卷，成都：四川文藝出版社，成都時代出版社，2014.06：17～18。

艾蕪性格的另一面——謀求自立、堅忍不拔、不願服輸，與其泛泛地解釋為繼承「移民」基因所致，倒不如說是父親袍哥式的生活方式給家庭帶來的痛苦，以及母親的辛酸統統落在眼裏後的自然反應。翻開《我在仰光的時候》這樣一部回憶錄，艾蕪給人的第一印象便是有著強烈的自尊心，若是對方瞧不起自己，那再困難也不受「嗟來之食」；若是對方心存友善、能夠平等相待，則願意接受幫助。面對「眉毛眼睛都沒有動一下」的公子哥，「我也保持著我一個工人的驕傲身份，不肯走過去攀援握手」〔註 9〕；而對於萬慧法師的恩情，則永遠銘記於心。這同樣適用於對《南行記》中「我」的個性的解讀。比如小說《森林中》——抽象來講，馬頭哥、小麻子、煙販子和「我」分別代表了四種謀生方式，即搶、偷、討、做工。顯然，「我」對於前三種的態度都是不贊同的，惟願以「勞動」這種平等的方式換取酬勞。又如《我的旅伴》中，「我」一開始見到老何，感到非常親切，「跟猜疑、輕視、驕傲、諂媚這些態度，一點也沒緣的。就像天空中的烏鴉，飛在一道那麼合適，那麼自然。」〔註 10〕可後來老何把「我」的難處到處說與人聽，「我」不禁討厭起老何來，覺得把難處講給缺少同情心的轎行老闆是完全不必要的〔註 11〕。

另一點不得不提到的，便是在《南行記》中還存在著驚鴻一瞥的「反戰情緒」。之所以說是「驚鴻一瞥」，是因為相關的篇目雖少，卻頗具價值。當時四川軍閥混戰，艾蕪的二舅父、三姨夫、堂叔父都有在軍隊裏做事的，二舅父還發了一筆橫財。從省立一師畢業後，父親希望他能進軍校，日後也能在軍隊中謀個職位。但艾蕪受五四新文化運動的影響，加之自幼生活在軍閥混戰的環境中，覺得這些「都是為軍閥賣命，危害人民」，所以不想從軍。〔註 12〕對於軍閥混戰，艾蕪一向是厭惡的。1927 年春，大革命正如火如荼地開展，當他滿懷希望從鄉村回到雲南，卻對眼前的景象大失所望：「我逐漸看出了一切都是依舊的。不同的一點，只是一個軍人下臺了，另幾個軍人又爬上

〔註 9〕艾蕪：我在仰光的時候，見 艾蕪全集第 11 卷，成都：四川文藝出版社，成都
　　　　時代出版社，2014.06：283。
〔註 10〕艾蕪：我的旅伴，見 艾蕪文集第 1 卷，成都：四川人民出版社，1981：203。
　　　　原載於《當代文藝》第 1 卷第 3 期（1944 年 3 月）。
〔註 11〕艾蕪：我的旅伴，見 艾蕪文集第 1 卷，成都：四川人民出版社，1981：247。
〔註 12〕艾蕪：我的幼年時代校後記，見 艾蕪全集第 11 卷，成都：四川文藝出版社，
　　　　成都時代出版社，2014.06：112。

去，新添一批擁護者而已。」〔註 13〕、「我看出這個震動昆明以至雲南的革命，仍然不是屬於我們這一類人的，以後無論什麼煊赫的集會，我也不想去參加了……大意是說這種換湯不換藥的革命，全是騙人的，應該變出一個好的環境，能夠使我們這類窮人苦人，也會真正得到幸福和尊敬。」〔註 14〕從四川到雲南，相似的場景滋長著相似的情緒，終於在明善堂診所掛號時集中爆發，凝結在《左手行禮的士兵》這樣一篇小說裏。這篇小說構思精巧，結局在意料之外、情理之中，深刻反映了戰爭給普通老百姓帶來的痛苦。除此之外，艾蕪筆下的軍官也大都不是什麼正派人物。《流浪人》裏一老一少兩個軍官，為了讓年輕姑娘跟自己回去唱戲，連哄帶騙、一唱一和，嘴臉簡直猥瑣醜惡之極。

二、在南行途中成長

當我們思考作家為什麼要寫這些人，不妨觀察一下他如何寫這些人〔註 15〕。最為突出的，當然就是那些正兒八經「道兒上」的人。《月夜》中的吳大林，一開始告訴「我」說：「岩鷹不打窩下食」，還說「同道的人總不能相互搞的」〔註 16〕，這種原則和袍哥人家是完全一致的。可是後來惱羞成怒，大聲罵出

〔註 13〕 艾蕪：我的青年時代，見 艾蕪全集第 11 卷，成都：四川文藝出版社，成都時代出版社，2014.06：336。原載於《文藝復興》第 4 卷第 1～2 期（1947 年 9～10 月）。

〔註 14〕 艾蕪：我的青年時代，見 艾蕪全集第 11 卷，成都：四川文藝出版社，成都時代出版社，2014.06：339。

〔註 15〕 這裡首先需要就《南行記》版本問題做一點說明。《南行記》最初於 1935 年集冊發表時，只收八篇小說。後來作家又陸續寫了相關的短篇，並不斷收入《南行記》中。到 1981 年四川人民出版社《艾蕪文集》出版時，已累計有 25 篇作品，並由艾蕪本人按南行順序做了重新排序。這一版的《南行記》（收錄於《艾蕪文集》第一卷）是以 1980 年人民文學社版出版的《南行記》為底本的，而後者又是以 1963 年作家出版社出版的《南行記》為基礎。2014 年四川文學出版社成都文學出版社出版的《艾蕪全集》第一卷中的《南行記》與《艾蕪文集》裏的《南行記》相比，抽去了《紅豔豔的罌粟花》和《瑪米》兩篇，原因大概是這兩篇都是作家第二次南行之後所作。但由於其中的故事仍然屬於第一次南行，故本文論述時沒有特意將其排除在外。這其中有兩點需要注意：第一，在增訂過程中，作家所處的時代背景是不斷變化的，而這對創作也會產生一定影響。第二，建國後艾蕪對其中許多作品都做了修改，但筆者對比後認為，這些修改對於本文的論述不會產生太大影響，所以在引用文本時，仍然以《艾蕪文集》第一卷中的《南行記》為準，特此說明。

〔註 16〕 艾蕪：月夜，見 艾蕪文集第 1 卷，成都：四川人民出版社，1981：113。原載於《貴州日報·新壘》90～92 期（1945 年 12 月 7、9、24 日）。

心聲：「老子們倒不管他媽的啥子回人漢人，在老子眼裏看來，世間就只有老肥和窮光蛋。是老肥，老子就要拔他一根牛毛。走盡天下，我都要這樣幹的！」〔註17〕看似流暢的情緒抒發，其實背後站著的卻是兩種不同的價值體系。前文已經說過，袍哥群體十分廣泛，上到富豪權貴、下到販夫走卒，拜過關公的都是兄弟，即使堂口不同（仁、義字號確實比其他字號勢力都大），但互相也是講究禮數的。正所謂「護袍子不護空子」，袍哥的是非判斷是以幫派內外為基礎，而不是以階級屬性為基礎。但是在這裡，吳大林卻從「道兒上」「叛變」，滑向了後者，將世間之人分成了「有錢人」和「窮光蛋」，從而完成了價值觀念的轉換。

催化這種轉換的，從文本來看，總是緣於生存的底線已經被突破。或者說，當最基本的生存都無法得到保障，什麼義氣、規矩、道德，統統都得靠邊站了。比如《森林中》的馬頭哥，本來也是袍哥中人，被綁起來後還開心地問詢對方「舵把子是哪一位？」〔註18〕，但連天的飢餓也讓他不由得打起了同行的歪主意。事實上，不僅在袍哥群體中存在這種轉換，《南行記》中絕大多數的「下層人物」都抱有同樣的態度。這種態度演繹到極致，便是對固有社會階層進行觀念上的解構——這在《海島上》的小夥子身上表現得猶為明顯，年輕時他也是幹苦力的，後來在船上卻終於帶著嘲弄的笑容對「我」說到：「你看，有些人樣子多驕傲呀。其實呢，並不比我們多一個鼻子眼睛，請問，有什麼了不得的地方？那無非穿得好，皮夾子裏多幾張紙票罷了。這樣的傢伙，我頂討厭！……你驕傲麼？我就要開你的玩笑！」〔註19〕他一點不覺得自己偷盜是可恥的，反而覺得「好玩兒」。又如《安全師》裏的和尚——按理說該是虔誠脫俗的代表了，但他崇尚什麼也好、貶低什麼也罷，憑的全不是什麼經文禪語，「我」反問他，他還嘲笑「我」說：「不管什麼學問不學問，總先要叫人活的起來。活不起來，你就再金光燦爛，我都不愛學的。」〔註20〕這種人生觀不是生而有之，而是後天養成的，因為面對「我」的勸告，

〔註17〕艾蕪：月夜，見 艾蕪文集第 1 卷，成都：四川人民出版社，1981：126。
〔註18〕艾蕪：森林中，見 艾蕪文集第 1 卷，成都：四川人民出版社，1981：150。
　　　　原載於《文學》第 9 卷第 1 期（1937 年 8 月）。
〔註19〕艾蕪：海島上，見 艾蕪文集第 1 卷，成都：四川人民出版社，1981：421。
　　　　1936 年 9 月 24 日作於上海。
〔註20〕艾蕪：安全師，見 艾蕪文集第 1 卷，成都：四川人民出版社，1981：377。
　　　　作於 1948 年 3 月 18 日。

他大聲質問：「哪個肯讓你好好做下去呢？有哪一個嘛，連叫做大慈大悲的如來佛，他都不肯的！」〔註 21〕之後又憎惡地罵……這顯然也有種走投無路的意思。

上文已經指出，作家對如順貞子那樣的傳統袍哥做派並不看好，對軍閥勢力更是心存厭惡，那麼，對被「改造」後的袍哥，以及這些被壓迫的勞苦大眾，作家的態度是怎樣的呢？按一般的理解和艾蕪本人的說法，這態度應該是讚美的：「我是要儘量抒發我的愛和恨，痛苦和悲憤的。因為我和裏面被壓迫的拉動人民，一道受過剝削和侮辱。我熱愛勞動人民……」〔註 22〕然而仔細對比就能發現文本與這種說法之間的「裂隙」。事實上，「我」與他們還有點格格不入。吳大林也算是有「初步階級觀」的人，「我」卻一針見血地指出：「你們搞的都是些窮苦的小販！」〔註 23〕《松嶺上》的老人被逼到絕路，殺人潛逃，「我」覺得：「他老人家做的事情，是可原諒的，但我卻不能幫他那樣做了。因為，我以為同情和助力，是應該放在更年青一代人的身上的。」〔註 24〕《山峽中》的野貓子固然迷人、自強、富有原始的生命力的美，但「我」聽到她諸如「爸爸說的好，懦弱的人，一輩子只有給人踏著過日子的。……伸起腰杆把！抬起頭吧！……」〔註 25〕這樣的言論，卻回答說：「你的爸爸，說的話，是對的，做的事，卻錯了！」〔註 26〕再從個體上升到整個社會生態，比如對於克欽山中畸形的「食物鏈」──店家最怕偷馬賊，第二怕抬滑杆的，以至於《偷馬賊》中老三不惜賭上性命也要讓山裏都知道自己「偷馬賊」的身份。「我」對此至多能說是抱有理解之同情，絕談不上認同乃至讚美。

看完這些「非典型好人」，讓我們將聚光燈打到「典型壞人」身上──無論是小說還是現實生活，有「好人」，自然就有「壞人」。而且或許是因為恨往往比愛來得更銳利的緣故，這種「壞人」經常以典型人物的形象呈現出來。《洋官與雞》裏的趙老闆和寸師爺便是這樣的典型。趙老闆表面聰明，千方

〔註 21〕艾蕪：安全師，見 艾蕪文集第 1 卷，成都：四川人民出版社，1981：377。

〔註 22〕艾蕪：南行記後記，見 艾蕪文集第 1 卷，成都：四川人民出版社，1981：431。

〔註 23〕艾蕪：月夜，見 艾蕪文集第 1 卷，成都：四川人民出版社，1981：113。

〔註 24〕艾蕪：松嶺上，見 艾蕪文集第 1 卷，成都：四川人民出版社，1981：109。
原載於《新中華》第 2 卷第 7 期（文學專號，1934 年 4 月，題為《松嶺的老人》）。

〔註 25〕艾蕪：山峽中，見 艾蕪文集第 1 卷，成都：四川人民出版社，1981：165。
原載於《青年界》第 5 卷第 8 期（1934 年 3 月）。

〔註 26〕艾蕪：山峽中，見 艾蕪文集第 1 卷，成都：四川人民出版社，1981：165。

百計討好洋官（英國殖民者），對此的說辭是：「人不會做事，會處處吃苦頭。
你該親眼看見了。哼，叫我學他，真是沒見識的女人！一個雞算得什麼？」
眉宇間還揚起得意的光彩。〔註27〕可誰料到，前腳才蔑視完老劉，說是「自
討得，送病雞的報應」，後腳自己便跟著遭了殃，吃了啞巴虧不說，晚上還得
照樣給「洋老祖」進貢。面對妻子諷刺、官兵催逼，他都不敢發作，唯有粗
魯地呵斥無辜的小女兒來解氣，活脫脫一個緬甸版「阿Q」。在《我詛咒你那
麼一笑》中，趙老闆對英國「貴客」也是奴顏婢膝、絲毫不敢違抗——即使
是以犧牲他人的尊嚴為代價。可那又怎麼樣呢？反正受難的不是自己，就算
是自己，忍一忍也就過去了。寸師爺則是個八面逢源的角色，表面上看是為
英國人做事，背地裏也能順著大家，把個英國人罵上一番，引得大家「儘量
使用他們平日刻薄別人的術語，對著英國官，像箭也似地亂發，彷彿把仇敵
紮成一個稻草人來射一般痛快。」〔註28〕有趣的是，無論是罵英國人，還是
幫英國人勸說緬甸人，他的口氣都是「溫文爾雅」的；在大家發洩憤怒的時
候，則「爽心地吹著不要錢的鴉片煙」〔註29〕。在這裡，作家的筆已經不再
停留在階級的壓迫與被壓迫上，而是牽扯到更深層次的民族矛盾和人的劣根
性上面了。這兩個人，不是單純地壓迫別人，或是被別人壓迫，而是二者兼
而有之。他們與先前那些「非典型好人」相比，是連最起碼的良知都泯滅了，
但這兩個群體之間也並非毫無共同點——他們都是為自己活，有的甚至是只
為自己活。

　　這就是「我」南行一路所看見的社會、所經歷的人生。《人生哲學的一課》
還僅僅是個開始，在長達六年的漂泊裏，「我」體會過溫情、也直面過醜惡，
慣見人情冷暖、飽經世事滄桑。這就是為什麼，「我」始終是以一個單獨的個
體形象存在於《南行記》中，沒有加入任何一個團體，也沒有在任何一個地
方長久停留，而是不斷地漂泊下去——不是為了逃避舊式婚姻，那樣的話只
消到一個新的地方安家便好；不是為了到熱帶不怕挨凍受餓，那樣的話只消
找到一份能養活自己的工作便好。作家接觸了勞動人民和底層社會，但這絕
不是他心中的理想社會。他的理想，是在《海》中流露出的對水手的羨慕：「使

〔註27〕艾蕪：洋官與雞，見 艾蕪文集第1卷，成都：四川人民出版社，1981：281。
　　　　作於1931年上海。
〔註28〕艾蕪：洋官與雞，見 艾蕪文集第1卷，成都：四川人民出版社，1981：283。
〔註29〕艾蕪：洋官與雞，見 艾蕪文集第1卷，成都：四川人民出版社，1981：283。

我驚奇的是，乃是他們中的好多人，都能談論國家大事，並且不是表面地隨口應和，而是有著很熱烈的關切。他們不僅只是關切自己的國家就算了，還關切著他們到過的而是屬於別個人的國家……我覺得他們真是在海上生活慣了，心胸已變成海那樣的寬闊，眼光有海那樣的深遠。」〔註 30〕艾蕪當年在緬甸宣傳獨立思想、加入馬來亞共產黨，被驅逐回國後加入左聯，即使一開始不被信任、後來被捕入獄，都再沒有動搖過自己的信念，這正是因為有理想做支撐的緣故。《老段》中那個十七八歲的孩子，便可看作是艾蕪自己的縮影：「由於這人的朝夕指引，幼稚的心胸裏，也溫熱起了對人類遠景的懷望。先前在廚房裏，胡裏胡塗地，和油煙煤灰混日子，把人生最好的時光，悄悄地糟蹋完掉，毫不顧惜；現在，便趁米鍋未開的當兒，取出懷裏的書，靜靜地蹲在爐邊展閱。一得閒，凡是有為的青年朋友，總想方設法去會會，想要從別人那裡取得一些值得學習的東西。」〔註 31〕這就是精神與信念的力量。

換言之，艾蕪從來不是為了南行而南行、為了漂泊而漂泊。「吾心安處是吾鄉」，一路南行，都是為了找尋心靈的棲息之所；找到了心靈之鄉，肉身自然也會安定下來。艾蕪離開家後，曾經在一個麵攤吃麵，碗筷全不興用水清洗，只能用桌布擦一擦。如果換作先前學生時代，自然會嫌棄一番，但現在卻毫不在意了，因為「我的行為與我的身份已經完全相符了」。可以說，從那時起，他就不再是那個「在湖邊看流星」的少年〔註 32〕，而是逐步踏上了三觀重塑的道路。《南行記》是艾蕪南行歸來後的作品，看似是旅途的終點，實則是站在另一個新的起點上，繼續向前邁進了。

三、「漂泊」書寫的文學史價值

流浪與漂泊無疑是《南行記》最大的特點之一，但實際上，這種書寫在此之前便已存在。從潘訓、王任叔這些文學研究會的作家，到成仿吾、郭沫若這些創造社的作家，再到蔣光慈這樣頗能代表「革命文學」的作家，筆下都曾有過「漂泊」和「流浪」的影子。它們與艾蕪的南行有何區別？這些區

〔註 30〕艾蕪：海，見艾蕪文集第 1 卷，成都：四川人民出版社，1981：425。原載於《文藝春秋》第 8 卷第 1 期（1949 年 1 月）。

〔註 31〕艾蕪：老段，見艾蕪文集第 1 卷，成都：四川人民出版社，1981：367。原載於《申報・文藝專刊》第 65 期（1937 年 2 月 19 日）。

〔註 32〕艾蕪：流星，見艾蕪全集第 13 卷，成都：四川文藝出版社，成都時代出版社，2014.06：293。

別又如何體現了艾蕪的精神特質，乃至在一定程度上反映了歷史潮流的變遷？解答這些問題，將有助於我們更清楚地認識《南行記》的文學史價值。

《南行記》作為一部自傳體「漂泊小說」，首先便給我們呈現了一個與眾不同的漂泊者典型。從形式上來說，在《南行記》之前類似題材的作品中，有的採用第一人稱敘事，「我」或是旁觀者或是漂泊者：前者如潘訓的《鄉心》和《人間》，後者如郭沫若的《漂流三部曲》、王以仁的《流浪》、蔣光慈的《少年漂泊者》；有的採用第三人稱敘事，如王任叔的《疲憊者》、成仿吾的《一個流浪人的新年》。而《南行記》中的「我」自己即是漂泊者（漂泊者、作者、主人公三者統一），小說內容即是「我」所經歷的漂泊過程（第一人稱順敘而極少倒敘或插敘）。這也是為什麼相似題材的作品，直到《南行記》才具有西方「流浪漢小說」的味道。

從性格上來看，「我」與之前的漂泊者形象也是迥然不同的。《人間》中的火吒司是逆來順受式的苦中作樂，生活已經困難到極點，但最多的表情還是「雙眼中含淚，而胡叢含笑」〔註33〕，並且自我寬慰：「我初也有些不好，近年卻也心平氣和了。做做一天，過去就過去了。有時苦楚極了，呆立在屋外，對著山色，但兒女來叫進去，看看家人都團聚，心頭也漸漸暖了。」〔註34〕《漂流三部曲》裏的愛车是懊喪、矛盾和自我懷疑的，不僅覺得自己「逡巡苟且，混過了大好的光陰」〔註35〕，更反問自己「這十年來，究竟成就了些什麼呢？」〔註36〕《少年漂泊者》裏的汪中則是勇儒摻半，一方面父母含冤而死，只能說「幻想是失意人自我安慰的方法」〔註37〕，另一方面對於王大金剛劫富濟貧的豪情十分嚮往；一方面覺得自己只不過是個做夥計的，不能從行動上支持學生抵制日貨，另一方面看到陶老闆要殺害學生又急忙前去通風報信。相比之下，《南行記》中的「我」，總體上給讀者的感

〔註33〕潘訓：人間，見小說月報社編，一個青年創作集〔M〕，商務印書館，1925.04：60。原載於《小說月報》第 14 卷第 8 號。

〔註34〕潘訓：人間，見小說月報社編，一個青年創作集〔M〕，商務印書館，1925.04：62。

〔註35〕郭沫若：漂流三部曲，見 楊芳選編，郭沫若作品精選〔M〕，武漢：長江文藝出版社，2007.04：432。原載於《創造週報》（1924 年 3 月～4 月）。

〔註36〕郭沫若：漂流三部曲。見 楊芳選編：郭沫若作品精選〔M〕，武漢：長江文藝出版社，2007.04：432。

〔註37〕蔣光慈：少年漂泊者，見 蔣光慈文集第 1 卷〔M〕，上海：上海文藝出版社，1982.11：17。亞東圖書館 1926 年 1 月初版。

覺是善良、正直，堅定、獨立的。吳大林偷了傣家的鴉片，「我」內心十分苦痛與不滿，但仍「稍微放軟聲音，趁勢勸他」說：「人家那樣人情美美地待承你，你也得軟下手嘛！」《私煙販子》裏的陳老頭雖然是個在亂世中追求刺激的「賭徒」，並勸「我」也販鴉片，「我」當然加重語氣地拒絕了他，但同時又「感到他的聲音，非常溫和，裏面含著無限好意和關切，我幾乎就想留在他的身邊。」〔註38〕可以說，雖然《南行記》中關於「我」的表現都是零散的，但「我」的形象卻是非常動人的。這當然與艾蕪的寫作手法、幼年的經歷和性格的養成都分不開。

從作品中那些漂泊者身上，總能窺見作家對於漂泊的看法。《人間》中「我」認為火吒司是「努力去追尋人間底愛，現在卻追尋著人間底苦惱了」〔註39〕，而這苦惱，雖是「由人間給他的」，但他卻仍「愛著人間，穿過痛苦去愛著人間！」〔註40〕「我」覺得漂泊雖然是會帶來許多苦難的，但只是勸道：「境狀雖不好，但請你得過也且過吧，誰又不是如此。」〔註41〕可以看出，潘訓對於這種在受難式的漂泊下所體現的「愛」是報以讚美的。事實上，作為湖畔詩人最初成員之一潘訓（潘漠華），在當時對於人生的態度也是較為柔和的，這從他同時期的詩作中便可窺見一斑。在《一個流浪人的新年》裏，成仿吾側重於表現的是主人公對於人生的倦怠，或者就如陳君哲對此文的評論所言，是「把我十數年生活狀態，寫得淋漓盡致。我所欲說的，都被他說盡了，我所欲說而辭不達意的，也都被他達盡了，把我每分鐘，每小時，每日，每月，每年，一點點儲蓄於腦底可憐的寂寞，被他全然取了出來……」〔註42〕——作品表現的就是當時現實生活中人們真實的、最深的「生命的衝動」。而《流浪》和《少年漂泊者》的主人公，對於漂泊都是沒有好感的了。《流浪》的主人公，作為一個知識分子，被逼到騙吃騙住的地步；雖不得不承認「人窮志短」，但面對記者的指責，卻又義憤填膺，覺得「那記者若是他自己也沒有錢

〔註38〕艾蕪：私煙販子，見 艾蕪：艾蕪文集第 1 卷，成都：四川人民出版社，1981：330。

〔註39〕潘訓：人間，見小說月報社編，一個青年創作集〔M〕，商務印書館，1925.04：63。

〔註40〕潘訓：人間，見小說月報社編，一個青年創作集〔M〕，商務印書館，1925.04：64。

〔註41〕潘訓：人間，見小說月報社編，一個青年創作集〔M〕，商務印書館，1925.04：61。

〔註42〕成仿吾：一個流浪人的新年，見 創造季刊，1922（第一卷第一期）。

的時候，斷乎不肯說出這樣輕如浮雲的話的！……我想那記者如果留心社會的秩序，如果有誠意去研究社會問題，他也不會說出這樣似通非通的話的。」〔註43〕這何嘗不是作者借人物之口抒發感情呢？同樣的見解在汪中這裡體現得更為直接，他認為害自己漂泊的罪魁禍首就是這「黑暗的社會」。不難看出，這些作品裏的人物，都是「被動」地漂泊的——即使是為漂泊下的愛所感動，對漂泊本身都是抗拒的，且在漂泊過程中只要能安定下來，就不會選擇繼續漂泊下去。而《南行記》中的「我」卻恰好相反，換言之，「我」的漂泊是「主動」的，過程也並不那麼痛苦：一路上邊地的風景都給予了「我」莫大的慰藉，遇到的人雖然不能使「我」甘於同伍，但也不乏真誠的幫助與關懷。不過，「我」還是選擇不停地漂泊下去，並沒有停留在某處。

另一方面，《南行記》中「我」漂泊的原因，也與之前的漂泊者們有所區別。之前「漂泊」的原因大體可分為兩類：一類是因無法生存而背井離鄉，如《鄉心》中的阿貴為了躲債而悄悄離家，《人間》中的火吒司迫於生計攜妻兒到桼樹坑過「野人」般的生活，《流浪》中的男主人公因失業後投奔朋友不遇而餐風露宿，《少年漂泊者》中的汪中因淪為孤兒而身如浮萍。一類是因精神的孤寂而自我放逐，如《漂流三部曲》中的愛牟，既對現實生活的窘迫感到惱恨，又為理想的求而不得而苦悶。送別妻兒後回想起以前寫的一首詩，便是這種心情的寫照：「嬌小的兒們呀，這正是我們的徵象，我們是失卻了巢穴，漂泊在這異鄉，這冷酷的人寰，終不是我們的住所，為逃避人們的弓彈，我們該往哪兒去躲？」〔註44〕又如《一個流浪人的新年》的主人公，覺得生活是如此的單調無趣、寂寞悲哀。最為經典的一幕要數跨年夜當晚，眾人屏聲靜氣等待新年鐘聲敲響時的安靜——正如郁達夫所言，「離人的孤冷的情懷」都結晶在了這一場「Silent Scene」的裏頭〔註45〕。《南行記》中的「我」——或者就是艾蕪本人——南行的緣由，看似二者兼有，實則如前文所述，是懷著善良、正直，堅定而獨立的心，不斷追尋理想中的社會。

〔註43〕王以仁：流浪，見 王以仁著：王以仁選集〔M〕，杭州：浙江文藝出版社，
　　　　1984.10：74。完成於 1924 年 3 月 12 日。
〔註44〕郭沫若：漂流三部曲，見 楊芳選編：郭沫若作品精選〔M〕，武漢：長江文
　　　　藝出版社，2007.04：436。
〔註45〕郁達夫：評論，見 劉秉山，周傑等選編：創造選粹〔M〕，瀋陽：遼寧大學
　　　　出版社，2001：25。

　　那麼，上述種種區別，除了作家個性的原因外，還能不能尋覓到一些社會歷史的影子呢？答案是肯定的。如果說《鄉心》和《人間》體現的是新文化運動落潮前，部分青年對於社會和人生的「悲與愛」的表現，那麼《一個流浪人的新年》和《漂流三部曲》則反映了一些知識分子（包括歸國後的早期創造社成員）的寂寥心情。至於蔣光慈的作品，則可以從「革命文學」的角度加以理解，《少年漂泊者》裏的汪中，既是漂泊者又是革命者（小說中另一個人物李進才同樣如此），在經歷了種種磨難後，他參加了工人運動（這一點與中國共產黨成立後領導工人運動以及 1923 年爆發的「二七大罷工」也有關聯），最後在戰場上光榮犧牲，以崇高的方式結束了自己漂泊的一生。至此小說完成了對於革命的正面宣揚——這是蔣光慈作為革命文學家的使命，並且在其之後的作品，包括「革命+戀愛」模式的書寫（如《衝出雲圍的月亮》）中均有所體現。艾蕪於 1932 年加入左聯，《南行記》最初的八篇作品即在此前後寫成，這些短篇正是他想通過表現自己「熟悉的題材」、成為一個「戰鬥的無產者」，從而「對於現代以及將來一定能有貢獻的意義」〔註46〕。《南行記》裏那些陸續編入的作品，則更加能體現這一理想。總之，在對「漂泊」的不同書寫的背後，既有作家個體情緒的差異，也有時代變遷的影響，而《南行記》從形式與內容上都實現了對新文學「漂泊」書寫的突破。

結語

　　本文嘗試對艾蕪南行原因做了新解，但在過程中又不斷產生了新的問題，比如，為什麼《南行記》在八十年代重回大眾視野，批評史的波濤背後折射出怎樣的思潮演變？又如，艾蕪三次南行的系列作品有怎樣的區別和聯繫，後兩部對第一部的解讀是否產生了影響？再如，「漂泊」和「流浪」是否有明確的界限，二者是怎樣傳入中國的（或者古已有之，詞源史又是如何），在闡釋中國現代文學作品時是否應該做嚴格區分？……由於時間和篇幅的限制，這些問題當留待日後解答了。

　　艾蕪一生筆耕不輟，為後世留下了五百萬字的作品，《南行記》無疑是最耀眼的那一部。從這些文字中，我們分明可以看到一個柔軟而堅定的青年一路跋涉的足跡。今年恰逢艾蕪誕辰 115 週年，謹以此文作為紀念，希望老先生的精神永存吧。

〔註46〕魯迅：關於小說題材的通信，轉引自譚興國著，艾蕪的生平和創作〔M〕，重慶：重慶出版社，1985.11：69。

參考文獻

作家作品類：

〔1〕艾蕪著：艾蕪全集第 11 卷我的幼年時代、童年的故事、我的青年時代〔M〕，成都：四川文藝出版社，2014.06。

〔2〕艾蕪著：艾蕪全集第 13 卷散文詩歌戲劇〔M〕，成都：四川文藝出版社成都時代出版社，2014.06。

〔3〕艾蕪著：艾蕪文集第 1 卷南行記〔M〕，成都：四川人民出版社，1981.11。

〔4〕艾蕪著：南行記〔M〕。北京：人民文學出版社，1980。

〔5〕艾蕪：人生哲學的一課〔N〕。文學月報，1932 年 12 月（第 5、6 期合刊）。

〔6〕艾蕪：山峽中〔N〕，青年界，1934 年（第 5 卷第 3 期）。

〔5〕蔣光慈：蔣光慈文集第 1 卷〔M〕，上海：上海文藝出版社，1982.11。

〔7〕艾蕪：松嶺上的老人〔N〕，新中華，1934 年 4 月（第 2 卷第 7 期文學專號）。

〔8〕艾蕪：我們的友人〔N〕，新時代，1933 年 4 月（第 4 卷第 3 期）。

〔9〕艾蕪：在茅草地〔N〕，文學雜誌，1933 年 8 月（第 3、4 期）。

〔10〕成仿吾：一個流浪人的新年〔N〕，創造季刊，1922 年（第一卷第一期）。

〔11〕劉秉山，周傑等選編：創造選粹〔M〕，瀋陽：遼寧大學出版社，2001。

〔12〕小說月報社編：一個青年 創作集〔M〕，商務印書館，1925.04。

〔13〕楊芳選編：郭沫若作品精選〔M〕，武漢：長江文藝出版社，2007.04。

研究專著類：

〔1〕樊松南等編著：幫會勢力珍聞〔M〕，中原出版社，1987.06。

〔2〕劉延剛，唐興祿，米運剛著：四川袍哥史稿〔M〕，成都：四川教育出版社，2015.03。

〔3〕毛文；黃莉如：艾蕪研究專集〔M〕，成都：四川文藝出版社，1986.12。

〔4〕譚興國著：艾蕪的生平和創作〔M〕，重慶：重慶出版社，1985.11。

〔5〕王曉明著：沙汀艾蕪的小說世界〔M〕，上海：上海文藝出版社，1997.06。

〔6〕王澤華，王鶴著：民國時期的老成都〔M〕，成都：四川文藝出版社，1999.12。

〔7〕袁庭棟著：巴蜀文化志〔M〕，成都：巴蜀書社，2009.05。

〔8〕張嘉友著：四川袍哥簡史〔M〕，成都：四川大學出版社，2016.10。

〔9〕中國人民政治協商會議四川省委員會文史資料研究委員會編：四川文史資料選第 41 輯〔M〕，成都：四川人民出版社，1993.06。

單篇論文類：

〔1〕胡風：南國之夜〔N〕，文學，1935 年 6 月（第 4 卷第 6 期）。

〔2〕李怡：巴蜀文化的二十世紀體驗者（續）──關於郭沫若和其他幾位四川作家的讀書箚記〔J〕，郭沫若學刊，1996（02）：9～13+46。

〔3〕李怡：從移民到漂泊──現代四川文學與巴蜀文化之四〔J〕，寧德師專學報（哲學社會科學版），1996（01）：55～59+71。

〔4〕李怡：論現代巴蜀文學的生態背景〔J〕，西南師範大學學報（哲學社會科學版），1995（03）：99～102。

〔5〕沈慶利：「鐵屋子」之外的「別一洞天」──滇緬邊境與艾蕪《南行記》〔J〕，中國文學研究，2001（03）：48～53。

〔6〕譚桂林：論中國現代文學的漂泊母題〔J〕，中國社會科學，1998（02）：161～174。

〔7〕王曉明：論艾蕪的三部長篇小說〔J〕，文學評論，1984（04）：54～64。

〔8〕吳福輝，王曉明：關於艾蕪《山峽中》的通信〔J〕，中國現代文學研究叢刊，1993（03）：138～145。

〔9〕吳進：論沈從文與艾蕪的邊地作品〔J〕，中國現代文學研究叢刊，1988（01）：96～117。

〔10〕張悅：艾蕪與他的三部「南行記」〔J〕，中國現代文學研究叢刊，2017（09）：116～123。

〔11〕張直心：「南行」系列小說的詩化解讀──一些連通現代文學與當代文學的思緒〔J〕，中國現代文學研究叢刊，2013（12）：129～134。

〔12〕趙小琪：艾蕪早期小說的文化想像〔J〕，文學評論，2004（05）：21～27。

〔13〕周立波：讀《南行記》〔N〕，讀書生活，1936 年 3 月（第 3 卷第 10 期）。

經驗寫作與時代寫作互滲
——論艾蕪 1930 年代的創作道路

北京師範大學文學院　蔡益彥

摘要：

　　艾蕪在其創作經驗談當中多次回顧自己是如何走上文學道路的,從認為文學僅僅是一種消遣到逐漸認識其重要價值以至堅定了自己的文學道路,這中間觀念的轉變與其人生經驗和時代的發展是緊密相關的,本文主要探討艾蕪文學觀念轉變的內在機制,以艾蕪與魯迅的內在關聯為視域,通過幾個關鍵事件探討艾蕪對於 1930 年代文學的理解。儘管艾蕪 1930 年代的寫作有很強的時代意識,但由於其敏銳的文學感受力和特殊的人生經驗,導致了其寫作呈現出獨特的性質,1935 年《南國之夜》和《南行記》的出版,使得艾蕪逐漸成為文壇上受人矚目的新作家,1930 年代關於《南行記》的評論,出現了多種視角,評價口吻不一,這固然與評論者的立場有關,但從另一層面,正說明了當經驗性與時代性發生撞擊時文本何以獨特的原因。

關鍵詞:艾蕪;魯迅;《南行記》;經驗寫作;時代寫作

一、文學觀念的轉變:個人經驗與時代的交合

　　1930 年代的文學語境相比於 1920 年代發生了很大的變化,由於特殊的政治文化環境,時代性寫作成為很多作家的共識,特別是有左聯背景的作家,更是把「文學如何表現時代」這樣的命題推向了極致,以至於出現公式化、概念化等諸多的創作弊端,引起文壇上多次的論爭。有學者認為「三十年代政治文化對當時作家和文學創作活動起了重要的制約作用。這些政治意識左右了作家的文學選擇。政治訴求、政治意識、政治價值觀或明顯或潛隱的趨

導,在較大程度上決定了作家從事創作的使命感和源於政治思考的創作預設,而且多少也決定了作家們觀照問題的角度、選取文學題材的眼光和處理題材的方法,並由此形成了三十年代創作的許多重要現象和重要特徵。」〔註1〕作家的文學選擇呈現出一種集體化轉變傾向,不得不說與時代的急劇變化密切相關,同時也來自於作家個人獨特的生活體驗而做出的自覺選擇。1930 年代,文壇上十分流行作家創作經驗談,這樣的書籍往往也是大賣,讀者從中可以窺見作家是如何與文學發生關係以及創作觀念是怎樣轉變的,同時也希望獲取一些寫作的經驗和技巧。筆者以《我與文學》和《創作經驗談》這兩本書籍為例,挑選一些作家的經驗談,對這一問題可有所概觀。

《文學》(創刊於 1933 年 7 月,由鄭振鐸、傅東華主編)創刊一週年之際,該刊發起了題為「我與文學」的徵文活動,收到了茅盾、巴金、沈從文、蕭幹、艾蕪等 59 位作家的文章,談論自己對於文學的態度和見解,為廣大「文學愛好者」提供了很好的參考經驗。後來這些徵文輯錄成單行本《我與文學》,由生活書店初版於 1934 年 7 月。本書出版不到兩個月即加印兩次,可見其受歡迎程度。編者在書的引言裏說,「這數十位作家在文學活動上各有各的不同經驗,他們對於文學的態度和見解當然不能完全一致,但有兩個值得重視的共同點:其一,各人所發表的意見都是自己對文學親切體驗的結果;又其一,各人之與文學發生因緣或中途轉變態度,無不由於某種外在的戟因所促成。我們由這重視體驗和戟因兩個共同傾向上,就可以看出我們的文壇已於冥冥之中差不多一致進入新文學發展的另一階段了。」〔註2〕這裡所言的「某種外在的戟因」更多指向的是由時代的發展潮流帶來的不可抗拒的因素,而「新文學發展階段」即文學更為注重時代書寫,表現複雜的社會歷史大手筆,文藝大眾化而區別於五四啟蒙文學的新階段。這樣的歷史新階段,文壇幾乎是「差不多一致進入的」,從這個層面上講,要完全擺脫時代的訴求,只注重個人「內在」表現的文學,無疑顯得不合時宜。

《創作的經驗》,天馬書店 1933 年 6 月初版,三年時間內共 4 版,近萬冊,可見其受歡迎程度之高,收錄了魯迅、郁達夫、丁玲、茅盾、田漢、施蟄存等 1930 年代重要作家的創作自述 16 篇以及兩個附錄(第一個附錄,是搜

〔註1〕朱曉進:《政治文化與中國二十世紀三十年代文學》,人民出版社 2006 年版,第 266 頁。

〔註2〕《我與文學》——《文學》一週年紀念特輯,上海生活書店 1934 年版。

集曾經在他處發表過的，足資參考的國內各家的經驗，第二個附錄是關於國外作家的）。編輯後記裏記敘了選編這本書的目的在於「使那些專門找做法入門的人，可以有機會認識一些創作的實踐的途徑。」〔註3〕另一方面，也是希望讀者能夠認識到「文藝的路不是一條輕巧的路，創作事業是一種刻苦的事業」〔註4〕，要端正自己的文學態度，茅盾在《致文學青年》一文中曾經提到一個現象「如果現代太多數青年當真在打算做文學家，那就不折不扣是混亂的現中國的嚴重的病態！」〔註5〕茅盾的話雖然有點偏激，但他真正的意圖是想藉此批評文學青年缺乏嚴肅的批評精神，把愛好文藝當作個人的志向。反對沒有深切人生意義和社會價值的個人情感的產物，反對遊戲的態度去觀察人生而寫作的文藝。茅盾指出造成此種現象的幾個原因，其中之一是多數青年的畏難情緒，以為學習其他學科理論太難而又無所出路，轉而學習文藝。《創作的經驗》編輯後記也提到市面上的書店老闆也應著此種形勢，印行千十百種的小說做法和創作入門這一現象，似乎只要熟讀幾本創作入門的書籍，就可以創作。

　　1930 年代作家的文學選擇與時代發展密不可分，如葉紫《我怎樣與文學發生關係》一文講述了時代的洪流如何粉碎了自己美好的家庭，過上流浪漂泊的生活，寫作成了發洩內心鬱積的方式，「沒有技巧，沒有修辭，沒有合拍的藝術的手法。只不過是一些客觀的，現實社會中不平的事實的堆積而已。」〔註6〕癡迷於法國象徵詩歌的穆木天在目睹了東北農村的破產，又經歷了「九·一八」的亡國痛恨後，終於感到詩人的社會使命。〔註7〕而胡風在經歷了「五卅」浪潮之後，社會觀與藝術觀之間不可調和的矛盾也被攪成渾然的一片，「整個社會都動在我底前門，我沉進了人群底海裏，忘掉了一切……」〔註8〕丁玲更是在時代環境的驅使下，調整了自己的寫作方向，反思自己早期的作品陷入了「戀愛與革命的衝突的光赤式的阱裏去了」〔註9〕。

〔註3〕魯迅等著：《創作的經驗》，天馬書店 1935 年版，第 117 頁。
〔註4〕魯迅等著：《創作的經驗》，天馬書店 1935 年版，第 116 頁。
〔註5〕茅盾：《致文學青年》，《中學生》1931 年第 15 期。
〔註6〕葉紫：《我怎樣與文學發生關係》，《我與文學》，生活·讀書·新知三聯書店 2012 年版，第 48 頁。
〔註7〕穆杕：《我主張多學習》，《我與文學》，生活·讀書·新知三聯書店 2012 年版，第 371 頁。
〔註8〕胡風：《理想主義時代者的回憶》，《我與文學》，生活·讀書·新知三聯書店 2012 年版，第 307 頁。
〔註9〕魯迅等著：《創作的經驗》，天馬書店 1935 年版，第 24 頁。

　　這樣的例子還有很多，無需贅述。艾蕪的文學道路，就是在這種時代浪潮的衝擊下慢慢鋪展開的。《我與文學》收錄了艾蕪的一篇創作經驗談，題為《墨水瓶掛在頸子上寫作》，回憶了自己同文學如何發生關聯，遭遇了哪些人生經驗，使得文學觀念得以轉變並決心走文藝這條道路。應該說，沿著作者的回憶軌跡，我們可以清晰地看到，其文學觀念發生轉變似乎存在某種有序的內在邏輯，轉變的結果自然不用說，由此確定了艾蕪對於寫作意義的理解——為時代助力和貢獻。筆者感興趣的是這種文學自覺是怎樣發生的？內在機制怎樣，文學觀念與實際的創作是否完全吻合？

二、艾蕪與魯迅：缺席的見面與精神的在場

　　說起艾蕪文學觀念的轉變以及艾蕪對於 1930 年代文學的理解，有幾件事無法繞過，其中很大部分跟魯迅又有著內在的聯繫，如關於小說題材的通信，監獄事件的財力救助，魯迅之死的紀念，這幾件事都是發生在上海的場域，而在緬甸觀看影片所受到的精神影響，更是與青年時期的魯迅在日本求學的「幻燈片」事件有著相似的精神同構作用。

　　電影院看片一事讓艾蕪改變了對文藝的看法「由此，我才深刻地認識了藝術的魔力，同時也明白了文藝的重要」〔註 10〕。《南行記》序言詳細地回憶了這部影片的內容，影片名為 Telling The World，是美國導演山姆・伍德拍攝的一部喜劇，1928 年上映。艾蕪是在異國他鄉觀看的這部電影，「在仰光 Sule Pagoda Road（當地華僑稱為白塔路）的 Golbe 戲院內，看見一張好萊塢的片子。」〔註 11〕由觀影認識到文藝並不是茶餘飯後的消遣品，而是具有價值滲透，用感動的形式傳遞意識形態的宣傳作用。「這一來，全戲院的觀眾，歐洲人，緬甸人，印度人，以至於中國人，竟連素來切齒帝國主義的我，也一致闢闢拍拍大拍起手來。而大美帝國主義要把支那民族的卑劣和野蠻 Telling The World（這影片的劇名）的勳業，也於此大告成功了，因為，我相信，世界上不瞭解中國民族的人們，得了這麼一個暗示之後，對於帝國主義在支那轟炸的英雄舉動，一定是要加以讚美的了。」〔註 12〕

〔註 10〕艾蕪：《墨水瓶掛在頸子上寫作》，《我與文學》——《文學》一週年紀念特輯，生活・讀書・新知三聯書店 2012 年版，第 85 頁。
〔註 11〕《南行記序》，《南行記》，文化生活出版社 1935 年版。
〔註 12〕《南行記序》，《南行記》，文化生活出版社 1935 年版。

關於「幻燈片」事件，魯迅在《吶喊自序》和《藤野先生》裏均有提及：

其時正當日俄戰爭的時候，關於戰事的畫片自然也就比較的多了，我在這一個講堂中，便須常常隨喜我那同學們的拍手和喝彩。有一回，我竟在畫片上忽然會見我久違的許多中國人了，一個綁在中間，許多站在左右，一樣是強壯的體格，而顯出麻木的神情。據解說，則綁著的是替俄國做了軍事上的偵探，正要被日軍砍下頭顱來示眾，而圍著的便是來賞鑒這示眾的盛舉的人們。

〔……〕因為從那一回以後，我便覺得醫學並非一件緊要事，凡是愚弱的國民，即使體格如何健全，如何茁壯，也只能做毫無意義的示眾的材料和看客，病死多少是不必以為不幸的。所以我們的第一要著，是在改變他們的精神，而善於改變精神的是，我那時以為當然要推文藝，於是想提倡文藝運動了。(《魯迅全集》第一卷 P438～439)

第二年添教黴菌學，細菌的形狀是全用電影來顯示的，一段落已完而還沒有到下課的時候，便影幾片時事的片子，自然都是日本戰勝俄國的情形。但偏有中國人夾在裏邊：給俄國人做偵探，被日本軍捕獲，要槍斃了，圍著看的也是一群中國人；在講堂裏的還有一個我。

「萬歲！」他們都拍掌歡呼起來。

這種歡呼，是每看一片都有的，但在我，這一聲卻特別聽得刺耳。(《魯迅全集》第2卷 P317)

我們都知道魯迅棄醫從文的人生選擇，與這一「觀看」事件息息相關，艾蕪深刻認識到文藝的重要性，同樣來自於觀看電影的震撼，與魯迅的「幻燈片」事件，在精神上的衝擊似乎有某種同構的關係，但兩者所做出的反應和對事件本身理解的程度卻出現了一定的偏差，導致了對文藝功能的認識有所不同。毫無疑問的是，兩者都承認了「影像」的視覺衝擊以及觀看環境氛圍對於情緒的感染，正如魯迅所言，「我在這一個講堂中，便須常常隨喜我那同學們的拍手和喝彩」，但當影像內容涉及到民族自尊時，魯迅和艾蕪的表現卻有略微的差異，魯迅在眾人的鼓掌和喝彩聲中，保持著清醒的理智，「但在我，這一聲卻特別聽得刺耳。」這一次，魯迅的情緒沒有被盲目連帶進去，而是開始轉向自我的審視，是一次自我啟蒙，由此便展開了「國民性改造」

問題的思考，認為需要通過文藝的力量，重新改變國民的精神。艾蕪在觀看了影片之後，儘管素來對帝國主義切齒，卻無法擺脫影片中情感力量和周圍環境的影響，忘情地鼓掌，這一事件讓其意識到文藝所具有的感染力，可以具有政治意識形態宣傳的巨大效果，但他卻沒有達到魯迅的深度，文藝的功能僅僅成為一種用情感來增強宣傳效果的工具。

值得分析的是，「觀看」影像這一行為，是在什麼的語境下才具有如此重大的影響力，能改變兩位作家的人生選擇與思想觀念。其中一個很重要的原因是當事人遠離國家，置身於其他民族國家之中，周圍都是不同種族的人，更增加了自我身份的敏感意識，這種異鄉的孤寂感更容易觸動其自尊的神經，而影像內容又是侮辱中國人的情節，這時候的我，就不單單是個體的我，而是代表著「祖國」的我，民族情緒自然無意識中被放大了，道德壓力也隨之而產生，影片中對於中國人的羞辱，自然就落到了沒有犯錯的「我」身上，那種不安、緊張、羞辱感在周圍都是異己的時候，更是深入內心，無處可逃，此種震顫的效果，是難以抹滅的。其二是電影院和狹小的教室屬於集體的公共空間，其特點又是燈光暗，空間密閉，容易使人產生眩暈感，精神亢奮，可以增強政治宣傳的效果，造成集體性的狂歡，魯迅觀看的是日俄戰爭的影像，日本作為戰勝國的一方，當然是鼓舞了日本青年的情緒，在這種空間觀看，無疑大大增加了群體的政治無意識，造成狂歡化的效果。而艾蕪觀看的環境是緬甸的電影院，觀眾是殖民國家與被殖民國家不同人種的混合，在東方殖民地緬甸，放映一部講述支那民族卑劣和野蠻的性格的影片，將引起全世界觀眾對於中國的亦或東方的想像，認為這樣惡劣的民族就理應被馴化，從而為侵略戰爭找到一個合乎道德的理由，這樣的政治觀念包裝在一個動人的故事之下，影片講的是一個有情人終成眷屬的故事，因為發生背景是中國，從而具有了民族主義的暗示，想像中的東方是野蠻的，卑劣的，故事結局是皆大歡喜。艾蕪捲入這種狂歡化的集體感動中，完全沒辦法招架自身情感的衝動，即便知道了故事背後的政治觀念。其三是幻燈片或電影這種形式本身的效果，照片和影片的在視覺上給人構成的衝擊是瞬間而可以深入其意識內部，造成顫慄的效果。文字的表達效果需要大腦的加工想像，轉成畫面，這中間失掉了強烈的刺激。即便不識字的觀眾，通過畫面的呈現，也能直接理解故事的內容。影片情感滲透甚於觀念宣傳，文藝的功用被放大了，成了意識形態宣傳的最佳方式。從艾蕪觀看影片的反應中，我們可以看到，在情感與

觀念的衝突當中，觀念是可以被壓制的，這為艾蕪往日的寫作埋下了伏筆，下文會分析艾蕪寫作中經驗與觀念之間的某種相互牴觸，造成文本的內在張力。

影片對艾蕪的影響是深遠的，但還不足以讓其真正走上文學的道路，更大的推動力，還在於回國期間的所見所聞以及好友沙汀的鼓勵，熱心幫助，受其感動而下定決心走文學的道路。當然，艾蕪也動搖過，多次投稿的碰壁，以及對於寫作意義的不確定，直到和魯迅的通信，才確定了為時代助力的文學寫作方向。第二年（1932 年，加入左聯），12 月，短篇小說《人生哲學的一課》發表於《文學月報》第 1 卷第 5、6 合刊，作為作家的艾蕪才算正式進入文壇，開啟了一生的寫作之旅。

艾蕪的寫作，與其親身體驗總是息息相關，應該說上海的生活境遇在很多程度上形塑了艾蕪的寫作認知，而師友朋輩的關懷和認可也構成其寫作的巨大動力。初到上海，雖然投稿多次被拒，但艾蕪並沒有放棄，當寫作與其自身體驗相互關聯起來時，就不再是可有可無的，而是有一種非寫不可的熱情，「這使我感到挫折，但是還是要寫下去，因為題材一涉及到過去的流浪生活，文思像潮水似的湧來，不能制止。再加我回到離開四年的祖國，耳聞目睹，總覺得比帝國主義直接統治的殖民地還不如。」〔註 13〕在上海被英國巡官帶著印度巡捕、中國巡捕搜身的經歷，增加了艾蕪對寫作的一些刺激因素。「我不能忍受下去，對於反帝這一重大戰鬥，一定要出把力，即使只在文字上表示一下，也是好的。」〔註 14〕目睹了紗廠女工被壞人拐騙賣到廈門妓院為娼的事實而難過良久，無法忘記。「我曾想過，不能解救屬於此類人民的苦難，至少也得用筆描繪出來，引起全國人民的注意，並有所激動」〔註 15〕，但作者由於對上海的情形不夠深切瞭解，一直沒動筆，但是這一事件卻催促其去寫「那比較熟悉的滇緬邊界人民的慘痛生活」〔註 16〕。上海生活的境遇，使得「反帝」、「描繪人民的苦難」這些題材漸漸成為艾蕪的關注點，如何才能使寫作成為時代的助力？怎樣的寫作才是有意義的？帶著這些疑惑，艾蕪和沙汀在 1931

〔註 13〕 《三十年代的一幅剪影——我參加左聯前前後後的情形》，《艾蕪研究專集》，
　　　　 四川文藝出版社 1986 年版，第 40 頁。

〔註 14〕 《三十年代的一幅剪影——我參加左聯前前後後的情形》，《艾蕪研究專集》，
　　　　 四川文藝出版社 1986 年版，第 41 頁。

〔註 15〕 《三十年代的一幅剪影——我參加左聯前前後後的情形》，《艾蕪研究專集》，
　　　　 四川文藝出版社 1986 年版，第 42 頁。

〔註 16〕 《三十年代的一幅剪影——我參加左聯前前後後的情形》，《艾蕪研究專集》，
　　　　 四川文藝出版社 1986 年版，第 42 頁。

年底一起寫信向魯迅請教短篇小說創作題材的問題,即《關於小說題材的通信》,並寄上作品《在太原船上》求教正。艾蕪多年後回憶這段往事,說魯迅的回信稱《太原船上》樸實,原信已丟失,後來作品以喬誠的筆名發表在 1934 年的《文藝新地》上(作者記憶有誤,是《文學新地》)〔註 17〕。

「寫什麼?」在 1930 年代初期是一個很有爭議的問題,艾蕪和沙汀的困惑就不單獨是兩位年輕作家個人的困惑,而成為一個時代共性問題。1931 年 11 月左聯執委會的決議《中國無產階級革命文學的新任務》對無產階級革命文學的創作問題有了新的規定,從創作的題材,方法和形式三個方面給出了最根本的原則。第一,作家必須注意中國現實社會中廣大的題材,尤其是那些能完成目前新任務的題材。第二,在方法上,作家必須從無產階級的觀點,從無產階級的世界觀,來觀察,來描寫。作家必須成為一個唯物的辯證法論者。第三,在形式方面,作品的文字組織,必須簡明易解,必須用工人農民所聽得懂以及他們接近的語言文字;在必要時可以容許使用方言〔註 18〕。這份決議規定的創作問題,從表述方式上完全就是一份不容質疑的綱領文件。「必須」的連貫句式,從根本上就把作家的創作自由限制在一定的範疇之內,凡不合綱領文件精神的,都是不被認可的甚至會遭受批判。從創作題材看,什麼內容可以稱得上「現實社會中廣大的題材」,凡是能幫助完成當前新任務的題材,譬如反帝題材,反對軍閥地主資本家政權以及軍閥混戰的題材等,這些題材都具有鮮明的時代性,屬於大眾的,因而可取,需要拋卻的是那些「身邊瑣事」,小資產知識分子式的「革命的興奮與幻滅」、「戀愛和革命的衝突」之類等等定型的觀念的虛偽題材〔註 19〕。僅以 1931 年為例,錢杏邨認為這一年作家應當抓取的主要題材,應該是廣大的洪水災難;其次是反帝的題材,這都是符合時代任務,具有重大社會歷史意義的事件型題材。1931 年的水災波及十六省,死亡人數多達二十餘萬,造成流民失所的社會慘劇,給中國和世界重大影響。而東三省問題,日本帝國主義對東三省的侵略軍事行動,更是一個重大的國際事件。這些題材,錢杏邨認為是作家應該著重抓取的〔註 20〕。

〔註 17〕艾蕪:《關於太原船上》,《文匯報》1983 年 1 月 20 日。
〔註 18〕《中國無產階級革命文學的新任務》,《文學導報》1931 年第 1 卷第 8 期。
〔註 19〕《中國無產階級革命文學的新任務》,《文學導報》1931 年第 1 卷第 8 期。
〔註 20〕《一九三一年中國文壇的回顧》,《北斗》1932 年第 2 卷第 1 期。

　　那麼艾蕪和沙汀在通信中所涉及到的題材究竟算不算「現實社會中廣大的題材」？能不能配得上對時代有貢獻的意義？事實上，艾蕪對於普羅文學公式化的傾向是有所避諱的，凡是不熟悉的題材，沒有經過自己的體驗，在寫作實踐中往往導致失敗。在《記我的一段文藝生活》這篇文章中，艾蕪回憶了自己早期創作存在的問題，「我當時想，文章匆忙寫的，難於寫好，且不用說。題材更對我十分生疏，我只從當時的報上看來，沒有把電車工人的生活加以體驗，也沒有在腦筋裏將題材鍛鍊一番，結果就如同一個笨拙的媳婦似的……只能煮出一頓不能吃的生飯。」所以艾蕪「不願把一些虛構的人物使其翻一個身就革命起來，卻喜歡捉幾個熟悉的模特兒，真真實實地刻畫出來」〔註21〕艾蕪當時熟悉的題材，正如通信中所言：「一個是專就其熟悉的小資產階級的青年，把那些在現時代所顯現和潛伏的一般的弱點，用諷刺的藝術手腕表示出來；一個是專就其熟悉的下層人物──現在時代大潮流衝擊圈外的下層人物，把那些在生活的重壓下強烈求生的欲望的朦朧反抗的行動刻畫在創作裏面。」〔註22〕其一，是暴露小資產階級的弱點，其二是為求生而反抗的下層人物。應該說，第二種題材本來不至於構成寫作的困惑，是符合大眾化寫作的時代訴求的，它之所以成為一個問題，是因為作者對於底層人民的社會歷史地位沒有清晰的認識，認為他們是處在時代大潮流衝擊圈之外。至於第一種題材，能不能寫小資產階級，在當時確實是一個很受爭議的事，自「文學革命」論爭以來，寫「無產階級文藝」似乎成為一種政治正確，從主張上看，並無太大爭議，真正構成問題的是，寫作越來越走向「標語口號文學」的絕路，正如茅盾所說「有革命熱情而忽略於文藝的本質，或把文藝也視為宣傳工具」〔註23〕。茅盾從今後革命文藝的讀者的對象考慮，認為「新作品」在題材上太不顧到小資產階級，「幾乎全國十分之六，是屬於小資產階級的中國，然而它的文壇上沒有表現小資產階級的作品」〔註24〕，新文藝忘記了描寫它的天然的讀者，應該把表現的題材轉移到小商人、中小農等等的生活。摒棄了小資產階級，其實是一種脫離群眾，失去讀者的做法，反而不利於文藝大眾化，這是

〔註21〕《關於小說題材的通信》，《艾蕪研究專集》，四川文藝出版社1986年版，第215頁。

〔註22〕《關於小說題材的通信》，《艾蕪研究專集》，四川文藝出版社1986年版，第215頁。

〔註23〕茅盾：《從牯嶺到東京》，《小說月報》1928年第19卷第10期。

〔註24〕茅盾：《從牯嶺到東京》，《小說月報》1928年第19卷第10期。

茅盾對於能不能寫小資產階級這一問題的認識。這當然引起了太陽社和創造社不少人的大力討伐，把茅盾視為無產階級的敵對對象來鬥爭，反映了當時文藝批評界的「左」傾幼稚病。1930 年初左聯辦的刊物是很注重題材的政治正確，據艾蕪回憶，他曾把小說《夥伴》投交《北斗》雜誌，結果未能被刊登，後來聽丁玲說《夥伴》是小資產階級的東西，故而不在《北斗》發表〔註25〕。

　　針對艾蕪和沙汀的疑問，魯迅給出了自己的見解，指出兩位作者之所以存在這樣的困惑，主要是因為所站的立場是「小資產階級的立場」。但卻肯定了這兩種寫作題材在目前的中國依然有存在的價值和意義。「如第一種，非同階級是不能深知的，加以襲擊，撕其面具，當比不熟悉此中情形者更加有力。如第二種，則生活狀態，當隨時代而變更，後來的作者，也許不及看見，隨時記載下來，至少也可以作這一時代的記錄。所以對於現代以及將來，還都是有意義的。」〔註26〕魯迅的回信，消除了艾蕪和沙汀關於寫作題材的困惑，從某種意義上講，也拓寬了寫作的自由度，擺脫左翼寫作命題性寫作的侷限，同時也對這兩位青年寫作者提出自己的要求，「選題要嚴，開掘要深……現在能寫什麼，就寫什麼，不必趨時，自然更不必硬造一個突變式的革命英雄，自稱『革命文學』，也不可以苟安於這一點，沒有改革，以致沉沒了自己——也就是消滅了對於時代的助力和貢獻。」〔註27〕希望他們能保持嚴肅的文學態度，才能真正對時代有所貢獻。

　　1936 年 10 月 19 日，魯迅逝世，這對於中國的文壇，是一件驚天動地的大事，「魯迅剛沉入無邊的黑暗，他逝世的消息就風一樣地傳遍了中國大地」〔註28〕，紀念的文章自然很多，「不難注意到的是，對於魯迅的逝世，反應最強烈的是思考與反抗著的年輕人。」〔註29〕艾蕪就是其中一位「思考與反抗著的年輕人」，10 月 22 日，艾蕪便寫了一篇紀念魯迅先生的文章《我們應該向魯迅先生效法的》，我們可以從艾蕪對於魯迅精神的理解看出作者個人的價

〔註25〕《三十年代的一幅剪影——我參加左聯前前後後的情形》，《艾蕪研究專集》，四川文藝出版社 1986 年版，第 43 頁。

〔註26〕《二心集》，《魯迅全集》第四卷，人民文學出版社 2005 年版，第 377 頁。

〔註27〕《二心集》，《魯迅全集》第四卷，人民文學出版社 2005 年版，第 377～378 頁。

〔註28〕吳福輝：《中國現代文學編年史：以文學廣告為中心（1928～1937）》，北京大學出版社 2013 年版，第 668 頁。

〔註29〕吳福輝：《中國現代文學編年史：以文學廣告為中心（1928～1937）》，北京大學出版社 2013 年版，第 668 頁。

值追求。艾蕪認為魯迅是不可忘卻的，除了悲悼、紀念外，更應該向他有所取法，「首先應該向他效法的不是學他的短篇小說，不是學他的隨筆散文，而是取法他對人類的愛，尤其是對被壓迫者的愛，被損害者的愛。」「其次應該向他效法的，便是他那份戰鬥的精神。」〔註 30〕貫穿魯迅整個一生的人道主義關懷以及反抗精神深深地影響了艾蕪，關於 1930 年代魯迅為何不把精力花費在短篇小說上而寫專雜感文章的原因，艾蕪給出了自己的說法，認為相比於藝術，魯迅更忠實於人生，寫雜文，更能介入現實，而不是像小說那種近於旁觀的態度。《光明》1936 年第 1 卷第 10 期刊出哀悼魯迅先生特輯，裏面也收入了艾蕪的另一篇紀念文章《悼魯迅先生》，艾蕪回憶了自己接受魯迅先生的教益（關於小說題材的通信，入獄後魯迅資助 50 元兩件事），而尤其難過的是卻未曾在生前見過一面。雖然艾蕪與魯迅未曾謀面，但魯迅的精神一直深刻地影響著初入文壇的年輕寫作者，在某種意義上說，更為這些「思考著和反抗著」的年輕人指示了前進的方向。

三、1930 年代關於《南行記》的評價

經歷緬甸的觀影事件，初到上海的耳聞目睹，以及和魯迅關於小說題材的通信等一系列的人生經驗，艾蕪的文學觀念得以完全確立下來，創作的動機和目的格外鮮明，我們要討論艾蕪 1930 年代的小說，首先不能繞過的是這一時期艾蕪對於文學的理解，艾蕪作品所形成的風格與其創作理念密切相關，同時又來源於其豐富的人生體驗，善感的性格。下文以《南行記》的寫作與當時的書評為列，看經驗的寫作與時代寫作是如何相互滲透和齟齬的。

艾蕪在《屠格涅夫和契訶夫的短篇小說》這篇文章中分析了兩位作家風格的不同是如何形成的，得出的結論是「技巧（即怎樣寫）的形成與發展，是受制於『寫什麼』和『為什麼人寫』這兩個問題的。」〔註 31〕在其看來，屠格涅夫之所以把人物的出現刻畫的煩瑣的，是因為看的主體（上流社會人士）與被看的客體（農奴）是兩個完全陌生的階層，目的很明晰，是為了引起解放農奴的熱情，而訶夫筆下的人物只是畫他一部分的特點，全不花費筆墨寫很多，原因在於「他只把知識分子苦悶的臉子和靈魂，繪給知識分子看

〔註30〕《我們應該向魯迅先生效法的》，《申報·文藝專刊》1936 年 10 月 30 日第 51 期。
〔註31〕《屠格涅夫和契訶夫的短篇小說》，《新中華》1935 年第 3 卷第 7 期。

的緣故」〔註32〕艾蕪認為一個研究文學的人,「要完成自己的技巧和獨特風格的話,是不能不首先決定,到底要寫什麼和為什麼人寫的這兩個初步的問題。」〔註33〕那麼,艾蕪的作品要寫什麼和為什麼人寫?其風格和技巧的完成與其思想有何關聯?1933 年冬,艾蕪的第一部短篇小說集《南行記》集成,收錄 8 篇小說:《人生哲學的一課》、《山峽中》、《松嶺上》、《在茅草地》、《我詛咒你那麼一笑》、《我們的友人》、《我的愛人》、《洋官與雞》。集成的小說,1935 年 12 月由上海文化生活出版社編入「文學叢刊」第 1 輯出版,並加入序言一篇,實際上這篇序言原題為《我是怎樣寫起小說來的——第一創作序》,1933 年 11 月 1 日寫於上海,發表於 1934 年《千秋》第 2 卷第 1 期。1935 年是艾蕪創作成就的豐收年,3 月,《南國之夜》由上海良友圖書公司出版;4 月,《漂泊雜記》由上海生活書店出版。加上《南行記》,一年內共三個單行本出版,自然為文壇矚目。關於《南行記》和《南國之夜》的評論文章也不少,胡風、常風、郭沫若、茅盾、周立波、伍蠡甫、黃照、李健吾等人有所評論。《南國之夜》為良友文庫一種,我們可以從當年一則廣告,看此書的出版情況:

> 本書為艾蕪先生的最近結晶集,計收最近創作短篇小說:《南國之夜》;《咆哮的許家屯》;等五篇。每篇均有動人的故事和簇新的技巧。其中《咆哮的許家屯》一篇,計兩萬字,尤為全書生色不少。內容純係描寫苟生在鐵蹄下的同胞,給蹂躪糜爛的情形。

> （原載 1935 年 5 月 20 日《人間世》第 28 期封底）

廣告重點而簡要概述了《咆哮的許家屯》的內容,附帶提到《南國之夜》,而其他的四篇(《夥伴》、《歐洲的風》、《強與弱》、《左手行禮的士兵》)不談,主要是這兩篇更具有時代性,反帝的題材更容易吸引讀者的眼球,也跟左翼文學作品在 1930 年代的流行程度相關,是一種營銷策略。《咆哮的許家屯》早已發表在 1933 年創刊的《文學》第一卷第一期上,《南國之夜》發表於《現代》1934 年第 4 卷第 3 期,這兩份雜誌在當時受歡迎程度是空前的,這兩篇作品早已為部分讀者所熟悉,因而此次《南國之夜》集結了其他幾篇小說,勢必也會引起讀者的注意。

　　1930 年代關於《南行記》的評論,出現了多種視角,評價口吻不一,這固然與評論者所在的立場有關,但從另一個層面也說明了這個文學作品本身

〔註32〕 《屠格涅夫和契訶夫的短篇小說》,《新中華》1935 年第 3 卷第 7 期。
〔註33〕 《屠格涅夫和契訶夫的短篇小說》,《新中華》1935 年第 3 卷第 7 期。

的豐富性。我們先來看作者是如何看待這本處女作的。《南行記》初版序言寫
道「那時也發下決心，打算把我身經的，看見的，聽過的，——一切弱小者
被壓迫而掙扎起來的悲劇，切切實實地繪了出來，也要像大美帝國主義那些
藝術家們一樣 Telling The World 的。」〔註 34〕作者把寫作動機清晰地呈現在書
頁前面，連同描寫對象都聚焦的很清晰，但作者的創作意圖清晰地完成了麼？
批評家一致認為《南行記》的價值在於成功地宣揚了被壓迫人民的苦難，引
起鬥爭的意識麼？問題顯然不是這麼簡單，《南行記》裏的文章並非完全遵照
清晰的寫作觀念和意圖而寫，是作者南行以後好久才執筆回憶寫成的，重在
自身的體驗，儘管漂泊時經歷了很多痛苦，看到過很多悲慘的人生事項，但
此段漂泊，卻成為艾蕪一生難以揮去的記憶，令他心神嚮往，感到留戀，這
種複雜的心情，化成文字，就不是簡單的控訴與暴露，而是摻雜著無法言盡
的人生哲學。

　　周立波對《南行記》十分推崇，在其閱讀過程中，發現「這裡有一個有
趣的對照：灰色陰鬱的人生和怡悅的自然詩意。在他的整個《南行記》的篇
章裏，這對照不絕地展露，而且是老不和諧的一種矛盾。」〔註 35〕立波評《南
行記》自然景物的和諧與人事的不和諧之間衝突，目的是為了喚起反抗的意
識，而作品中景物的描寫不全是起到淨化人心的作用，自然也有令人顫慄害
怕，甚至影響生存的威脅作用，這一部分的描寫是隨著人物的心境變化而呈
現出來的，所以立波的評論更多是一種目的論，為了進一步突顯「灰色和暗
淡」的人生淒苦，於是自然便成了醜的對立面，卻最終無法消解人生悲苦，
生的苦痛無處不在，唯一的解決方案，這裡評論者給出了方向，「尋求光明的
力量：除了窮苦人自己，誰也不能給與世界的光明」〔註 36〕並揭示出一切痛
苦的根源在於帝國主義侵略者的蹂躪，只有「中華民族全體人民伸起腰杆，
抬起頭，趕走了一切侵略我們的洋官及其黃狗」才能沒有「自然的美麗和人
間的醜惡的矛盾」〔註 37〕，那時候，真正的憂愁才能被消解。立波的評論
關注的是作品的內容和意圖，即寫什麼的問題和為什麼要這樣寫，寫人生的
憂愁和悲苦，目的是為了點染國民的情緒，揭示問題存在的癥結，以及如何
才能實現真正的解放，這樣，作品的藝術性就成為輔助宣傳的一種手段，重

〔註 34〕《南行記》，文化生活出版社 1935 年版。
〔註 35〕周立波：《南行記》，《讀書生活》1936 年第 3 卷 10 期。
〔註 36〕周立波：《南行記》，《讀書生活》1936 年第 3 卷 10 期。
〔註 37〕周立波：《南行記》，《讀書生活》1936 年第 3 卷 10 期。

要的不在於審美，而是調動讀者的情感，作品描寫的底層和受壓迫者的生存境遇越悲慘、越無助，其感染力就越強，讀者在掩卷之際便會生發出這樣的疑問，這一切又是如何造成的呢？在情感共鳴的同時認識到自身的困境所在並尋求解脫之道。立波的評論帶著如此鮮明的傾向，顯然把《南行記》簡化成一個宣傳的文本，但艾蕪的寫作，並不完全服從於觀念，也沒有給出具體的解決方案，他只是對人間抱著絲絲的溫情，對光明抱著一線的希望，更多的是一種人道主義的關懷，從經驗出發的寫作，而不是觀念寫作。

常風與黃照對於《南行記》的評價可以對照著來看，主要區別在於《南行記》究竟屬於小說還是散文的問題？常風認為《南行記》這個集子不太成功，是從小說這種文體的完成度來評價的。在他的評價標準裏，更為注重的是如何表現的問題，題材倒在其次，有了創作的材料並不夠，關鍵是「這原料的處理，如何能將它安排的適當，合乎美的理想，獲得完美的表現與最大的效果，較之尋求『原料』並不是次要的事」〔註38〕。儘管他也承認《南行記》中有幾篇很好的故事和散文，但故事並不等於小說，「將一段有趣的或新奇的經驗忠實地移植在文字中，可以成為一篇優美的散文，或一篇動人的故事。但是要作為一篇小說——不論是長篇或短篇——則似乎需要更多的手續」〔註39〕。這「更多的手續」指的是作品的結構，語言的組織等藝術性技法，所以在他看來，只有《山峽中》這篇可稱為小說，而人物野貓子寫的最成功。

常風也不是一概地否定艾蕪的創作，首先肯定了他對於文學的嚴肅態度，這也是京派批評家一貫的主張，我們可以從京海之爭中沈從文所持的觀點略見一斑。常風認為艾蕪有豐富的人生經驗，但由「於太親切，所以不能使他冷靜，不能使他與這種經驗保持相當的距離，離開它們觀察。他有激昂的熱情想將他所見的都忠實地表現在一個藝術的形式裏，這個熱情反而害了他的藝術。」〔註40〕由此可見，經驗在某些時候是會干擾到作者藝術的呈現，常風的批評注重審美距離，寫作的克制，恰當的安排，合乎美的理想，是典型的京派批評風格。《南行記》的題材和內容並不是常風重點關注的，在京派批評家的視野裏，「怎麼寫」比「寫什麼」更能體現一個作家的藝術水準。收錄在《南行記》中這八個短篇，幾乎都是用第一人稱的視角來寫，主人公「我」

〔註38〕常風：《南行記》，《大公報·文藝》1936 年 3 月 6 日第 105 期。
〔註39〕常風：《南行記》，《大公報·文藝》1936 年 3 月 6 日第 105 期。
〔註40〕常風：《南行記》，《大公報·文藝》1936 年 3 月 6 日第 105 期。

等同於作者，而不是一個虛構的「我」，這樣的安排，導致寫作的熱情一瀉千里，難以克制，情感雖是飽滿，作品結構卻不精緻，難以拉開距離去凝視，剪裁材料。《在山峽中》這篇小說之所以比較成功，就在於人物性格的描寫栩栩如生，情節絲絲入扣，而個人情緒較為克制的結果。讀者閱讀之後，人物的形象依舊在腦海揮之不去，活靈活現，從藝術性的角度而言，無疑是成功了。

同常風的評論有所差別的是，黃照充分肯定了經驗在艾蕪寫作中的重要性，寫作技巧並不是主要的，關鍵在於艾蕪的性情與經驗之間充分的疊合，其敏銳的感受性使得複雜的人事和綺麗的邊塞風光在筆下得以生動真切的呈現，而第一人稱的寫法，更是拉近了讀者的親切感。事實上，黃照是把《南行記》當成散文的來讀的，所以更加注重的是作者的情感體驗，作品雖然是在講故事，但敘述並非「虛構」，作者的情緒記憶貫穿其中，對於底層人物的描寫強烈地滲透了自己的悲憫和同情，通篇下來，讀者能充分感受到作者人格的可愛、情緒的飽滿，從而也領略了異域風景獨特的美與原始的力。當然就藝術完成度而言，黃照與常風的審美認同還是比較一致的，《山峽中》都得到一致好評。黃照認為艾蕪的寫作最有價值的部分在於其濃厚的地方色彩，這是以往的文學所忽略的，為文壇注入了新的活力，給侷限在都市的文學很大的刺激和影響。在進入艾蕪作品分析之前，不厭其煩地列舉了其他作家以都市為背景的寫作，並表示諸多不滿，從而凸顯了艾蕪作品的獨特性，如五光十色妍媸雜陳的西南環境背景和異域情調，充滿原始的力的抒寫，把艾蕪的在生活上的遭際類同於高爾基，認為高爾基「在文學上最大最不易企及的成就就在他把一種他所過目不論社會的自然的形象搬到紙上重現，在重現過程中把握住原物的氣色，一般政治趣味濃厚的人卻往往忽略了高爾基這真正成功點」〔註41〕，實際上也就間接地肯定了艾蕪的寫作經驗。《南行記》中對於南國自然風光的描寫和社會事項的觀察都十分出色，以《山峽中》為例，景物描寫與人物行動、事件的發展溶合的恰到好處，如「我」和山賊在論爭讀書有無用時，突然被小黑牛的呻喚聲打斷，於是大家皺著眉頭沉默，接著就是濤聲、江風以及黑暗的描寫，由周圍環境的黑暗影射到現實生活的黑暗，這種過度銜接的十分自然，緊張的論辯後陷入沉默，由此周圍環境的聲音得以顯現，從而被「發現」，變成書寫的主體。

〔註41〕黃照：《南行記》，《大公報·文藝》1937 年 6 月 20 日第 351 期。

　　黃照不滿意於主題先行的寫作，所以在比較了《夜景》和《南行記》後，認為作者在國內的感受不深，寫作流於表面，如監獄題材的寫作，「《夜景》裏有五篇作品診到這個癌症，但是艾蕪先生所抓到的只是患部，而不是它的原因。」〔註42〕，認為《夜景》「放棄那美麗的富吸引的異國情調的天然人事背景是很足惜的。」〔註43〕從中我們可以看出黃照對於《南行記》的評價之所以可觀，是因為艾蕪為文壇開闢了一種新的寫作可能性，而不僅僅是政治圖解性質的寫作。

小結

　　1930 年代作家的文學選擇與當時的政治文化和文學語境密不可分，大部分作家的寫作動機和目的性都加強了社會歷史的使命感，不再僅僅是單純的私人化寫作，時代寫作成為文壇的趨勢，無論從題材的選擇，語言的組織，寫作對象，都呈現出一種集體化的轉向，受制於政治文化和創作觀念。當然，更多的作家是在生活的境遇中逐漸形成自己的文學認知或轉變文學觀念，如本文所論的艾蕪，在正式成為作家之前，已經積累了豐富的社會經驗，在時代浪潮的衝擊下，轉變了文學的觀念，認識到文藝的重要價值，儘管寫作時不免受制於文學觀的影響，但其獨特的經驗和善感的性情，使得寫作的個性化不至於完全被泯滅，這也是《南行記》這樣的作品之所以能突破時代的侷限，至今仍然受到歡迎的一個重要原因。

〔註42〕黃照：《南行記》，《大公報·文藝》1937 年 6 月 20 日第 351 期。
〔註43〕黃照：《南行記》，《大公報·文藝》1937 年 6 月 20 日第 351 期。

「工讀」的兩幅面孔：論 1920 年代艾蕪與沈從文對工讀主義的接受

海南師範大學文學院　吳辰

摘要：

　　隨著「五四」時代的結束，「工讀主義」思潮也經歷了由盛而衰的變化，但是，即使是在其主潮在中國社會銷聲匿跡之後，還是有很多青年知識者對這一思潮內部所帶有的理想主義氣息所吸引，沈從文和艾蕪就是其中兩位。在沈從文和艾蕪身上，展示了「工讀主義」的侷限性和可能性，也昭示著發生在思想界的改革在 1920 年代的中國語境下，如果要發展，則最終必然會落實在實踐層面上。

關鍵詞：艾蕪；沈從文；工讀；思想；實踐

　　「五四」時期，各種思潮紛紛湧入中國，為這個新誕生的現代民族國家注入了生機和活力。其中，一些思潮被納入了實踐層面，進一步對二十世紀中國的思想面貌產生著影響；而另一些則或是由於其本身的侷限或是因為不適合中國語境而被歷史所淘汰，甚至最終被人們遺忘。

　　在這一時期湧現出的種種思潮中，「工讀主義」在理論和實踐都可以說是最富有理想主義情懷的，其在理論構架上所具有的空想社會主義色彩在當時也是頗有建設性意義的。早在 1919 年，王光祈作為少年中國學會的骨幹就曾經基於托爾斯泰的「泛勞動主義」構想提出了「新農村運動」，提到了「我們提倡半工半讀，使讀書者必做工，做工者亦得讀書」。〔註 1〕而同

〔註 1〕王光祁：少年中國學會之精神及其進行計劃〔J〕，少年中國，1919 年，第一
　　　　卷第六號。

年，周作人遠赴日本向武者小路實篤學習「日向新村」的建設，更是將「新村運動」在實踐上的成就介紹進中國，在入住日向新村的短暫的十餘天中，〔註 2〕周作人進一步對「新村」的構想進行了闡釋：「新村的目的，是在於過正常的人的生活。其中有兩條重要的根本上的思想：——第一，各人應各盡勞動的義務，無代價的取得健康生活上必要的衣食住。第二，一切的人都是一樣的人；盡了對於人類的義務，卻又完全發展自己的個性。現在要說明，這思想的根據，並不由於經濟學上的某種學說，所以並不屬於某派社會主義；只是從良心的自覺上發出的主張，他的影響，也在精神上道德上為最重大。」〔註 3〕周作人對於「新村主義」的介紹一時間在「新」青年的群體中反響很大，《新青年》《新潮》《少年中國》等進步刊物都紛紛刊登回應的文章，各界人士借助新興的文化刊物紛紛加入有關「工讀互助」的討論，以北京為中心，「工讀互助」小組一時間也是遍地開花，呈現出一派生機勃勃的景象。

隨著新思想在中國國內的傳播和出版技術的進步，有關「工讀互助團」討論的刊物被大量印發並擴散到了各地，使許多尚處於迷茫狀態的青年人聽到了遠方朋友的呼喚，尤其是在地理位置偏遠、文化建設相對邊緣化的中國內陸腹地，這種前所未聞的新思想帶來的衝擊更是巨大的，通過對於新思想的咀嚼，他們開始反思自己之前的生活，想像著一種與以前完全不同的關於個人與國家之間的互動關係。即使是在「工讀互助團」銷聲匿跡之後，其影響的餘波仍然激蕩著許多青年人的心，在湖南，沈從文是一位，而在四川，艾蕪則是另外一位。

一、沈從文：走向工讀與商業化的結合

工讀主義的影響在沈從文那裡呈現出了一種頗具反合性的姿態，一方面，沈從文在創作實踐上堅持著「工讀」的底色；另一方面，為了生存，在很長一段時間內，沈從文又不得不將自己的創作與商業市場捆綁在一起，而這種商業化的傾向又恰恰是「工讀主義」所批判和反對的。

〔註 2〕周作人到達「日向新村」的時間是 1919 年 7 月 7 日，離開新村前往東京的時間是 1919 年 7 月 16 日。（參見周作人著：魯迅博物館藏，周作人日記（影印本）·（中）〔M〕，鄭州：大象出版社，1996。）

〔註 3〕周作人：新村的精神，新青年〔J〕，1920 年，第七卷第二號。

　　沈從文之所以「從文」，據他在自傳中所說，是受到了「『五四』運動餘波的影響」，在這餘波中，沈從文放棄了即將來臨的「小紳士」的生活和相對優厚的軍隊俸餉，[註4] 從文化相對邊緣的湘西毅然來到北京。這一行動絕不是一時的頭腦發熱或是隨波逐流的盲動，其背後有著很明確的指向，沈從文曾在各種場合屢次提到他來到北京而這「餘波」主要指的就是 1920 年代初由北京興起，沸沸揚揚蔓延到全國的工讀互助運動。

　　在《從文自傳》與《從現實學習》等沈從文所創作的帶有自傳性質的文本中，沈從文曾多次談及「工讀主義」對於自己的意義。按照《從文自傳》中的記載，沈從文與新文學的第一次接觸應該是在湘西的報館中，此時，他最多提及的是《新潮》《改造》《創造週報》等刊物。這些書對於沈從文思想的影響是極大的，「為了讀過些新書，知識同權力相比，我願意得到智慧，放下權力。我明白人活到社會裏應當有許多事情可做，應當為現在的別人去設想，為未來的人類去設想，應當如何去思索生活，且應當如何去為大多數人犧牲，為自己一點點理想受苦，不能隨便馬虎過日子，不能委屈過日子了。」[註5] 雖然沈從文並沒有明確指出他究竟受到了那些具體思想的影響，但是，在接觸到新文化之後，沈從文卻有著一個指向非常明晰的舉動：為「工讀團」捐款。從時間上看，沈從文在湘西報館趙奎武處讀到《新潮》《創造週報》《改造》等刊物的時間只有 1923 年夏天裏短短的幾個月，而就是在這段時間內，他居然署名「隱名兵士」，將自己十天的薪餉捐獻給了「工讀團」，並認為這是一次「捐資興學的偉大事業」，[註6] 可見沈從文對於這一具有烏托邦色彩的政治實踐的傾心。

　　但是，事實上，當 1923 年沈從文從報刊上接觸到「工讀互助」這一理念的時候，作為社會實踐的「工讀互助」運動早已偃旗息鼓兩年有餘了。由於地理上的隔離與文化上的差異，沈從文讀到的新文化刊物相對其策源地北京、上海而言，已經過時許久。

〔註 4〕沈從文：從文自傳，沈從文全集·第 13 卷〔C〕，太原：北嶽文藝出版社，2002：367。

〔註 5〕沈從文：從文自傳，沈從文全集·第 13 卷〔C〕，太原：北嶽文藝出版社，2002：361～362。

〔註 6〕沈從文：一個轉機，沈從文全集·第 13 卷〔C〕，太原：北嶽文藝出版社，2002：362。

從 1919 年底，當時最早，也是規模最大的北京工讀互助團成立，到 1920年 3 月宣布解散，「工讀主義」運動開始全面以失敗告終，前後僅僅數月時間，〔註 7〕形勢上的突變使「工讀互助團」的倡導者們一時不知所措，在「工讀互助團」銷聲匿跡前後，各種報刊都屢屢提到了它的失敗，而失敗的原因，又多歸結於「經濟的壓迫」。〔註 8〕在「工讀互助團」勉力維持其運作的關頭，向公眾乞求經濟上的支持則成為了一種類似於「直接輸血」式的解決辦法，參與者們認為，只要解決了資金的問題，其思想主張就指日可待了。他們一度在刊物上公開求助：「在開始籌劃的時候，約需一千元的費用，若是贊成我們的宗旨、而願意幫助一般青年的人，希望能夠在經濟上贊助贊助為感！」〔註 9〕

在 1923 年，沈從文看到的很可能就是這樣一類產生於兩年之前的文字，而對於這之後不久出現的令人洩氣的「工讀互助團解散宣言」以及對於解散了的「互助團」所進行的階級和生產關係維度上的深刻分析並不知曉。〔註 10〕正如有研究者指出的：沈從文始終有一種「哲學的貧困」，他始終關心的是「形態」而不是「動態（演變過程）」，〔註 11〕對於事物缺少發展維度而陷於靜態觀察侷限之中。在沈從文眼中，「工讀互助團」是一個已經「完型」的運動，而「工讀主義」中「教育和職業合一的理想」是一個已經達成了的目標；這些都在吸引著年輕的沈從文，使他不斷地對北京這一「工讀主義」的中心產生遐想，並催生了他從湘西到北京的遷徙。

可以說，在沈從文初到北京之時，他對工讀主義的失敗與失敗後所要面對的後果是一無所知的。很快，生活就讓他不得不「向現實學習」了：「先是在一個小公寓濕黴黴的房間，零下十二度的寒氣中，學習不用火爐過冬的耐寒力。再其次是三天兩天不吃東西，學習空空洞洞腹中的耐饑力，並其次是從飢寒交迫無望無助狀況中，學習進圖書館自行摸索的閱讀力。再其次是起始用一支筆，無日無夜寫下去，把所有作品寄給各報章雜誌，在毫無結果的

〔註 7〕關於北京工讀互助團最後的信息應是 1920 年 10 月 28 日，在《北京大學日刊》上刊登的《快！清潔！》一文，文章實際上是一則「北大工讀互助團第四組底食品部——食勞軒」的廣告，此後，就再無消息了。

〔註 8〕存統、哲民：投向資本家底下的生產機關去，民國日報・覺悟〔J〕，1920 年 4月 11 日。

〔註 9〕上海工讀互助團募捐啟，星期評論〔J〕，1920 年 3 月 7 日。

〔註 10〕嗚呼工讀互助團，時事新報〔J〕，1921 年 2 月 3 日。

〔註 11〕趙園：沈從文構築的「湘西世界」，文學評論〔J〕，1986（6）。

等待中，學習對於工作失敗的抵抗力與適應力。」〔註 12〕雖然沈從文在後來一再標榜自己是中國現代文學史上第一批職業作家，並常常以文學創作作為自己的「信仰」，〔註 13〕但是，來自經濟方面的壓力卻使沈從文不得不向市場投降。雖然沈從文在此期間還在一直堅持著文學創作，但其目的和態度卻與之前他對自己的定位是完全不同的了，曾經力圖以文化改造人心的理想漸漸消退，而從經濟的困頓中引申出來的對物質的渴求則佔據了上風。

1925 年是沈從文登上文壇的第一年，也是其創作爆發式增長的一年，據研究者統計，這一年，他「在報刊上發表了作品 60 餘篇，有時在同一天裏刊出兩篇，而且這些作品，包括有小說、散文、詩歌和戲劇等多種文學樣式」。〔註 14〕和如此驚人的創作量相比，沈從文此時創作的質量並不令人滿意，而他之所以進行多種文學樣式的嘗試，其本身也是因為戲劇等文類在當時比較便於發表的緣故。

沈從文認識到，「在革命成功的熱鬧中，活著的忙於權力爭奪時，剛好也是文學作品和商業資本初次正式結合，用一種新的分配商品方式刺激社會時，現實政治和抽象文學亦發生了奇異而微妙的聯繫。我想要活下去，繼續工作，就必得將工作和新的商業發生一點關係。」〔註 15〕在這一時期沈從文的創作中，有許多作品無論是在情節人物設置上或是在整體的格調上都有著迎合讀者的傾向，如《長夏》一文，此文於 1927 年 8 月初分六次在《晨報副刊》上連載之後，又在一年左右的時間內被上海光華書局編排出了單行本，可見其受讀者歡迎程度之高。但是，這部小說也存在著比較嚴重的迎合讀者閱讀興趣的傾向：其中有關兩女一男之間曖昧關係的設置、過於追求肉慾以及在情感表達上的矯飾都是這部小說存在著的問題。

如果就形式而言，沈從文確實踐行了他遠赴北京之前的諾言，他牢牢堅守住了以創作來維持生存的創作底線；但是，就吸引他做出這種選擇的「工讀主義」而言，沈從文的創作和其「初心」相比卻有著較大的偏離，他已經

〔註12〕沈從文：從現實學習，沈從文全集・第 13 卷〔C〕，太原：北嶽文藝出版社，2002：376。
〔註13〕沈從文：在湖南吉首大學的講演——一九八二年五月二十七日，沈從文全集・第 12 卷，太原：北嶽文藝出版社，2002 年版第 397 頁。
〔註14〕吳世勇編：沈從文年譜〔M〕，天津：天津人民出版社，2006：33。
〔註15〕沈從文：從現實學習，沈從文全集・第 13 卷，太原：北嶽文藝出版社，2002 年版第 380 頁。

遠遠地背離了「工讀」的初衷，其「工讀」邏輯服從於經濟邏輯之下，本應該站在商業對立面的工讀理想卻成為了商業的附庸，而紙面上的創作幾乎成為了其「工讀」的全部，這種呈現方式也是頗為耐人尋味的。

二、艾蕪：行進中的「工讀」

與沈從文相比，艾蕪的「工讀」明顯地增添了一層「行進」的味道。作為一個以行走著稱的文學家，艾蕪在 1920 年代的南行，本身就是其「工讀主義」的重要呈現方式。

艾蕪較沈從文小兩歲，從代際上來說，他們可以稱得上是同一代人，對於這代人而言，「工讀互助團」離他們稍顯遙遠，對於新文化運動而言，他們並不能算是真正的參與者。當他們開始接觸到新文化運動中的各種思想的時候，那些新文化運動的參與者們早已將這些思想納入了社會實踐的層面；而 20 世紀初期，中國有東部到西部的文化落差更是使他們無法在第一時間裏接觸到思想界的變革和震盪，再加上這種文化落差還常常導致一些在文化中心城市已經成為明日黃花的思潮在其他地方仍然有著強大的吸引力與生命力。對於沈從文的湖南是這樣，對於艾蕪的四川也同樣如此。

艾蕪與「工讀主義」主義的結緣是在成都省立第一師範學校求學的時候，這一時期，「工讀主義」已經轟轟烈烈地開始，並悄無聲息地收場了。與沈從文不同，艾蕪沒有那種「哲學的貧困」；而且，成都在西南西南內陸地區的文化經濟中心的位置，新文化刊物也有較多地傳入，在同一時期吳虞的日記裏，就經常出現諸如《時事新報・學燈》《晨報》等刊物的名稱，其中就不乏支持「工讀主義」的報刊，〔註16〕這樣的文化場域使艾蕪雖然不能實時地，但卻相對完整地瞭解到了「工讀互助團」從產生、發展到消亡的全部過程。所以，這樣一來，艾蕪對「工讀主義」的選擇較之沈從文就有著更大的自覺性和批判性，艾蕪常稱自己的思想「是跟著創造社轉化的」，〔註17〕而這個轉化的背後則是對於社會認知的一種更迭。那麼，在艾蕪對「工讀主義」及其同年代思潮進行了歷時和共時的種種比較和反思後，還能在人生的關鍵時刻對「工讀主義」有所傾心，這就不能單純地以「理想」或者「信仰」來解釋了。

〔註16〕參見吳虞：吳虞日記・（下冊）〔M〕，成都：四川人民出版社，1986。
〔註17〕王毅：艾蕪傳〔M〕，北京：北京十月文藝出版社，2015：48。

　　艾蕪之所以選擇了繼續堅持工讀互助團沒有走完的道路，其根本在於艾蕪對這一過於理想化的主張之接受是緊緊圍繞著個人層面的。與「工讀主義」的倡導者們將其視為「平和的經濟革命」〔註 18〕之第一步或沈從文所想像的「以為社會必須重造，這工作得由文學重造起始，文學革命以後，就可以用它燃起這個民族被權勢萎縮了的情感，和財富壓瘋扭曲了的理性」〔註 19〕的宏大願景相比，艾蕪的當初將「工讀主義」貫徹下去的理由似乎只是為了維持自己的生計。艾蕪在一封信中寫到：「我想去北京上海，但沒有那筆路費。我當時只知道一點，在南洋群島，容易找到工作，可以積些錢，到歐洲去讀書。這是一點。第二，積不起錢，可以半工半讀。第三，從雲南到緬甸，進入熱帶地方，穿衣不成問題（到北京上海，可要冬天穿棉衣），只為糊口而勞動，容易對付一些。」〔註 20〕在沈從文考慮「半工半讀，讀好書救救國家。這個國家這麼下去實在要不得」〔註 21〕這種帶有民族國家色彩的事情時，艾蕪所考慮的僅僅是如何在漫長的旅途中養活自己。

　　「工讀主義」在艾蕪這裡之所以有著行進的特徵，很大程度上也是由艾蕪將「工讀」與維持生計緊密地聯繫在了一起。在艾蕪那裡，「工」和「讀」不只是「互助」的，更是一種承續的關係，沒有「工」，「讀」則無以為繼。艾蕪稱：「在漂泊的旅途上出賣氣力的時候，在昆明紅十字會做雜役的時候，在緬甸克欽山茅草地掃馬糞的時候……都曾經偷閒寫過一些東西。但那目的，只在娛樂自己，所以寫後就丟了，散失了，並沒有留下的。」〔註 22〕不難看出，在艾蕪這裡，所謂創作並沒有像沈從文那樣，被寄託了一種有關民族國家的希望，而僅僅是作為一個知識者在長期跋涉途中對於自己曾經身份的確認以及對性情的陶冶，艾蕪甚至都沒有想過讓它們流傳下來。

　　艾蕪並沒有把「工」和「讀」看作是一體兩面的事情，即使是在艾蕪認為是自己文學生涯起始的階段裏，他也沒有將文學同生計緊密的聯繫在一起。在艾蕪眼中，「至於正正經經提起筆寫，作為某個時期日常生活的一部分，

〔註 18〕王光祈：工讀互助團，少年中國〔J〕，1920 年第一卷第七期。
〔註 19〕沈從文：從現實學習，沈從文全集·第 13 卷〔C〕，太原：北嶽文藝出版社，2002：374。
〔註 20〕張建峰，楊倩：《艾蕪全集》書信卷未收的三封信，新文學史料〔J〕，2017（4）。
〔註 21〕沈從文：從現實學習，沈從文全集·第 13 卷〔C〕，太原：北嶽文藝出版社，2002：375。
〔註 22〕艾蕪：原《南行記》序，艾蕪全集·第 1 卷，成都：四川文藝出版社，2001：3。

而現在也有一兩篇存著的，那卻是到仰光以後的事了。」〔註23〕而其開端也不過是此時救助艾蕪的萬慧法師「見我無事的時候，伏在臨街窗前的桌上，寫些遊記和雜文，便到華僑報館去同熟人商量，為我找點文學方面的工作。」〔註24〕不難看出，和沈從文相比，艾蕪並沒有把生活懸掛在創作之上，在艾蕪那裡，「工」與「讀」的分離可以使他在文學和思想領域的反思更加純粹。「工」與「讀」之間所保持著的這種距離，也使二者的關係不再那麼緊張，而兩者之間的聯繫和糾纏也不會像沈從文那樣由於「工讀」和「創作」的矛盾而留下了某種對消費主義的心理陰影，進而對整個時代都有著深深的懷疑。這種距離也體現在文學創作方面，隨著對生活的體驗日漸加深，艾蕪在文學發生的轉變也發生了巨大的轉變：一開始，艾蕪的早期創作都是關於自己南行以來一路上的所見所聞，例如，他曾經回憶自己刊登於《仰光日報》上的一篇文章，是記述印度和緬甸邊界的山區，一個叫那加的民族殺人祭祀的習俗的。這類文章其價值更多是在於作為茶餘飯後之談資，其思想價值自然不會特別高；〔註25〕而隨後不久，艾蕪就在觀看山姆‧伍德導演的電影「Telling the World」之後，迅速轉向革命，這種轉變的背後，對於「工」、「讀」關係的處理也是一個重要的影響因素。

由於在艾蕪這裡「工」和「讀」是彼此獨立的兩個部分，所以「工」能夠始終保持一種行進的態勢，這使得艾蕪能夠隨時通過對外界的接觸感受時代的脈搏。而也正因為「工」、「讀」的彼此獨立，在那個思想轉變的年代，艾蕪幾乎對「文學」本身是沒有什麼定見的，此時的他只是一個樂於去書寫的知識青年，而這較之沈從文就有了很強的機能性，他可以隨著時代的變化而調整自己的寫作姿態。這也是為什麼當電影中有關現代民族國家的侮辱性畫面映入他眼簾的時候，艾蕪能夠迅速對自己的思想和創作進行調整的原因。

和沈從文不同，「工讀主義」帶給艾蕪的並不是思想上的束縛和某種針對消費的心理障礙，艾蕪在「工讀主義」的思路下，對其進行了自己的改造，

〔註23〕艾蕪：原《南行記》序，艾蕪全集‧第 1 卷，成都：四川文藝出版社，2001：3。

〔註24〕艾蕪：我在仰光的時候，艾蕪全集‧第 11 卷，成都：四川文藝出版社，2001：347。

〔註25〕艾蕪：我在仰光的時候，艾蕪全集‧第 11 卷，成都：四川文藝出版社，2001：347。

他所看重的，只是「工讀」之中的實踐精神，在不斷行進和不斷探求中，艾蕪找尋著自己與時代的關係。如果說沈從文是想以創作改變一個時代的話，艾蕪所想做的僅僅是以創作來錨定自己在時代中的位置，正如艾蕪在《南行記》的序言中所說：「這本處女作，就藝術上講，也許是說不上的。但我的決心和努力，總算在開始萌芽了。然而，這嫩弱的芽子，倘使沒有朋友們從旁灌溉，也絕不會從這荒漠的途中，冒出芽尖的，而我自己不知道現在會漂泊到世界的哪一個角落去了。」[註26] 即使是轉向左翼之後的艾蕪，也是將創作當做是對抗漂泊的一部分，正如逆水行舟，他必須不斷行進才能保持自己的位置，這也是艾蕪所堅持的「工讀主義」中頗具個人性的一點。

三、兩幅面孔：「工讀主義」的限度及可能性

在艾蕪與沈從文身上，「工讀主義」顯示出了兩種不同的面向，而這兩種面向則表明著這一思潮在 1920 年代中國的限度及其流變的可能性。

就「工讀主義」的框架而言，從其設定上，本身就有著一種停留在思想改造方面的傾向。從周作人將新村運動介紹進中國開始，「工讀主義」的早期提倡者們就宣稱「即使照現狀看去，一時沒有建立新村的希望，但能正當理解新村的精神，改去舊來謬誤的人生觀，建立新道德的基本，也就利益很大了。」[註27] 到了「工讀主義」以一種社會實踐的方式運行的時候，這種思想改造的傾向就更明顯了，上海工讀互助團就曾經在募捐啟中稱：「使上海一般有新思想的青年男女可以解除舊社會、舊家庭種種經濟上、意志上的束縛，而另外產生一種新生活、新組織出來。」[註28] 作為這項社會實踐發起人之一的胡適，就曾經對這種僅僅侷限在思想改造層面上的「工讀主義」進行了嚴厲的批判，認為：「工讀互助團的計劃的根本大錯就在不忠於『工讀』兩個字。發起人之中，有幾個人的目的並不注重工讀，他們的眼光射在『新生活』和『新組織』上。因此他們只做了一個『工』的計劃，不曾做『讀』的計劃。開辦以後也只做到了『工』的一小方面，不能顧全『讀』的方面。」[註29] 工讀互助的實際參與者太過於強調勞動對於思想改造的意義了，以至於在有

[註26] 艾蕪：原《南行記》序，艾蕪全集・第 1 卷，成都：四川文藝出版社，2001：6。

[註27] 周作人：新村的精神，新青年〔J〕，1920 年，第七卷第二號。

[註28] 上海工讀互助團募捐啟：星期評論〔J〕，1920 年第 40 期。

[註29] 胡適：工讀主義試行的觀察，新青年〔J〕，1920 年，第七卷第五號。

意無意間割裂了「工」與「讀」之間的關係。當然,由於其本身帶有的烏托邦色彩以及與社會經濟的相對隔絕,「工讀互助團」將面臨的必將是衰亡的命運,但是胡適的話卻揭示了所謂「工讀」,由於太過於重視思想改造而所要面對的危機。

這種危機恰恰是沈從文接受「工讀主義」的起點,由於與北京、上海等文化中心城市存在著文化上的時間差,沈從文對「工讀主義」的接受只能從報刊上獲得信息,而這些信息自然是一些胡適等人批判過的,過於重視思想改造的募捐啟事一類。沈從文認為:「文學革命後,就可以用它燃起這個民族被權勢萎縮了的情感,和財富壓癟扭曲了的理性。兩者必須解放,新文學應負責任極多。我還相信人類熱忱和正義終必抬頭,愛能重新黏合人的關係,這一點明天的新文學也必須勇敢擔當。」〔註30〕沈從文的觀點如果放在「五四」時代,幾乎就是不刊之論,但是,這個時代畢竟已經過去了,在 1920 年代,雖然啟蒙還在繼續,但是其方式已經從旨在解放思想的文化運動轉向轟轟烈烈的社會革命了。由於僅僅是在報紙上看到募捐啟事或宣傳其思想的隻言片語,沈從文所堅持的「工讀主義」事實上只是像「工讀互助團」當初所重視的「思想革命」的一方面,是一種紙上談兵。這是一種從文本向現實的滲透,帶有嚴重的空想色彩,其改造民族精神的方式在那個一切都在瞬息萬變的 1920 年代裏是很難行得通的。無論是從經濟方面還是在政治領域,從文本向現實的轉變畢竟過於緩慢,現實社會語境根本等不及作品中的思想被讀者吸收就又不停地向前發展了。在沈從文那裡,「工」和「讀」被結合地太過於緊密,以至於變成了彼此的拖累,在很大程度上,沈從文後來所堅持的,就是當初被事實檢驗過的,被「工讀互助團」的實際參與者所放棄了的那個理想。由於對這個理想的堅持,沈從文實際上是被時代所拋棄了的,在國共雙方就要進行最後決勝的年代裏,他仍然套用「五四」時期思想啟蒙的標準去看待一切,稱:「我想起這個社會背景發展中對年青一代所形成的情緒、願望和動力,即缺少偉大思想家的引導與歸納,許多人活力充沛而常常不知如何有效發揮,結果便終不免依然一例消耗結束於近乎週期性的悲劇夙命中,任何社會重造品性重鑄的努力設計,對目前形勢言,都若無益白費。而夙命趨勢,卻從萬千掙扎求生善良本意中,作成整個民族情感凝固大規模

〔註30〕沈從文:從現實學習,沈從文全集·第 13 卷〔C〕,太原:北嶽文藝出版社,2002:375。

的集團自殺。」〔註 31〕這也無怪乎後來沈從文在一段時間內會受到來自左翼、國民黨乃至自由主義作家三方面的夾擊。在沈從文身上，實際上所表現的就是當初沒有完成的「工讀主義」社團的極限，再由個性、小群體的「工讀互助」拓展到社會政治領域之後，其內在的理論薄弱則必會造成參與者對社會現實的無法直視，那麼，這樣一來，所謂改造社會，也就無從談起了，說到底，沈從文等人始終在盼望著有一位蘇格拉底式的「哲學家國王」能夠掌握中國的政治，卻一直不給出這個「哲學家國王」該從哪裏誕生的答案。理念上的改革在面對 20 世紀中國風起雲湧的社會變動時，顯得那樣的無力。

在沈從文身上，所表現出的是「工讀主義」所能達到的極限，而這種極限在艾蕪那裡，則通過對「工讀」這一概念進行解放，而獲得了新的能動性。艾蕪宣稱：「我在成都省立第一師範學校的時候，北京工讀互助團、留法勤工儉學會那些肯做卑賤工作的前輩們，不僅使我受了極大的感動，而且我下了決心去效法他們。」實際上，艾蕪所要效法的並不是「工讀互助團」的具體行動，而是其中所蘊含著一種精神，這種精神建立在「蔡元培說的『勞工神聖』」的基礎上，並「金光燦爛地印在我的腦力」。這使得艾蕪在面對「給人打掃屋子、倒痰盂、跑街送信、做號房等等一類的」「並不適合一個做過四年師範學生的身份的」「卑賤事情」仍可以「一點兒也感不到羞恥」。〔註 32〕通過新文化的報刊，艾蕪其實是全程瞭解過「工讀互助團」的產生、發展乃至消亡的，雖然沒有形成一套理論化的表述方式，但是艾蕪也知道那種將「讀」捆綁在「工」上的方式是行不通的，於是，艾蕪以自己的南行證明了「工讀主義」在發生變化之後的種種可能性，而由於「工讀主義」和無產階級之間的內在聯繫，艾蕪在緬甸投身共產主義運動乃至成為一名優秀的左翼作家則也是順理成章的事情了。

在 20 世紀的中國，還有很多思潮像「工讀主義」一樣，在理論和實踐的領域裏呈現出兩幅不同的面孔，而時代的腳步催促著理論無法固化，它必須與變動的現實相結合，不斷產生新的變體，這樣看來，或許「工讀主義」等

〔註31〕沈從文：一個傳奇的本事，沈從文全集·第 12 卷〔C〕，太原：北嶽文藝出版社，2002：229～230。

〔註32〕艾蕪：我的青年時代，艾蕪全集·第 11 卷，成都：四川文藝出版社，2001：267。

思潮在興盛一時之後並沒有消失，而是以一種新的面貌匯入了其他思潮當中，以一種潛在的力推動著中國社會思想的發展，並等待著在合適的時間產生新的作用。

艾蕪經驗與現代中國左翼文學的轉折

西南大學文學院　李笑

摘要：

　　在滇緬邊境流浪多年的艾蕪於 1931 年春回到上海並加入「左聯」，通過小說創作很快成為一名優秀的左翼青年作家。從「游民」到作家身份的轉換以及左翼批評家的指導，帶來的是創作主題與寫作姿態的調整，在南行故事的講述過程中，「誰在講」與「怎麼講」恰恰顯露出艾蕪試圖將自我南行經驗與左翼革命話語勾連縫合的苦心。可以說，艾蕪於 1930 年代的文學成績離不開左翼文學及其背後力量的支撐，而南行敘事中的話語裂隙也昭示出三十年代左翼新人與左翼文學之間既疏離又互哺的複雜關係。最後，艾蕪經驗在左翼文化語境中存在價值缺失，特別是他實寫邊地底層社會的地緣小說無法在左翼文學的規範下得到發展，這是作家的遺憾，也是時代的選擇。

關鍵詞：艾蕪；左翼文學；邊地；革命話語；《南行記》

　　1925 年夏，艾蕪從川西平原步行至滇緬邊境，一路過著半工半讀的流浪生活，直到 1931 年春，因發表同情緬甸農民暴動的言論而被英國殖民當局驅逐回國，歷時五年的第一次南行就此結束。離開仰光後，由香港至廈門最後轉到上海，並於 1932 年春加入左聯。在上海的六年，可以說是艾蕪文學創作的黃金時期，出版了《山中牧歌》《南國之夜》《南行記》三部短篇小說集和散文集《漂泊雜記》等，成為一名優秀的左翼青年作家，也由此奠定了他在中國現代文壇的地位。可以說，艾蕪的文學成績離不開左翼文學及其背後的

力量支撐，而 1930 年代左翼文學的發展也需要艾蕪這類對邊地生活有切身體
驗的作家，去重新激活「五四」新文學中「直面人生」的傳統因子。然而，
初學寫作的艾蕪從一個外地流民轉換為左翼青年作家後，身份的轉變與寫作
姿態的選擇、左翼話語及評論者的指導、時代革命的需要與個人體驗的牴牾，
都擰成一股合力共同規約著他的創作走向。

一、從《關於小說題材的通信》說起

　　1931 年，初入上海為生計奔波的艾蕪遇到了老友沙汀，在其鼓勵下嘗試
文學寫作，決定把「自己親身經歷的，看見的，聽到的———切弱小者被壓
迫而掙扎起來的悲劇，切切實實地繪了出來」〔註 1〕。兩人於當年 11 月 29 日
聯名給魯迅先生寫信，求教關於短篇小說創作題材的問題，魯迅於同年 12 月
25 日回信，後將以上通信發表於 1932 年 1 月 5 日的《十字街頭》第 3 期，這
一來一回的信件僅一千多字，但研究艾蕪的學者都不會忽視其對於艾蕪小說
創作的特殊意義，回信中那句「不過選材要嚴，開掘要深，不可將一點瑣屑
的沒有意思的事故，便填成一篇，以創作豐富自樂」更是常被研究者引去解
讀魯迅的小說技法。而今，當我們回到 1930 年代的文學語境去重讀這兩封信
時，就會發現青年艾蕪與沙汀的寫作困惑像一面鏡子投射出當時左翼文壇的
某些弊病，而魯迅的回信一方面在解答「寫什麼」的問題，另一方面則是對
兩位「向著前進的青年」提出自己對左翼文學發展的新希望。

　　表面看來，來信請教的是小說寫作題材與作家人生經歷的關係問題。兩
位青年作家在信中表達了自己對一時風行的普羅文學的不滿，「雖然也曾看
見過好些普羅作家的創作，但總不願把一些虛構的人物使其翻一個身就革命
起來，卻喜歡捉幾個熟悉的模特兒，真真實實地刻畫出來」。在這裡，「翻一
個身就革命起來」的說法來自茅盾於 1931 年 9 月 20 日《北斗》創刊號上發
表的《關於「創作」》一文，文中指出了蔣光慈等人創作的普羅小說的弱點，
即「臉譜主義」，「因為他的作品中的革命者只有一個面目——這就是他的革
命人物的『臉譜』……作品中人物的轉變，在蔣光慈筆下每每好像睡在床上
翻一個身，又好像憑空掉下一個『革命』來到人物的身上，於是那人物就由
不革命而革命。」〔註 2〕茅盾一語指出其根源所在：「而最大的病根則在那

〔註 1〕艾蕪：《南行記・序》，上海：文化生活出版社，1935 年 12 月初版，第 7 頁。
〔註 2〕茅盾：《關於「創作」》，《北斗》創刊號，1931 年 9 月 20 日。

些題材的來源多半非由親身體驗而由想像。」〔註3〕此外,他還開出了藥方:
「有價值的作品一定不能從『想像』的題材中產生,必得是產自生活本身。」
〔註4〕這樣看來,艾蕪和沙汀應該讀過茅盾這篇文章,並對文中所談問題進
行了反思,但到底寫不熟悉的但時代所需要的「革命」,還是寫熟悉的對時
代似乎無所助力的「非革命」——「在現時代大潮流衝擊圈外的下層人物」,
「把那些在生活重壓下強烈求生的欲望的朦朧反抗的衝動,刻畫在創作裏
面」,成為這兩位文學青年的寫作困惑。

再來看魯迅的回答,「總之,我的意思是:現在能寫什麼,就寫什麼,不
必趨時,自然更不必硬造一個突變式的革命英雄,自稱『革命文學』;但也不
可苟安於這一點,沒有改革,以致沉沒了自己——也就是消滅了對於時代的
助力和貢獻。」面對兩位來自邊陲之地底層社會的文學青年,一無都市體驗
二無革命經歷,魯迅的回答顯示著一個成熟作家的獨立思考:「不必趨時」去
寫所謂的「革命文學」,但寫出來的作品也不能缺失對「時代的助力和貢獻」,
這其實體現著他對 30 年代左翼文學獨立發展的希望,即,並未否定帶有羅曼
蒂克色彩的革命文化,而是嘗試將處於都市中心的革命文化與邊陲之地的社
會文化相融合,以此達到對整個中國社會的助力與貢獻。魯迅很清楚,對於
青年艾蕪和沙汀,最好的寫作材料就是親身所經歷的生活,也就是茅盾所說
的「生活本身」。

題材的選擇,即作家的寫作材料與社會經驗之間的隔膜問題,不僅是 30
年代左翼文學也是新文學發生之初的一大難題。發源於中心城市北京的「五
四」新文學,其作者和讀者更多地來自高等學府和都市,熱心於新文學的多
半是文藝青年,他們隨著五四新文化的風潮開始關注社會問題,同情那些「被
損害與被侮辱者」,態度真摯但缺乏切實的生活體驗,勉強拿著聽來或看來的
材料嘗試寫作,勢必造成不真切之感,作為編輯的茅盾由此坦言「我被迫處
在一個不自然的境地」,深感「出品雖多,變化太少」〔註5〕「尚不在表現的
不充分,而在缺少活氣和個性」〔註6〕。即使 1923 年僑寓北京的鄉土文學作

〔註3〕茅盾:《關於「創作」》,《北斗》創刊號,1931 年 9 月 20 日。

〔註4〕茅盾:《關於「創作」》,《北斗》創刊號,1931 年 9 月 20 日。

〔註5〕茅盾:《一般的傾向——創作壇雜評》,《時事新報》附刊《文學旬刊》第 33
期,1922 年 4 月 1 日。

〔註6〕郎損(茅盾):《新文學研究者的責任與努力》,《小說月報》第 12 卷第 2 期,
1921 年 2 月 10 日。

者，也不過是在都市文化環境中體驗到的「隱現的鄉愁」，是站在文化中心的高地向邊緣之地的故鄉投去一瞥深情回望或展開冷靜審視，他們並沒有建立起獨立觀照邊緣之地的姿態，反而迎合和依附於都市流行文化，書寫著使都市人消閒娛樂的故事，這一點在新文學中心於第二個十年轉到上海之後表現得更為明顯。這樣說來，拘囿於有限空間的新文學一開始就是在書齋裏看社會，更多的寫作者們將之視為一種職業或求生之需，新文學本身所內蘊的社會文化關懷就像鍋裏的水，在二三十年代都市文化日益旺盛的火苗中漸漸蒸發，很難深入或普及到鄉土中國的邊緣之地。那麼，如何普及？茅盾在「被迫」閱稿並之後另作文章給出建議：「我對於現今創作壇的條陳是『到民間去』；到民間去經驗了，先造出中國的自然主義文學來。否則，現在的『新文學』創作要回到『舊路』。」〔註7〕

　　那麼，誰來承擔 1930 年代左翼文學轉變的重任？作為五四新文學創作的主將，魯迅此時致力於雜文的寫作及馬克思主義文論的翻譯介紹。他在「左聯」成立大會上把「我們應當造出大群的新的戰士」作為一項重要任務，「因為現在人手實在太少了，譬如我們有好幾種雜誌，單行本的書也出版得不少，但做文章的總同是這幾個人，所以內容就不能不單薄。」「在我倒是一向就注意新的青年戰士底養成的，曾經弄過好幾個文學團體，不過效果也很小。」〔註8〕可見，此時的左翼文壇急需一批文學「新人」來增強其活力，突破現有的創作僵局，若讓先前的五四作家去民間「經驗」了再回到都市寫作顯然是不切實際的，最有力的路徑就是鼓勵和提攜那些從邊緣之地來到上海的文學青年，因為他們最大的優勢正是其「民間經驗」，用魯迅在為葉紫的小說集《豐收》作序中所說：「作者還是一個青年，但他的經歷，卻抵得太平天下的順民一世紀的經歷，在轉輾的生活中，要他『為藝術而藝術』是辦不到的。」〔註9〕從這裡，我們似乎可以看到魯迅之於 30 年代新文學發展的特殊意義，即，「為藝術而藝術」的浪漫想像是無法推動新文學繼續向前向更深處發展的，拋開想像而轉向自我民間體驗的實寫，或許可以為日漸消費化的新文學探索一條新的路徑。1930 年代左翼文學對底層社會的關注，對自然主

〔註7〕茅盾：《評四五六月的創作》，《小說月報》第 12 卷第 8 期，1921 年 8 月 10 日。

〔註8〕魯迅：《二心集‧對於左聯作家聯盟的意見》，《魯迅全集》第 4 卷，北京：人民文學出版社，2005 年，第 241 頁。

〔註9〕魯迅：《且介亭雜文二集‧葉紫作〈豐收〉序》，《魯迅全集》第 6 卷，北京：人民文學出版社，2005 年，第 228 頁。

義小說寫法的大力推崇，為那些年紀尚輕卻有豐富人生體驗的邊地青年提供了寫作契機，這也就為將新文學的生存視域從有限的都市空間向佔有更高人口比例的農村和邊緣之地延伸，將新文學的社會關懷從都市知識分子自身延展到邊陲之地底層社會的「化外之民」群體提供了可能。反過來，左翼文學也需要他們重新激活「五四」新文學中魯迅所開創的精神傳統：「我們的作家，取下假面，真誠地，深入地，大膽地看取人生並且寫出他的血和肉來。」

二、「寫什麼」：左翼批評語境下的創作兩難

上文中提到魯迅《關於小說題材的通信》，來信中那「冒昧地麻煩先生」「幾度地思量之後」「冒昧地來唐突先生」等略顯謹慎的措辭，以及結尾處「目前如果先生願給我們以指示，這指示便會影響到我們終身的」所顯露的誠心，透露出兩個初學寫作的文學青年向魯迅請教時的戰戰兢兢與赤誠真心。然而，當收到魯迅的回信後，艾蕪是否真的將其作為「影響到我們終身的」指示？特別是 1932 年加入「左聯」後，艾蕪能否「不必趨時」去寫「在現時代大潮流圈外的下層人物」？他與左翼之間的複雜糾葛又是如何在其小說創作中呈現的？這些問題都值得我們去重新思考。

1930 年代的上海有著特殊而複雜的文學場域，文學的生存空間與政治或經濟發生著糾葛與纏繞，且有魯迅、茅盾、丁玲等一批成熟作家坐鎮，對於青年艾蕪來說，在此立足並非易事，他曾坦言：「尋找工作來維持生活的嚴重問題，又提到我的面前。沒有事做，手又癢了起來；又寫詩和小說，以及散文，向上海的報紙雜誌投去，用作品去敲敲門……然而，在上海要靠寫作為生，還是十分艱苦的。」〔註10〕可見，艾蕪當時的文學之路走得並不順暢，想要以文為生在上海立足並不容易，「有的遭到退稿，有的登了，不給稿費，或者給予最少的稿費。沒有灰心，還是寫。因為找不到工作，同時，也沒有別的本事。」〔註11〕1931 年，艾蕪將短篇小說《夥伴》投向左翼雜誌《北斗》，遭到退稿，卻受邀參加其讀者座談會，由此結識了丁玲、馮雪峰等人，後被正式編入左聯小組，與茅盾、錢杏邨分在一起。1932 年，他的以自身流浪經歷為藍本寫就的短篇小說《人生哲學的一課》，發表在左聯的機關刊物《文

〔註10〕艾蕪：《南行記》序，《艾蕪文集》第 1 卷，成都：四川人民出版社，1981 年，第 6 頁。
〔註11〕艾蕪：《南行記》序，《艾蕪文集》第 1 卷，成都：四川人民出版社，1981 年，第 6 頁。

學月報》1 卷 5、6 期上，艾蕪由此亮相上海文壇，胡風後來回憶說：「那一種平易的然而是新鮮的對待生活的態度以至作風，給了我們一個難忘的印象」。〔註 12〕小說中的那個「我」流落異鄉走投無路，賣掉唯一的草鞋只為填飽肚子，飢寒困苦之餘心中卻燃燒著「我要活下去」的信念，顯然，這種底層求生的真實寫照與左翼文學關注下層民眾的傾向有著契合之處。

　　然而，如果把艾蕪在「左聯」時期的小說摘取出來，就會發現有一種明顯的跳躍性和階段性，即呈現出兩種寫作題材，一種是應時寫就的愛國反帝主題小說，一種是基於 1925～1931 滇緬之行所寫的「南行記」。1931 年冬寫的小說《太原船上》，以一名普通士兵的視角去陳述一場「剿共」的失敗，「滿山滿野都是敵人，老的小的，婦女小孩，通來助戰。前面是槍，後面是棒、鐮刀、矛子、鋤頭，也拿來砍殺。咳，聽清楚，這就是他們的隊伍呀！弟兄，你不要笑哩，嚇，告訴你，我們一連兵硬給他們打敗囉。槍失落五十多支，真丟臉！」〔註 13〕同時，小說還借兵士之眼，為船上的民眾展示了中共蘇區的社會風貌：男女平等、婚姻自由、講禮貌、剪辮、禁止賭錢燒鴉片、要做工要念書、長官是窮人打扮，「沒有一個逞兇的有錢人」。這明顯是針對小說開頭所描寫的艙位等級制的一種諷刺。從這些描寫中，可以看出從未到過蘇區的艾蕪是基於對左翼政治思想的圖解與革命話語的藝術想像才完成這部小說的創作，用一個國民黨士兵在思想上的倒伐去說明「剿共」的不義，顯出對材料的單純化處理。而另一方面，同一時間寫作的短篇小說《夥伴》，卻呈現出一派迥異於前者的「自在」風景。兩個形影不離的滑竿夫一路抬著滑竿快活地走著，時不時哼一曲山歌小調，即使有吵吵鬧鬧也不妨礙他們抬客做生意。在行程途中，老朱冒著坐牢的風險私販鴉片，一路擔驚受怕好容易掙了錢又一夜間賭個精光，回去之後又氣又急拿老何發洩，之後又後悔認錯，沒過多久兩人又肩靠肩地親密起來。滑竿夫這一群體是艾蕪在多年的南行旅程中經常碰到的，以此為原型的小說創作是作家調動自己邊地生活體驗的結果，而在這種幾乎「無事」的小說中，主人公正是前面提到的「在現時代大潮流衝擊圈外的下層人物」，帶給讀者的不是悲苦而是一股清新溫暖的邊地人文情懷。遺憾的是，因與三十年代左翼小說所要求的普遍性與階級性主題不符，在投向《北斗》後被退稿。以上兩篇小說均為 1931 年冬的創作，但風格

〔註12〕胡風：《南國之夜》，《文學》第 4 卷第 6 期，1935 年 6 月 1 日，第 950 頁。
〔註13〕喬誠（艾蕪）：《太原船上》，《文學新地》創刊號，1934 年，第 26 頁。

迴異，前者讀來生硬隔膜，後者卻輕鬆有活氣，這根源於從邊地走來的艾蕪
對南行路上的人、景、情再熟悉不過。

　　以往提到艾蕪就會想到他的《南行記》，但在這之前出版的短篇小說集《南
國之夜》（包括《南國之夜》《咆哮的許家屯》《歐洲的風》《左手行禮的兵士》
《夥伴》《強與弱》）更受到左翼批評家的重視。艾蕪的小說《咆哮的滿洲》
經茅盾之手改題為《咆哮的許家屯》發表在 1933 年 7 月《文學》月刊創刊號
上，可以說是在左翼文學創作不振的情況下推出這位青年作家，對艾蕪來說
無疑是一種鼓勵。沒過多久，茅盾在推出另一位青年作家周文的小說《雪地》
時，同期附上一篇《〈雪地〉的尾巴》，文中順帶指出《咆哮的許家屯》（未刊
之前）中的「尾巴」問題，「毛病不僅在概念的和公式化，而在那『絕處逢生』
的舊小說格調以及非常『羅曼蒂克』的色彩。」茅盾認為：「寫抗日暴動的『烏
合』的民眾自己變成了有組織有紀律的軍隊，或是他們怎樣和附近的力量較
厚的義勇軍取得了聯絡，都可以；這都能夠增強『主題的積極性』。」〔註14〕
對小說創作要體現「主題的積極性」是茅盾在 30 年代文學批評中始終強調的
重點，他的《農村三部曲》通過中國農村經濟的破產表現農民的覺醒與反抗
過程就是集中體現。如今我們無法看到未刊之前的「尾巴」，那麼，且看刊發
出來的《咆哮的許家屯》結尾：

> 滿洲平原的地雷炸裂了。
>
> 許家屯在黑暗中咆哮著。
>
> 各處湧著被壓迫者憤怒的吼聲。
>
> 關帝廟和馮公館，冒出衝天的火焰，吐出無數鮮紅的舌頭，宛
>
> 如要吞盡漫空的黑暗一樣。〔註15〕

　　這樣一條體現主題積極性的「尾巴」依然是在左翼文學的「潛規則」
下硬添上去的，抹去了作為初學者那種可愛的個性，在左聯倡導愛國反帝
題材的書寫要求下，借助一些社會見聞等二手材料寫就，明顯缺乏生活實
感與活氣。這種生硬的創作直接體現了茅盾的「斧子說」：「文藝家的任務
不僅在分析現實、描寫現實，而尤重在分析現實描寫現實中指示了未來的
途徑。所以文藝作品不僅是一面鏡子——反映生活，而須是一把斧子——

〔註14〕茅盾：《〈雪地〉的尾巴》，《文學》第 1 卷第 3 期，1933 年 9 月 1 日，第 380
頁。

〔註15〕艾蕪：《咆哮的許家屯》，《文學》創刊號，1933 年 7 月 1 日，第 104 頁。

創造生活」〔註16〕。所以說，無論這條拙劣的「尾巴」如何改，《咆哮的許家屯》都注定是失敗的，是艾蕪脫離《夥伴》所顯示的創作個性而向左翼模式靠攏的產物，是一個流浪游民在擁有左翼青年作家身份之後的自覺轉向，他不得不拋開那些富有傳奇色彩的「南行」故事，因為在茅盾看來那種關於風土人情的描寫，「雖能引起我們的驚異，然而給我們的，只是好奇心的饜足。因此在特殊的風土人情而外，應當還有普遍性的與我們共同的對於運命的掙扎。」〔註17〕在這裡，「特殊的風土人情」即文學的地方性特徵並不具備獨立的價值和意義，而是被置於「普遍性」的衡量維度之下，離開作家的個性特徵去談文本，顯然茅盾並未意識到像艾蕪這類從邊地走向都市的文學青年的真正可愛之處，他需要的是「為人生的文學」，而不是艾蕪那種「人生的文學」。

但是，胡風看到了這一點。他曾在《文學》月刊 4 卷 6 期上對艾蕪短篇小說集《南國之夜》做了評論，肯定了當時一批優秀的青年作家，「從他們的主要創作方向來看，處處現出了能動地在社會性格裏面照明或追求真實的人生樣相的熱情。」艾蕪正是這些青年之一，但胡風的敏銳在於看出了「尾巴」之外的問題：「作者選擇了這些主題（即自發的反帝國主義鬥爭，筆者加）並不是偶然的」，「較之《南國之夜》，作者對於這一篇（《咆哮的許家屯》）的題材是很生疏的。」「首先可以提出的是主題的分裂……原因當然是作者把對象看得太單純了……另一方面，這裡面出現的外國兵也很抽象，我們看到的一律是搶奪酒食和到處強姦的面孔。」對於外國兵到來前民眾的反應，胡風說到：「這寫法是過於一般了，不能使人得到一個具體的生動的感應。就是在個別的描寫上，作者也沒有脫出這種寫法，創造出更有力而富於特性的形象。」〔註 18〕題材生疏、對象單純、主題分裂、寫法一般、形象無個性等，可以說是胡風對這篇刊在《文學》月刊創刊號上的作品的指謫，總之，無論人物還是情節，都是被作者「安排著」來完成了他的故事，他們自己並沒有顯示出有個性的面貌。

苛責之外，胡風表明了自己的用意和誠意：「這些意見，看來好像是故意向作者苛求，但我的用意卻很平凡，只不過是想證明：如果作者不熟悉他所

〔註16〕茅盾：《我們所必須創造的文藝作品》，《北斗》第 2 卷第 2 期，1932 年 5 月 20 日。

〔註17〕茅盾：《關於鄉土文學》，《文學》第 6 卷第 2 期，1936 年 2 月 1 日。

〔註18〕胡風：《南國之夜》，《文學》第 4 卷第 6 期，1935 年 6 月 1 日，第 954 頁。

要描寫的題材——人物和撫育這人物的環境，那他的描寫本領即令很大也無從施展，他的『熱情』即令很高也會成為浮在紙面上的東西，《咆哮的許家屯》就是例子。」〔註19〕可見，胡風並不懷疑艾蕪的「熱情」，而是質疑他對寫作材料的熟悉。對於艾蕪而言，他並沒有直接參與愛國反帝戰爭的切身經歷，企圖用耳聞的材料去直接寫民眾與帝國主義面對面肉搏的圖景，顯得浮誇而失真。接著胡風肯定了艾蕪以一群馬夫在運貨路上的嘩變為主題的小說《歐洲的風》，認為故事的發展並沒有架空的痕跡，「每個人物都照他自己的意志活動著，決不是作者的代言機器。」〔註20〕可見，胡風對「代言」式書寫是反感的，對不熟悉題材就下筆是不滿的，但當艾蕪在《夥伴》中為我們展現了兩個以抬滑竿為生的老江湖，寫著他熟悉的人與事，胡風表示，素樸而溫暖的夥伴身上看不到統治者的黑影。

從茅盾與胡風的左翼文學批評去看艾蕪在 30 年代的小說創作，可以隱約認識到制約艾蕪「南行」寫作的兩難處境。艾蕪從一個「游民」成為左翼青年作家，豐富的底層生活與切身的生存體驗是其優點，但同時也缺乏獨立創作與思考的定力，容易受外部環境改變自己的創作路向，其小說的生成過程不可避免地受到茅盾或胡風這樣在文壇有威望有影響力的批評家（特別是以一部《子夜》蜚聲文壇的茅盾）的指導。可以說，艾蕪對「南行」經驗的書寫或想像所呈現出來的差異性與階段性，是一個有切身邊地體驗的底層青年在獲得左翼作家身份後，試圖追隨時代風潮為其加入一絲助力或貢獻的結果。但在調整寫作姿態的過程中，如何將個人的南行體驗與左翼理念有效結合併融入小說寫作中，對艾蕪的 30 年代及其之後半個世紀的「南行」敘事都是一個難題。

三、南行故事：「誰在講」與「怎麼講」

艾蕪的南行題材小說基於自己六年的漂泊經歷寫就，其中的自傳色彩顯而易見自不必說，但南行路上的所見所聞與南行歸來的所作所寫，畢竟存在時間和空間上的騰挪與間隔。而小說作為一種「有意味的形式」，「誰在講」與「怎麼講」有時比「講什麼」更重要。靠寫作為生的艾蕪並不是一個忠實謹慎的書記員，有學者將其比為本雅明所說的「講故事的人」，「也許艾蕪並

〔註19〕胡風：《南國之夜》，《文學》第 4 卷第 6 期，1935 年 6 月 1 日，第 954 頁。
〔註20〕胡風：《南國之夜》，《文學》第 4 卷第 6 期，1935 年 6 月 1 日，第 955 頁。

沒有清楚地意識到他所擁有的講述生活的能力與天賦，也許一個時代的主流理論的聲音太強大，它壓倒了個性微弱的聲音，總之，在艾蕪的創作中，矛盾雙方的較量常常難以避免。」〔註21〕細讀艾蕪在「左聯」前後的南行題材小說，會發現文本中常常存在兩個自我：一個是書寫漂泊遊歷中的所見所聞似「講故事」的自我，一個是加入左聯團體後在其文化感召下代民眾立言的自我。顯然，這兩個矛盾的自我是在當時左翼文壇批評家的關注中不斷調整寫作姿態的結果，而這種差異也在抗戰局勢越發緊張的時期越發走向極端，在 1936 年這一時期後的「南行」故事中，左翼革命話語的內核漸漸浮出水面。

作為一個「講故事的人」，艾蕪首先是以坦誠的心態打量南行路上的奇人異事，小心呵護著故事的「原生態」，並不苛求一種完美的敘述，而是接近一種樸實自然的「無事」的敘述。艾蕪用自我的南行體驗試圖去靠近左翼觀念的同時，自敘性質的表達中又喚醒著他刻骨的邊地往事和漂泊記憶，拒絕或避免著某種觀念模式對自我體驗的肢解，「我們來看他的《南行記》，這分明就是一部關於南國的故事集，而在述說這些故事時，艾蕪最慣用的手法是對人物對話的摹擬和還原，讓每個人物都用自己的語音語調、談話內容講述自我，而較少對其個性與心理進行直接刻畫。」〔註22〕收在短篇小說集《南行記》（上海文化生活出版社，1935 年 12 月）中的《松嶺上》，整個行文基本上是由大篇幅的人物對話構成。一位白髮老人隱居於寂寥的山家店中，每天都在向我絮絮叨叨著他的過往，且在醉酒後執意要把女兒嫁給「我」，後來「我」在禿頭小販的口中才得知，老人殺害地主全家及自己的妻兒後逃命到了山野。老人的常常醉酒以及酒後嫁女兒的玩笑話，可以說是內心深處對妻兒極度思念又愧疚的宣洩與表達。這個被別人稱為「酒瘋子」「老魔鬼」的獨居老人想要「我」留下來，但「我」還是選擇決絕地離開，「爬上一個坡，回頭來看，老人還無力地依在門邊，望著我去後的背影。四山靜寂，松林無聲，牛羊的鈴子，在朝霧濛濛的遠處，幽微地叮噹著。」這種詩意朦朧的抒情筆調，加上人物細膩而又瑣碎的鮮活語言，使整個小說文本縈繞著濃鬱的傷感與悲情色彩。艾蕪在同一時期出版的另一部短篇小說集《山中牧歌》（上海天馬書店，

〔註21〕冷嘉：《講故事的人——對艾蕪小說的一種解讀》，《浙江社會科學》，2002 年第 5 期。

〔註22〕冷嘉：《講故事的人——對艾蕪小說的一種解讀》，《浙江社會科學》，2002 年第 5 期。

1935 年 9 月），也展現了作家在講故事的過程中試圖理解他人苦難的情懷。《快活的人》描摹的是一個頂快活的人——胡三爸，「客棧裏的人，沒一個不同他談談笑笑的」，他靠著手上的力氣打燒鴉片的鐵籤子，等到煙禁就去捶背，每天打諢說笑地過生活，這樣的老好人有一天卻莫名地死在牆邊，讓我們唏噓不已。「我」在紅十字會做義工時認識了吳大經（《左手敬禮的兵士》），他渴望傷癒回家卻不料被長官一次次送上戰場，最後淪為街頭乞丐，因為家鄉遭遇戰事後已無家可歸。《罌粟花》裏的「我」跟著小夥子到家裏吃了一頓粗糙而苦澀的午餐，因為田野裏並不種糧食，而是紅花灼灼的罌粟，走之前「我」把頭上的打鳥帽送給他，給他進城謀生的希望。貴生母親因思念在外打仗的兒子變得瘋瘋癲癲，遭到街邊頑童的戲弄，隱含作者對戰爭的控訴（《瘋婆子》）。五個農人在家鄉遭遇旱災後結伴坐船到上海謀生，他們在甲板上想像著繁華的上海，卻不料因買了假船票被洋人和中國辦事員用麻袋捆起來無情地扔到海裏，「於是，從旱災裏逃出的人們，終於畢竟得著水了！」（《海葬》）。一個個「被侮辱與被損害」的小人物，借著艾蕪的筆才得到世人的關注，讀者在聽故事的同時越來越感受到作者對南國世界的愛與恨。

　　艾蕪於 1937 年秋寫就的短篇小說《烏鴉之歌》，是一個關於「狂人」的故事，但與魯迅筆下的狂人相比，他的「瘋」和「狂」少了更多象徵性與多義性，而多了茅盾所說的「主題的積極性」。「我」在傍晚時分打算找地方住宿，遇到三個年輕獵人抬著鹿子走來，將一路的禾苗踏倒，且對「我」的詢問不理不睬，後來通過與相識老人和年青人的攀談，才得知那是霸佔老人田地的本家魔王兄弟，於是「我」隨著年青人到家裏住宿，在月色下聽他講述老人一家的悲慘遭遇。原來，老人家的田地被無理霸佔後選擇一再忍讓，但面對魔王兄弟的強權欺人，年輕氣盛的兒子在看到樹上的烏鴉從蛇口中冒死救子的情景後決定反抗，這才被老人關在房中，且叫出像烏鴉一樣淒厲的聲音。「我不禁想起：人類在最古的時代，一定像烏鴉一樣，不曉得容忍的；如果一開始就會對仇敵容忍，那人類絕不能活到現在！」〔註23〕這裡，「我」將老人一家的不幸遭遇上升到「人類」普遍性的高度，霸道的本家兄弟這時也成為「仇敵」，被關的「狂人」似乎在為一切不平與壓迫發聲怒吼。邊地現實的黑暗顯現著山林深處強權社會的存在，而帶有反抗色彩的「烏鴉之歌」正

〔註23〕艾蕪：《南行記・烏鴉之歌》，《艾蕪全集》第 1 卷，成都：四川文藝出版社，2014 年版，第 76 頁。

召喚著山林外革命的到來，結尾處「我」面對這「快要滅亡掉的村莊」一邊感到悲哀，同時又覺得有希望，「呼吸著山間特有的清新空氣，又聽見沿途飛著覓食的烏鴉叫著單純而又勇敢的聲音，兩腳就漸漸硬朗起來，滿身也添加了許多活氣。」〔註24〕同樣是寫一個老人的悲劇，相比於《松嶺上》，《烏鴉之歌》有著更為明確的革命性主題，小說中的「我」也不僅僅是一個聽故事的人，而是邊地階級壓迫現象的見證者。附著於左翼革命意識形態而失去了言說的獨立性，艾蕪在文本之間適應著茅盾對「鄉土文學」寫作的觀念：

> 關於「鄉土文學」，我以為單有了特殊的風土人情的描寫，只不過像看了一幅異域的圖畫，雖能引起我們的驚異，然而給我們的，只是好奇心的饜足。因此在特殊的風土人情而外，應當還有普遍性的與我們共同的對於運命的掙扎。一個只具有遊歷家的眼光的作者，往往只能給我們以前者；必須是一個具有一定的世界觀與人生觀的作者方能把後者作為主要的一點而給予了我們。〔註25〕

由此看來，艾蕪拒絕了胡風那種重視作家「主觀戰鬥精神」的指導，而走向了茅盾之「分析現實、描寫現實中指示了未來的途徑」的創作路子，雖然他對於社會的分析解剖篇幅不多且隱於邊地書寫的背後，但內在的階級意識忽隱忽現。如《山峽中》小黑牛的慘死，表面上是強盜同夥們怕受牽連將其殘忍拋棄，內裏卻是被張太爺搶了田地不得不離鄉活命的無奈，張姓地主的隱形出場是作者用強權壓迫的社會真相顯出革命的合法性，同時使魏大爺一夥的殘酷性質弱化，揭出這群江湖人的同命相連的景況。江湖人的悲慘人生背後是階級壓迫的社會根源，小黑牛的死與野貓子們的「盜亦有道」生存理念其實是一步步對革命話語的靠近，此時的艾蕪在完成了對「南行」經歷的實寫實錄（類似於《人生哲學的一課》）之後，在不自覺地轉向一種對革命的浪漫想像。

結語

對於艾蕪來說，「南行」已不僅僅是一種寫作題材，更是這一生的精神原鄉。促使其登上文壇的短篇小說集《南行記》，在 1935 年 12 月初版（上海文

〔註24〕艾蕪：《南行記·烏鴉之歌》，《艾蕪全集》第 1 卷，成都：四川文藝出版社，2014 年版，第 76 頁。

〔註25〕茅盾：《關於鄉土文學》，《文學》第 6 卷第 2 期，1936 年 2 月 1 日。

化生活出版社）時只有 8 篇，1946 年 2 月出版（上海文化生活出版社）時增至 12 篇，1963 年 11 月出版（作家出版社）時又增至 24 篇。無論是 30 年代的左翼時期，還是 40 年代的戰爭時期，亦或是 60 年代的政治運動風潮中，即使有戰爭題材或工業題材的應時寫作，但艾蕪都沒有停下自己的「南行記」，似乎滇緬邊地已經成為他的寫作根據地。在近半個世紀的文學創作中，他多次對「南行」經驗進行書寫、想像及敘述，60 年代的《南行記續編》與 80 年代的《南行記新編》就是最好的證明。他在「左聯」前後的「南行」小說，不僅鎔鑄了一個有切身生活體驗的知識青年對底層眾生相的觀察和思考，用那種自然形成的文學感受與獨特的表達方式展開文學寫作，這客觀上緩解了「五四」新文學發展到 30 年代左翼文學的危機。有學者指出這批文學「新人」與左翼文學之間的互哺關係：「被 1927 年這場更大範圍的中國社會政治動盪驅趕出邊緣省份底層社會的青年知識分子，他們對新文學反而有著更深的理解，這根源於他們在自身文化環境和社會境遇中自然形成的文學感受方式，左翼文學的發生為他們感受文學的特有方式之進入新文學提供了可能，左翼文學需要通過他們的進入得到富有意義的發展。」〔註 26〕但同時，我們也應看到，艾蕪經驗在左翼文化語境中的價值缺失，特別是他直寫邊地底層社會的地緣小說無法在左翼文學的規範下得到發展，這是作家的遺憾，也是時代的選擇。

〔註 26〕陳方競：《1933 年的左翼青年作家‧周文‧地緣小說》，《紀念魯迅定居上海80 週年學術研究會論文集》，2007 年。

慣性忽略與重新審視
——艾蕪《雜草集》研究（提綱）

大連理工大學人文與社會科學學部　　張棣〔註1〕

摘　要：

　　長期以來，艾蕪研究總體圍繞著以《南行記》為中心的小說研究進行，取得豐碩成果的同時在一定程度上形成了小說以外文體的邊緣化甚至忽略傾向。事實上，無論就文學價值抑或思想價值而言，艾蕪小說以外的作品同樣值得關注。艾蕪的散文集《雜草集》就是以往研究中較為典型的關注較少的領域，但無論從艾蕪一生足跡變遷的地緣角度考慮，還是斷代分析其創作成果，《雜草集》之於「流浪文豪」艾蕪的完整研究來說，都應引起足夠的重視。同時，從比較與互文角度出發，將《南行記》與《雜草集》進行比較，可以見得兩部作品「行」之相似，進一步深入探微，《雜草集》所蘊含的「行」之相異，則在一定意義上確立了與《南行記》之「行」所區別的另一種「行」，同時其在「人」的展現與「朦朧的覺醒與反抗」方面所呈現的價值與意義，在一定程度上超越了「抗戰文學」類似符號化的評價。

關鍵詞：《雜草集》；《南行記》；同而不同

　　艾蕪憑藉小說《南行記》登上文壇一舉成名，此後儘管其一生創作以小說為主，但終究未能有超越《南行記》的作品問世，因此《南行記》成為艾蕪研究不可置否的核心所在，同時艾蕪後兩部「南行記」的創作在其作品中

〔註1〕作者簡介：張棣，男，山東濱州人，大連理工大學中文系在讀碩士研究生，主
　　　　要學習方向為中國現代文學。

形成了引人注目的「南行系列」，因此艾蕪研究迄今為止整體呈現出以《南行記》或「南行」為核心線索，發散到艾蕪小說研究的總體態勢。不可否認，艾蕪主要作為小說家的身份，但同時艾蕪並不應當僅僅作為小說家為學界所認知，其在小說文體以外仍有大量散文類作品。與艾蕪小說研究繁榮，成果豐碩的情況大相異趣的是對於艾蕪散文研究較為冷淡，論著少之又少。艾蕪散文中，僅有《漂泊雜記》作為「南行」產物或《南行記》附篇（姊妹篇）受到一定關注，《歐行記》作為「行」的系列被偶而提及，甚至同樣作為「行」之系列的「『鄂行記』被研究者遺漏〔註 2〕」。而其他散文集諸如《雜草集》《初春時節》等幾乎被研究者忽略，尤其是《雜草集》至今無一篇專論，甚至未見將其作為主要內容的論文。現可見相關研究成果僅將《雜草集》作為抗戰時期桂林、福建（永安）文化抗戰，戰時（西南）大後方文學等宏觀問題下的細微部分進行名目上的簡要提及，並未涉及《雜草集》本身及其與艾蕪創作等具體研究方面。這方面較有代表性論文如汪毅夫《東南地區的抗戰文藝》〔註 3〕，李瑞良《抗日戰爭時期福建永安的進步出版活動》〔註 4〕，王西彥《恓惶的港灣——〈鄉土・歲月・追尋〉之十一》〔註 5〕，傅德岷《民族正義的呼喊，散文史上的豐碑——抗日戰爭時期大後方散文創作的成就》〔註 6〕，姜德明《拾荒瑣記——抗戰時期雜文集數種》〔註 7〕，王學振《抗戰文學的空襲體裁》〔註 8〕等諸篇。這樣的研究傾向在一定程度上對於艾蕪研究來說，相對缺乏對《雜草集》乃至艾蕪散文的開掘，一定程度上忽略了《雜草集》甚至散文對於艾蕪研究的獨特意義與價值，實際形成了《南行記》為代表的小說研究核心與權威話語以及散文邊緣化現象。

　　《雜草集》〔註 9〕1940 年 10 月由永安（福建）改進出版社初版，作為《現代文藝》刊物叢書發行，其中共收錄艾蕪散文 33 篇，記錄了自滬戰爆發前夕

〔註 2〕龔明德：艾蕪八十二歲時的「鄂行」〔J〕，蜀學，2017（2）。
〔註 3〕汪毅夫：《東南地區的抗戰文藝》〔J〕，中國現代文學研究叢刊，1987（3）。
〔註 4〕李瑞良：《抗日戰爭時期福建永安的進步出版活動》〔J〕，編輯學刊，1994（2）。
〔註 5〕王西彥：《恓惶的港灣——《鄉土・歲月・追尋》之十一》〔J〕，新文學史料，1986（2）。
〔註 6〕傅德岷：《民族正義的呼喊，散文史上的豐碑——抗日戰爭時期大後方散文創作的成就》〔J〕，雲南師範大學學報（哲學社會科學版），1989（2）。
〔註 7〕姜德明：《拾荒瑣記——抗戰時期雜文集數種》〔J〕，中國現代文學研究叢刊，1986（1）。
〔註 8〕王學振：《抗戰文學的空襲題材》〔J〕，當代文壇，2016（5）。
〔註 9〕艾蕪：雜草集〔M〕，改進出版社，1940。

至 40 年代初，艾蕪躲避戰亂的漂泊經歷以及抗戰背景下的思考。初版《雜草集》與當今所見收錄於《艾蕪全集・第 12 卷》〔註10〕的《雜草集》有所不同，現版收錄 35 篇。兩版相同篇目僅有 19 篇，初版中有 14 篇未見於現版。因此，以初版為根據又有一定史料研究價值。而具體到《雜草集》的內容層面，其又有兩方面的意義：一方面從艾蕪的漂泊足跡來看，其清晰展現出艾蕪自遣返回國的重要一站——上海離開，後至杭州，輾轉湖南到達桂林的遷移經歷；另一方面《雜草集》是艾蕪抗戰時期創作及心態的重要印證，與早期創作代表作品《南行記》在文體、內容、藝術風格等諸多方面殊異，有其獨特價值。因此，《雜草集》是艾蕪完整研究中不應忽略的一部分。

那麼，從時間的縱向，作品的橫向兩個維度，比較與互文的視角出發，管窺艾蕪戰時創作《雜草集》，相比 30 年代創作的《南行記》有無不同？《雜草集》的特殊性及其特殊意義具體如何？作為抗戰時期作品的《雜草集》之於艾蕪創作的地位究竟如何？

一、「行」的貫穿：《南行記》與《雜草集》的主線

從艾蕪的創作經歷來看，其文學創作往往與個人生活，尤其與流浪生活緊密相關，正因如此，其有「流浪文豪」之稱。對於《雜草集》的研究也不例外，應當注意到艾蕪此期的漂泊足跡對文本的影響與介入。同時還需注意到其另一部作品——《南行記》，不僅因為《南行記》是艾蕪流浪文學的開端與巔峰，更因為儘管《雜草集》與《南行記》在文體、內容、藝術風格等諸多方面存在不同，但兩者卻均以作者之「行」作為內在線索，貫穿作品，並構建文本邏輯。以《南行記》與《雜草集》共同之「行」作為視角切入，通過兩部作品的對比研究，可以發現兩者的同與不同。

1. 以「行」構建文本

《南行記》與《雜草集》兩部作品均與艾蕪之「行」關聯緊密，甚至因「行」而生。《南行記》所展現的是作者自四川到雲南，輾轉於緬甸的行程。《雜草集》則是作者自緬甸被驅逐回國後，由上海到杭州，輾轉湖南到達桂林的行程。

〔註10〕艾蕪：艾蕪全集第 12 卷散文特寫〔M〕，四川文藝出版社成都時代出版社，2014.06。

　　就兩部作品內容總體而言，作家之「行」首先決定文本內容。艾蕪將行程中所見所聞所感投射於作品之中，構建了文本的主要內容。《南行記》所展現的是艾蕪初入南國異域的神秘體驗與奇異感受所構成的南國世界；《雜草集》所展現的是抗戰爆發後作者不斷遷移逃難中所見所思的真實記錄。「行」對於文本內容的構建還體現在足跡遷移方面。《雜草集》中部分篇目命名往往與地名或行程直接關聯，如《別上海》《滬杭路上》《湘南散記》《由寧遠赴永州道中》《湘桂路上》《桂林遭炸記》等，文本與足跡高度一致，清晰顯示出艾蕪「上海—杭州—湖南—桂林」的行程。《南行記》中諸篇雖未在篇名中指明地點，並且出版再版內容增添較大，但通過內容上分散的提及進行串聯，而經過文本的梳理後，則實際得出艾蕪由滇入緬的行程，行程同樣契合於文本。「行」實際作為兩部作品文本的顯性線索，貫穿作品，建構文本順序，同時作家因「行」而生發文本，生成作品。

　　但儘管《南行記》《雜草集》兩部作品均以「行」構建文本，實則兩者有所不同，《南行記》中作家之「行」本質上是主動性的，有意識地前往緬甸（仰光）實現「勞工神聖」思想，並且「行」往往僅將足跡所到處所作為故事展開的宏大背景，設定故事氛圍；而《雜草集》中作家之「行」本質上是被動性的，「行」作為文本背景的同時從側面反映出抗戰時期戰事情況，每當作家「行」之變遷，則意味著戰敗城破，作家乃至全體民眾被迫遷移。實際上將「行」與戰爭聯繫起來，顯示出鮮明的抗戰主題。

2. 以「行」確定邏輯

　　以「行」之視角關照《南行記》與《雜草集》，兩者除了上述構建文本層面上的相似外，「行」還在邏輯體系層面為諸多不合理情形注入了合理性。正如論者指出：「《南行記》的主要角色就是強盜、盜馬賊、私煙販子甚至是殺人犯，這樣一群人陰險兇惡，在江湖上行騙，而『我』作為一個『喝著五四的奶長大的』知識分子卻沒有對它們展開批判。原因很簡單，當時的『我』，也是屬於底層中的一員，……因為我太明白那種在生存這個最基本也最強大的本能面前，一切的道德批判都顯得尤其無力。」〔註 11〕《雜草集》同樣如此，其中對不合理情形在「行」中的合理性闡釋眾多。

〔註11〕張悅：艾蕪與他的三部「南行記」〔J〕，中國現代文學研究叢刊，2017（9）。

戰爭狀態下生與死的考驗為爭取活著的逃難賦予了特殊的生存法則與邏輯體系，逃難過程中民眾擁擠混亂，「擁了一屋子人，叫囂的聲音，更要使人難受。爭著賣票，爭著擠到出口去，這種缺少秩序的情形，在平昔是極其令人憎惡的。」而作者轉眼間覺得「此刻則想著他們是在逃難，而又處在敵機揚言恐嚇的地方，誰忍心在責備他們呢？」看到民眾攜帶物品多而雜又不便於逃難，「他們的行李，自然有裝置好東西的箱子，但露在外面的，卻十分可笑，像廉價的洋鐵水壺，打有補丁的鐵鍋子，以及紅漆剝落的腳盆、馬桶之類，還帶他們登上遙遙的旅途，幹嗎呢？」，但稍作斟酌便明白「然而，一想到他們每一件東西，都是節衣縮食，賣血汗換來的，哪能再非笑他們呢？」作者因滬戰在即逃離上海，眼見的逃難的種種情形，擁擠、混亂甚至可笑，但幾乎轉瞬間就因為考慮到戰時背景與逃難之「行」，一切不合理行為則又有了充分的合理性。作者甚至進一步完全接受不合理行為，「即使那些討厭的傢伙，打身邊擠過，將身子碰痛，或把衣服擦髒，也只好皺皺眉頭，默不作聲，因為敵人的壓迫，已把彼此的感情，糅合在一塊了。〔註12〕」

除逃難之「行」外，還有戰時後方的民眾日常生活裏，人性善惡的複雜交織中「惡人」身上善一閃而過的不合理性以及合理存在。「呵，這倒使我看不出來哩！整天唯利是圖的人，竟然也會透露出了片刻的仁慈，真等於沙粒中現出了金子一樣。然而，這也沒有什麼奇怪的，人本來就是個矛盾的集合體，有惡有善，有利己也有利他。只不過現在的社會，太容易走向病態的發展了，即是成為大的貪婪，小的仁慈。〔註13〕」更有「行」中意外的「不合理」，「我不禁驚訝起來，同時也感到一些內愧，因為我們平時把農村裏的老百姓估計得過分低了。」因為「我沉默了一會，隨即問她：『糧子住你一間屋，一個月出多少錢囉？』」，我從未想到過久居村中的農民會對抗戰有所幫助。而村民「她這下不笑了，很嚴肅地說道：『哪怎好要他們的錢？人家打仗，性命都捨得，難道我們連房子都捨不得麼？……何況單住住，又不壞你一點東西。』」〔註14〕實際上，村民並非愚昧，他們以自身的觀念與道理將作者的意料之外演繹為情理之中。

〔註12〕艾蕪：《別上海》，《雜草集》，改進出版社，1940年，第8頁。
〔註13〕艾蕪：《貪婪與仁慈》，《雜草集》，改進出版社，1940年，第83頁。
〔註14〕艾蕪：《鄉行雜記》，《雜草集》，改進出版社，1940年，第93～94頁。

因此,「行」不僅僅作為顯性線索直接構建文本,更形成了內在的邏輯體系。《雜草集》中包括作者在內的民眾,處於戰時特殊背景下的「行」中,面臨生死考驗,同時又產生了對「難民」同一身份的認同,潛移默化中生成了「行」的邏輯體系。無論是無秩序、不便利的逃難,還是善在惡中的閃現,以至農民樸素的覺悟,一切以往日常的不合理性均被消解而成為合乎戰時之「行」蘊含邏輯體系的合理性存在。

3. 同「行」中的不同:敘述模式的轉變——戰時生活「苦」與「難」的同一

《南行記》與《雜草集》相同之處,除了以「行」構建文本,確定邏輯,還在於從《南行記》到《雜草集》,強烈的生命體驗與真實感始終融入作品之中。所不同的是,前者的主題是「漂泊」,主動走出相對穩定的生活狀態;後者的主題是「流離」,在戰爭危機下被迫轉移居所;具體而言,前者中作家面臨的主要問題是異國他鄉的生存問題,後者中作家所面臨的則主要是戰亂下的生活問題。因此《雜草集》諸篇文章極為真切地記錄了作家以及民眾階層的戰時生活狀態,總體呈現出被侵略下戰時生活的「苦」與「難」的同一。

《雜草集》中戰時生活之「苦」主要表現在逃難之苦。此段時間,艾蕪回國後輾轉上海、桂林,期間經過杭州、湖南、貴州等地,頻繁的逃難轉移已經成為其生活日常,《別上海》《滬杭路上》《湘桂路上》等等諸篇中,作者幾乎每到一地就兵臨城下,而被迫接連逃難,躲避戰爭,顯示出一條由華東逐漸遷往西南大後方的軌跡。戰時生活之「難」則主要表現在生存之難,儘管作者往往在戰爭大規模來臨前舉家遷移,而實際上卻不得不面對潛在的生命危險即敵軍的轟炸,《桂林遭炸記》《仇恨的記錄》等篇都以真實而略顯平靜的筆調展現出轟炸後的悲慘景象,但其中卻仍不乏在躲避空襲中諸如在山洞口悠閒地吃點心的「趣事」。

因此,《雜草集》中對戰時生活的記錄,無論筆墨篇幅,還是情感關注,作者均有所側重,更側重於表達生活之「苦」方面。同時考慮到抗戰爆發後,作家多處於逃離戰區、居於後方的經歷,因此在作品中「生活之苦」應當多於「生存之難」,佔據生活的主體地位。至此,實際上作家創作已經由前期《南行記》所代表的著重「生存之難」,無時無刻面臨生命危機的敘述模式而轉向主要表述戰時國內「逃難之苦」,生活艱辛的敘述模式。而伴隨敘述模式轉變

的另一種意義在於，貫穿於《南行記》與《雜草集》的「主線」——「行」，也顯現出對於艾蕪不同時代創作的流變。《雜草集》諸篇文本所構建的「行」本質上是「戰時之行」或「逃難之行」，從而又異於《南行記》為代表的「南行系列」中「行」所蘊含的「漂泊之行」。因此，艾蕪創作中存在於不同時代、作品、文體的「行」呈現出「南行」之外的另一種模式與脈絡，這也是《雜草集》之於艾蕪研究的意義之一。

二、「人」的展現：戰時紛亂的眾生相

　　《南行記》與《雜草集》均根植於「作家之行」構建文本，艾蕪在《雜草集》中以極為真實而駁雜的筆法將戰時「逃難之行」的所見所聞，統攝於時代背景下進行全景式的展示。因此如果說「行」是《雜草集》的主線，那麼在「行」的主線之外，「人」的展現所造就的逃難眾生則構成了《雜草集》的支線餘脈，豐富了其作品中的「逃難世界」。與眾多逃難者不同的是，艾蕪既是習慣了顛沛流離生活的民眾，又是具備特殊身份的知識分子，在「行」中觀察，刻畫出戰時紛亂的眾生相，而於紛亂之中又呈現出相對鮮明的群體性特徵，形成逃難與非逃難即後方民眾兩個群體，同時艾蕪對群體中的兩類人物即士兵與農民又給予高度關注，形成有條不紊的豐富與真實。《雜草集》通過「人」的展現在「行」的基礎上，更進一步凸顯出抗戰的意旨。在「行」確定的合理性生存邏輯之外，通過豐富的人物世界中鮮明的對比又指向了有節制的國民性批判，進一步顯現出抗戰主題。

1. 戰爭狀態下的兩個群體

　　《雜草集》豐富複雜的人物形象世界中，首先鮮明顯現出其群體性特徵的是包括作者在內逃難民眾群體，他們是《雜草集》中人物的主體，在「逃難之行」中作者對他們給予了更多的關注。

　　儘管諸多人物形象同屬一個群體，而實際逃難中又因身份、境遇等諸多不同而顯現出多樣性特點。《雜草集》中所展現的眾生相幾乎涉及了各個階層，既有擁擠逃離的城市中下層居民，「擁了一屋子人，叫囂的聲音，更要使人難受。爭著賣票，爭著擠到出口去，這種缺少秩序的情形，在平昔是極其令人憎惡的……」〔註15〕；也有固守城市的底層勞動者，「那卻是一些做在

〔註15〕艾蕪：《別上海》，《雜草集》，改進出版社 1940 年，第 8 頁。

手頭吃在苦頭的苦人了，那種從容鎮定的神情，十足顯示出了他們才是中國正牌的主人翁的！」，他們「死神已來到頭上了，他們還不肯離開平素住慣的地帶，只儘量找尋他們可以生活的工作。」〔註16〕；更有隔絕於鄉村的農民，還未對戰爭有正確的認識，「倘使店主人看不清這一點，便是店主人懵懂糊塗！還依然把抗戰當成內戰時代的戰爭！要是店主人受了現實環境的刺激……那便是地方當局太缺乏時代的認知了！」〔註17〕；還有逃難車上偶遇的「野蠻」而「髒污」的傷兵，以及難民收容所中樂觀而富有血性的「年輕工人」和「飽嘗人世心酸的戚色的中年工人」、熱心服務而引導工人抗戰的「青年學生」、「如狼似虎、賊強盜」般欺壓平民的土豪劣紳、「簡直欺負人」壓榨車站的難民小販而「感到了車廂裏某種不利於他的氛圍」的狡詐商人等等。

除了逃難群體外，《雜草集》對生活在非交戰區，即大後方的「非逃難群體」人物群體同樣進行了豐富性的刻繪。儘管生活於後方，不必考慮逃難的行為，但其生活在一定程度上仍然受到了戰爭的衝擊與影響，大多籠罩在戰爭的氛圍下，而其形象系列所呈現出的狀態與特徵，既異於逃難群體，顯現出相對安定的生活狀態；又異於「前方民眾」，呈現出對於戰爭缺乏認識，思想相對封閉的生活狀態。《湘南散記》中我與幾個親戚到山中打獵，期望打到獐子、野豬、兔子等，餓了便到佃戶家吃飯，儘管佃戶家中僅有「紅薯飯」，我們因為飯菜不好而只是用來喂狗，而到準備了「乾飯」與「一碗肥肉婆，一碗酸蘿蔔炒魚籽」的「老賀」家中吃飯。雖然無論佃戶還是老賀，生活條件都不算富裕，但已可以維持溫飽，相比離亂的逃難生活已安穩許多，而我與親戚打獵的閒趣更體現出後方生活的閒適；《保甲長》中圍觀「挾扣」的「兒童老太婆，以及奶孩子的女人」，「他們顯然是來看熱鬧的，但卻又並不注意主席講什麼，只是私下大聲地講著家常……而且更令人驚的，是她們每說一句平凡話，聽來似乎毫沒興趣的，也要間雜著非常歡快的笑聲。〔註18〕」生活於後方的婦女並非沒有受到戰爭的波及與影響，她們圍觀的「挾扣」就是抽選壯丁組建民兵組織，而戰火還未真正燒到她們生活的地域，因此其還是一如既往地聊家常。即使是代替丈夫「挾扣」的女人，也並未瞭解戰爭與民兵組織的性質與意義所在，而是因為沒有抽到免於參加民兵組織的簽而後悔，

〔註16〕艾蕪：《別上海》，《雜草集》，改進出版社，1940年，第 7 頁。
〔註17〕艾蕪：《「非常時期，莫談國事」》，《雜草集》，改進出版社，1940年，第 44 頁。
〔註18〕艾蕪：《保甲長》，《雜草集》，改進出版社，1940年，第 30 頁。

「請假？你們這些鬼頭鬼腦的事情，乾脆就不該來的。」。《芙蓉花葉》中未經允許進入院子割取芙蓉花樹皮的女人，儘管其兄弟中「大的被徵去殺日本鬼子了」，「那些賊強盜，四五弟兄，全沒一個徵去，他們都能夠想法子瞞過官府」，自豪兄弟前往抗敵戰場的同時，悲憤於豪強玩弄手段躲避兵役，同時又隱晦地顯現出思想的保守性，希望自家人也能夠躲過兵役。

豐富多樣的形象構成了《雜草集》對戰時生活真實性與完整性的表達，無論是學生、工人、車夫、小商販、商人，都因逃難而聚集，既是「逃難世界」的組成者，又共同作為的支線對「逃難之行」進行多樣的闡釋。生活在後方的民眾，無論是村中勤懇的佃農、看熱鬧的婦女、受豪強欺壓的母女，還是我以及親戚，在生活上儘管有富裕與清貧的區別，但相比「逃難群體」而言，又安定甚至閒適許多，但同樣籠罩在戰爭的氛圍下，成為「行」的另一支脈。「逃難群體」與「非逃難群體」兩個群體形象系列共同完整構建了《雜草集》的人物世界，同時呈現出豐富性與多樣性的面貌，展現出戰時背景下紛亂的眾生相。

2. 作者著力關注的兩類人物

在眾多的形象中，作者並非漫無目的地進行刻畫，而是有所側重地對兩類人物給予了較多的關注：農民和士兵。首先從數量上來說，《雜草集》中直接描寫農民形象的有 16 篇，且農民大多作為篇內主角存在，農民形象可以說是《雜草集》中最主要的形象；而士兵形象（包括農村自衛隊等）在 7 篇出現。其次從此期生活經歷來說，作家主要生活構成為長途跋涉躲避戰亂與寓居鄉村躲避空襲，因此作者不可避免地對農民形象給予更多地關注與投射。同時農民群體身上所呈現出的進步與落後，樸實與呆滯，勇敢與真誠等諸多複雜交織的形態，引發作者思索。因此《雜草集》中的農民形態豐富而真實，既有生活在封建思想壓迫下，以「挾扣」的方式決定是否入伍以及入伍兵種的愚昧；又有受地方豪強欺壓、遭到轟炸而家破人亡的悲哀怨憤；更有自發組織衛隊，準備迎戰，保衛家鄉的勇敢鄉民，「他們那般單純樸實的臉上，流露出一股認真的表情……他們對於敵人的觀念回答起來，極其樸素，而且有些可笑，即是，——不怕他日本鬼仔子！他們都穿的闊氣，幹掉他幾個，好落得發回洋財！」〔註 19〕；更有軍民互助的「一位老太婆，聽見朋友韓要找

〔註 19〕艾蕪：《我們須要「人的戰士」》，《雜草集》，改進出版社，1940 年，第 47 頁。

雨具，便趕忙去張羅，那種熱忱的樣子，使我看出他們軍民合作的確是有相當的成功了。〔註 20〕」甚至與後方修養的軍隊完全融入一起，將空閒房屋讓給傷病，以此支持作戰的農民，作者「走進好幾家去問，都回答說住滿了糧子」，而且不收傷病費用「哪怎好要他們的錢？人家打仗，性命都捨得，難道我們連房子都捨不得麼？」〔註 21〕。

作者著力刻畫的另一類類形象是士兵形象，但《雜草集》中所呈現的士兵並非是戰場上的士兵，而多是回到後方修整的傷兵，以及由農民組成且缺乏訓練的民兵，以及開往前線的士兵。儘管如此，戰時背景下缺乏安全感的生存心態，也使作者以及民眾更多地關注他們，甚至將士兵置於英雄人物行列。在逃離上海的列車上，作者看到「有頂的車廂裏面，無頂的敵車裏面，通是鋼盔草綠色制服的兵士，他們正趕赴上海戰場，去驅逐敵人的。〔註 22〕」他們是「壯健勇敢的姿影」，作者將勝利的希望寄予他們。即便是在不斷遷往後方的路上遇到前往後方修整的傷兵，作者仍對那「一大堆污物似的塞在地下」的傷兵感到慚愧，畢竟「因為使前方作戰的兵士，受到了如此的遭遇，每個人都是要負責任的。」並且對於其嚇退商販的行為，「而我卻莫名其妙地，竟非常喜歡他這樣的野蠻，愛他到如此可憐的境地，還不失掉他那南方人的倔強性子。〔註 23〕」真正處於後方修養的士兵往往與本地居民相處融洽，無論是借助在農民房子中的「糧子」，還是幫助「朋友韓」借雨傘的「老太婆」，都體現出一種和諧的軍民關係。除了正規部隊外，鄉村中還有自發組織的民兵，儘管他們「非常笨拙」，「但它們那般單純樸實的臉上，流露出一股認真的表情，他們摸著槍標和槍支的時候，現著的那種緊張和興奮，實在令人看了不能不發生很大的敬意！」，但它們當中也存在著相當的問題，即「不幸農民自衛隊的長官訓練他們的時候，……反而時時刻刻摧殘他們的自尊心。……這種動不動就加以打罵，實在不是訓練，而是嚴重的侮辱。〔註 24〕」

《雜草集》中對於對於戰時眾生相的表現中給予農民、戰士兩種形象更多的關注，一定意義上將「農民」泛化為一般意義上的下層勞動者代表進行表達，他們是「中國正牌的主人翁」；而士兵則是當時抗戰的主要力量以及戰

〔註 20〕艾蕪：《鄉行一日》，《雜草集》，改進出版社，1940 年，第 89～90 頁。

〔註 21〕艾蕪：《鄉行雜記》，《雜草集》，改進出版社，1940 年，第 93～94 頁。

〔註 22〕艾蕪：《滬杭路上》，《雜草集》，改進出版社，1940 年，第 12 頁。

〔註 23〕艾蕪：《湘桂路上》，《雜草集》，改進出版社，1940 年，第 55 頁。

〔註 24〕艾蕪：《我們須要「人的戰士」》，《雜草集》，改進出版社，1940 年，第 47 頁。

爭勝利的希望所在。作者實際將當時中國最主要的階層與最直接有力改變民族命運的階層指出，因而對其投以更多的關注，寄託希望。

3. 戰時「人」之「憂」與「劣」的落差：有節制的國民性批判

《雜草集》對眾生相的實際表現過程中，眾生相之複雜與真實除了表現在上述人物身份多樣性方面，更在於人物表現向度的多維，即使是在抗戰背景下，其形象並非是同向的，而是紛繁複雜，甚至相反相成，以此構建《雜草集》真實而豐富的「戰時世界」。具體而言，《雜草集》諸篇在形象刻繪中往往形成鮮明對比，這種對比多為是篇內甚至是場景內的直接對比，同時也有部分由兩篇甚至多篇形成的對比。在強烈對比過程中，呈現出戰時背景下「人」之「憂」與「劣」的表現與落差，形成有節制的國民性批判。

戰時「人」之「憂」主要表現在對於逃難與戰爭兩種行為的幫助與貢獻方面。戰時逃難過程中民眾往往爭先恐後，而即便在此情景下仍不乏有溫情脈脈的幫助，如「早上三點鐘，車從破爛的南站開行時，同車廂的一個婦人，突然著急地哭起來：『我還有孩子吶，我還有孩子吶！』。」列車司機眼見此情形經將列車倒回，讓其尋找孩子，不料「好心的站丁便趕忙抱著，胡亂塞進尾後的車廂去了。」因此，「大家復又愉快而安靜地，享樂著這脫離險地的旅行。〔註25〕」作者在逃難途中也常常無處容身，得益於友人的幫助才得以暫且安身，諸如《鄉行一日》中「朋友韓」，「朋友司馬」陪同去農村找尋租房等等。至於對戰爭支持方面，正如作者《新道德》所言「在抗戰的兩年期中，我們的生活裏面，業已產生了一種新的道德。即是誰是好人，誰是壞人……這種新道德的標準是什麼呢，便是依抗戰與否來決定的。〔註26〕」在逃難過程中作者詫異甚至羞愧地發現民眾對於戰爭的自覺支持如上文已述《鄉行雜記》中村民不收養傷士兵的房租，甚至表現出一種與軍人的親近與和諧，以及《難民收容所速寫》中青年學生對年輕工人參軍的引導等等。

與戰時「人」之「憂」相反的「劣」則主要集中在逃難過程中民眾的互相傾軋（如上文提及《湘桂路上》中商人通過拿出面值較大的錢使小販無法找零，奸詐而巧妙地欺壓難民身份的小販），至於對待戰爭與士兵的冷漠態度（如《非常時期莫談國事》中店主人張貼標語，禁談國事。以及《湘桂路上》商人對士兵的缺乏尊重，都將將「憂」與「劣」的表現集中在一篇作品中，

〔註25〕艾蕪：《滬杭路上》，《雜草集》，改進出版社，1940 年，第 11～12 頁。
〔註26〕艾蕪：《新道德》，《雜草集》，改進出版社，1940 年，第 106 頁。

更為鮮明地展現出民眾品性的巨大差距。同時，作者通過《滬杭前夜斷片》《桂林遭炸記》《村居雜記》三篇的對比形成了「警察」形象的複雜展現。第一篇中警察檢查行人態度因為「虹橋飛機場那面，打死了兩名日本間諜，高空上還發現了可疑的飛機在偵查，附近地方又捉住了一名畫地圖的漢奸」〔註27〕，空氣緊張而一反平日惡劣的檢查態度變得溫和；第二篇中「一個拿木牌的警察，……說是白桂分局所轄境內難民，速到國民新生兩戲院去，以便公眾收容。……單是對這個走在人叢中的警察，也不禁生了敬意。〔註28〕」第三篇中「一會兒警察在那邊山腳出現了，他對木排上的人，帶著命令的神氣，講了幾句什麼話。〔註29〕」「警察」形象在不同篇目中的不同表現極為典型地顯現出「憂」與「劣」的落差。

值得注意的是《雜草集》在「人」之「憂」與「劣」的品性對比中，並未對「人」的品性進行簡單極端的「善惡」「美醜」的對立，而是與《南行記》類似地以寬容的態度處理「劣」之表現。《雜草集》中涉及國民性「劣」的方面，包括上文所述逃難中民眾的相互傾軋，對於戰爭、反抗持冷漠乃至戲謔態度，儘管筆觸已到，但並未進行激烈的批判。這固然與前文所述《雜草集》中以「行」確定邏輯相關聯，更為重要的是，艾蕪自身深處戰爭環境之中，深刻認識到「劣」性存在的一定合理性，因此《雜草集》始終採取包容的態度對待諸多「劣」，在一定程度上滲入人道主義思想，如論者所言：「往往著重凸顯流浪漢的人性之『善』，而淡化對人性之『惡』的客觀審視與深入挖掘」「『不願意長久地審視『黑暗』和『醜惡』」〔註30〕。並且，《雜草集》作為處於抗戰時期的創作，已不同於五四時期著重於批判而啟蒙的創作宗旨，總體上以宣傳抗戰，鼓舞大眾為旨歸，所有努力與最終目的都指向有益於戰事，因此《雜草集》中形成了相對「有節制的國民性批判」。

三、朦朧的覺醒與反抗

從「行」的貫穿，到「人」的展現，《雜草集》實際表現出與《南行記》逐漸殊異的過程，同時隨著意旨逐漸深入，《南行記》的獨特性在於塑造奇異

〔註27〕艾蕪：《滬杭前夜的斷片》，《雜草集》，改進出版社，1940 年，第 1～2 頁。
〔註28〕艾蕪：《桂林造炸記》，《雜草集》，改進出版社，1940 年，第 73～74 頁。
〔註29〕艾蕪：《村居雜記》，《雜草集》，改進出版社，1940 年，第 101 頁。
〔註30〕侯敏：論艾蕪與高爾基流浪漢小說中的人道主義〔J〕，中國現代文學研究叢刊，2014（9）。

南國世界的深層次中蘊含著作者獨特的生命意識。而《雜草集》與《南行記》在「行」的主線相似外，於同中不同，除了上文已述作為「行」之另外一種，有節制的國民性批判外，還有與《關於小說題材的通信》中所言：「專就熟悉的下層人物——在現時代大潮流衝擊圈外的下層人物，把那些在生活重壓下強烈求生的欲望的朦朧反抗的衝動，刻畫在創作裏面。」〔註31〕有所區別的「朦朧的覺醒與反抗」。《南行記》為代表的小說中所著重的是「求生的欲望的朦朧反抗的衝動」，這是基於生存而反抗，還未涉及思想覺醒層面，而《雜草集》已演進為「朦朧的覺醒與反抗」，是思想與行動雙重層面的進步。

而值得注意的是，朦朧」一詞又寓有相對複雜的含義。通過「人」的展現顯現出的國民性批判，如果說其是在「憂」與「劣」的對比中指向的是向下的批判，而「朦朧的覺醒與反抗」則同樣是在「人」表現中而進行反覆闡釋與思索，覺醒與反抗呈現出複雜交織的狀態，而其最終指向則是向上的。

《通信》中的觀念在一定意義上不僅限於小說創作，沙汀、艾蕪向魯迅的請教並受到鼓勵支持顯然在一定程度上成為其創作中共有的原則與特徵，艾蕪的散文創作中同樣昭示著類似的出發點與特徵，在此意義上，「求生的欲望的朦朧反抗的衝動」則成為具有「精神原鄉」意義上的艾蕪創作起始點。《雜草集》中作者所處的環境，又確是「在現時代大潮流衝擊圈外」，無論是與逃難民眾同行，還是到達後方後多寓居鄉村生活，大抵都是如此，而在此過程中艾蕪又真正接觸到了「衝擊圈外的下層人物」，看到了衝擊圈外的現實世界，以獨特的筆觸與視野形成了《雜草集》的藝術特徵與思想內涵，建構了《雜草集》藝術與內容上的雙重「朦朧」，將「朦朧反抗的衝動」更進一步行成「朦朧的覺醒與反抗」主題。

1. 藝術上的「朦朧」：浪漫主義與現實主義的交織

從《雜草集》的宏觀層面來看，其呈現出浪漫主義與現實主義特徵的複雜交織形態。艾蕪小說研究中一般認為「艾蕪的基本傾向是浪漫主義（艾老自己也同意這種說法）〔註32〕」，而實際上歷來不斷存在著對此種觀點的補充，一方面因為艾蕪小說中以《南行記》為代表的作品儘管以浪漫主義色彩聞名，而實際文本建構於個人經歷，存在相當強烈的真實性；另一方

〔註31〕魯迅：《二心集》，萬卷出版公司，第131頁。
〔註32〕高纓：兩條並流的文學之河——紀念沙汀、艾蕪誕生100週年〔J〕，文史雜誌，2005（4）。

面艾蕪作為左翼作家，同時又受到魯迅的指導，一定程度上具有強烈的現實主義傾向。因此關於其小說究竟為浪漫主義抑或是現實主義的問題始終未能塵埃落定。針對《雜草集》具體文本進行具體分析，雖然不屬於小說文體，同時又作為區別於其前期創作的抗戰時期散文，但不妨以此種視角管窺其創作中現實主義與浪漫主義交織的複雜狀態。正如論者所言：「而艾蕪，卻由於中國特定的時代環境的壓力，注定了不可能成為一個浪漫主義作家。……中國現代的社會太黑暗了，嚴酷的現實社會窒息了他的浪漫主義激情〔註33〕」。

　　因此，《雜草集》所呈現的複雜狀態具體可以理解為其表層文本是抗戰的真實記錄，表現出典型的現實主義特徵，而作品深層則洋溢著強烈的浪漫主義氣質。《雜草集》中《滬戰前夜的斷片》《湘桂路上》《桂林遭炸記》《仇恨的記錄》等諸篇對於民眾逃難，敵軍轟炸的混亂甚至慘烈景象進行直接的記錄，幾近戰地報導。而儘管相較《南行記》在浪漫主義表現方面，數量、氣度均有差距，但《湘南散記》對於山中奇特景色與打獵趣事的展現，《夥鋪》中山中行走體驗以及山中流傳故事的描述，《由寧遠赴永州道中》《鄉行一日》對鄉村耕種與田野景觀的展現，《清晨的公園》對清晨公園景象的描摹，等等諸篇對於景色的關注隨處可見，與真實的戰爭景象異趣，與《南行記》相類似的景物描摹，穿插於逃難與戰爭描繪中，充分體現著的作品的浪漫主義色彩 。而《難民哀話》《婦女勞動者》中身處戰火波及甚至因為轟炸而家破人亡的女性頑強地生活，甚至充滿力量；《桂林遭炸記》中我在轟炸後冒著危險查看城中轟炸後景象；《貪婪與仁慈》中店主在不軌的行為中仍存一絲善念；《關於葉紫》中葉紫身世之不幸，生活之結局以及寫作之勤奮形成鮮明對比；《諺語、歷史和時事》回顧歷史上廣西人們抗擊侵略者的英勇歷史等等，共同顯現出包括我在內的各類人物在戰時背景下展現出的頑強生活意志與生命力，呈現出與戰爭背景下無力抵抗相反的精神氣質，是作者浪漫主義特質的另一種體現。

2. 抗戰需要與民眾落後的矛盾現實

　　在思想內容層面，《雜草集》的整體意旨是支持抗戰，鼓勵反侵略，積極戰鬥的。這在《新道德》中作者進行了直接的說明：「在抗戰兩年期中，

〔註33〕袁進：宏觀的審視 深入的剖析——評王曉明著《沙汀艾蕪的小說世界》〔J〕，中國現代文學研究叢刊，1989（1）。

我們的生活裏，業已產生了一種新的道德。即是誰是好人，誰是壞人，我們已經有了一種新的看法。這種新道德的標準，是什麼呢，便是依抗戰與否來決定的。〔註34〕」而實際上，作者眼見抗戰以來民眾的普遍麻木與糊塗，「這難道說他們有意忘記當前的危急時局，渾渾噩噩地沉醉一番麼？絕不是的！這是他們在長期抗戰中，害了一種病痛，那便是感情的麻木！什麼事，都有些『見慣不驚』，『無動於中』似的。」；以及對戰爭時局並非不瞭解，也並非不明白愛國救亡的道理，卻仍甘願沉醉於聽戲，甚至「觀眾不敢說全是關心國事的。其中定有不少的人，講起愛國的道理來，會勝過那些街道宣傳的青年的。〔註35〕」；甚至有糊塗的客店張貼「非常時期，莫談國事」這樣內戰時期避免麻煩的標語，還未能認識到抗戰的性質，「倘使店主人看不清這一點，便是店主人懵懂糊塗！還依然把抗戰當成內戰時代的戰爭！要是店主人受了現實環境的刺激……那便是地方當局太缺乏時代的認知了！」〔註36〕等諸多處於混沌狀態的現象，與作者所內在期待的抗戰需要存在較大落差，甚至形成了矛盾。

更為悲哀的是，如果市民與店主作為受教育程度有限的底層人物，未能清晰地認清戰爭時局，還有一絲緣由可以博得原諒，「老百姓作如是見解，我們不能責備他們，只慚愧我們的宣傳工作做得不夠。」那麼「受過高等教育的」人對於戰爭時局也混沌不清則令人詫異，「最奇怪的是一些受過高等教育的，我聽見他們對於武漢退守後的議論，說是這以後還打什麼呢。」；甚至「更令人感到不安的，是長沙大火的消息傳來時，我在過湘南中山的那一縣，訓練壯丁的兵營長官（將新抽的壯丁訓好之後便交與圖管區輸送到前線去）竟把兵房內的一切抗日標語，全行刷去，有些寫在板壁上的，還用刀子刮掉。他們無疑地認為省會已經失掉，小縣份還有什麼作為呢？為保持地位起見，還是趕快準備迎接新的上司吧。這種聰明的舉動，顯然是從內戰時候學習來的。〔註37〕」至此，無論是下層民眾，還是「受過高等教育的」人，乃至軍隊直接帶兵訓練的「兵營長官」，或是對戰爭性質認識不清，或是麻木不仁，或是對戰局缺乏瞭解，對戰爭持悲觀態度，甚至提前為戰敗屈服做準備，多重形象構成了戰時愚昧麻木的民眾群，給整部作品蒙上一層灰色的陰影。

〔註34〕艾蕪：《我們須要「人的戰士」》，《雜草集》，改進出版社，1940年，第105頁。
〔註35〕艾蕪：《麻木》，《雜草集》，改進出版社，1940年，第117～118頁。
〔註36〕艾蕪：《「非常時期，莫談國事」》，《雜草集》，改進出版社，1940年，第44頁。
〔註37〕艾蕪：《抗戰的啟蒙工作》，《雜草集》，改進出版社，1940年，第49～50頁。

3. 時常閃現於民眾當中的希望

事實上，作者並非對戰爭、民眾持有悲觀的色彩與否定的態度，而是在他們身上又常常看到希望。《別上海》中「那卻是一些做在手頭吃在苦頭的苦人了，那種從容鎮定的神情，十足顯示出了他們才是中國正牌的主人翁的！」，他們「死神已來到頭上了，他們還不肯離開平素住慣的地帶，只儘量找尋他們可以生活的工作。」〔註38〕城市中的底層勞動者堅守城市而不選擇逃難，是需要引導走向反抗的人群；《難民收容所速寫》中「青年工人不待他講完，就搶著說道：『不要說了，你先生快去打聽打聽……不論作什麼，我張大扣子第一個就先報名』。」〔註39〕青年工人立地起誓，決定參軍抗敵，是富有反抗精神的人；《我們須要「人的戰士」》中「而一些由於長子免役的壯丁，因抱著保衛鄉土的熱忱，就都踊躍地跑來參加。這種現象是非常好的。誰看見那些放下鋤頭來摸槍桿子的鄉下人，不感到歡喜呢？〔註40〕」，即便是村中農夫，仍有基本的保衛鄉土意識；《湘桂路上》中的傷兵談起戰鬥經歷說道：「俗話說的好，做生意要有本錢，我們軍人的本錢，就『不怕』兩個字，有了這本錢，真是可以出生入死哩！」〔註41〕，儘管不乏草莽之氣，卻充斥著勇猛無畏的精神與氣概；《桂林遭炸記》中作者面對桂林的殘破景象，「看見成群結隊的壯丁，擔著空洋油桶子，抬起大木桶，在緩緩地走著，臉上現出工作之後的疲倦和安靜。他們是幫助警局救火的隊伍，是準備上前線的生力軍。」〔註42〕，他們具備強健的體魄與奉獻的精神，是戰爭極為重要的後備力量；《清晨的公園》中「清晨，早，正和別個都市裏面的公園一樣，是絕少遊人的。……卻都站立著草綠色軍衣和灰藍色制服的兵士了。……在操練他們將赴前線的身體。」〔註43〕，即將入伍的青年士兵透露著朝氣與希望；甚至《婦女勞動者》中桂林的勞動婦女「而且他們挑的東西，並不比男子挑的少些，那挑東西的氣概，也並不比較男子遜色。〔註44〕」，並不在勞動方面顯現出比男性的嬌弱；《鄉行一日》中「一位老太婆，聽見朋友韓要找雨具，

〔註38〕艾蕪：《別上海》，《雜草集》，改進出版社，1940 年，第 7 頁。

〔註39〕艾蕪：《難民收容所速寫》，《雜草集》，改進出版社，1940 年，第 5 頁。

〔註40〕艾蕪：《我們須要「人的戰士」》，《雜草集》，改進出版社，1940 年，第 47 頁。

〔註41〕艾蕪：《湘桂路上》，《雜草集》，改進出版社，1940 年，第 60 頁。

〔註42〕艾蕪：《桂林遭炸記》，《雜草集》，改進出版社，1940 年，第 74 頁。

〔註43〕艾蕪：《清晨的公園》，《雜草集》，改進出版社，1940 年，第 78～79 頁。

〔註44〕艾蕪：《婦女勞動者》，《雜草集》，改進出版社，1940 年，第 80 頁。

便趕忙去張羅，那種熱忱的樣子，使我看出他們軍民合作的確是有相當的成功了。〔註45〕」村民對軍隊的支持與好感可見一斑；《鄉行雜記》中一位婦女「我們把同糧子住著不方便的意見告訴了她，她卻鄭重地說道：『哪裏，他們糧子一點也不生事的』」。另一位婦女則不收傷病房租「哪怎好要他們的錢？人家打仗，性命都捨得，難道我們連房子都捨不得麼？〔註46〕」村婦的認識超出了我的想像，詫異、羞愧與喜悅交織，村民自覺地支持著軍隊；《麻木》中「接連兩天早上，天還沒有亮的時候，我們就聽見晨呼隊的吶喊。白天則有青年，在市面到處宣傳；入夜還有……這一切，都是時時刻刻在警醒我們住居桂林的人，趕快起來保衛我們的西南！」〔註47〕，青年抗戰的熱情顯示著戰鬥的希望。《諺語·歷史和時事》中兒童遊戲的流行語「百姓怕官；官怕番鬼；番鬼怕百姓。」〔註48〕則提醒著廣西民眾反對外敵侵略的歷史，無疑在抗戰時代具有啟發的意義。

與麻木與混沌的民眾所伴隨共生，同樣隨處可見的是作者在民眾身上發現的出於抗戰背景下，反抗侵略的血性、民眾身上的力與美，以及民眾內化於心中支持戰爭，幫助士兵的樸素愛國觀念，這是抗戰的希望所在，是民眾的覺醒與反抗。

4. 「朦朧」狀態的覺醒與反抗

儘管《雜草集》諸篇書寫了覺醒與反抗的種種可能，而幾乎同時又在篇中對覺醒與反抗的阻力以及複雜性進行了挖掘與表現，顯現出覺醒與反抗的「朦朧」。《別上海》中的「苦人」只是為了繼續生活下去而留守上海；《難民收容所速寫》中的青年工人立志參軍不乏有年輕學生追問下意氣用事的原因，並不真正瞭解戰爭；《我們須要「人的戰士」》中參加自衛隊的農民士兵滿懷熱情卻遭受軍官的粗暴對待，毫無尊嚴；《湘桂路上》的傷病儘管英勇戰鬥，卻沒有受到同車廂商人的尊重；《桂林遭炸記》中壯丁們忙於救火，警察提醒民眾不要在轟炸後立刻回家防止再次轟炸，等等儘管表現出對城市與民眾的保衛，卻沒有在慘烈的轟炸後燃燒起憤怒與反抗；《婦女勞動者》中勤懇樸素的桂林婦女，儘管富有力量，卻僅限於生活，未曾關心戰事；甚至《難民哀

〔註45〕艾蕪：《鄉行一日》，《雜草集》，改進出版社，1940年，第89～90頁。
〔註46〕艾蕪：《鄉行雜記》，《雜草集》，改進出版社，1940年，第93～94頁。
〔註47〕艾蕪：《鄉行雜記》，《雜草集》，改進出版社，1940年，第117頁。
〔註48〕艾蕪：《諺語·歷史和時事》，《雜草集》，改進出版社，1940年，第112頁。

話》中因轟炸喪夫殘子的四川女人，儘管自身不幸，卻只為活下去，缺乏應有的反抗與仇恨；《鄉行一日》《鄉行雜記》中儘管軍民融合、互助，卻更多地是出於內心的善良，而並非對戰爭有清晰的認識；《麻木》中儘管青年學生不分晝夜地進行宣傳，聽戲的觀眾卻仍舊無動於衷，沉湎戲園。

　　《指路碑》《夥鋪》《保甲長》《芙蓉花葉》更為直接地對農村的落後習俗、黑暗現實進行了有力揭示，指出進步的阻力所在。同時，《雜草集》後半部分諸篇如《戰爭與和平》《新道德》《屠戶的咒語》《談迷信》《讀書雜感》等基本放棄前面篇章通過故事情節而點明寓意的敘述方式，大幅增加說理成分，文體由敘事抒情散文向雜文傾斜，以至於末篇《一九四零年元旦誓筆》中直接寫到：「今年是一九四零年，從一八四零年的鴉片戰爭算來，正剛好是整整一百年了。給帝國主義束縛的龍，也於應該翻個身的時候了。〔註49〕」，作者用意顯明，正是在於將「朦朧的覺醒與反抗」直白明晰地指出，以求突破「朦朧」，予以啟發。

　　因此《雜草集》中所意在指明的是，民眾所處的狀態是懵懂的，並未認清現實，瞭解戰爭，希望還隱藏於民眾之間，並且戰爭還未能在民眾當中燃起反抗的怒火。他們本身的生活與時代的潮流遠離，對於戰爭的態度與支持，往往是戰爭真正與自身生活相接觸、衝突時才產生，並且其產生的動因也往往是內心的善良，對於抗戰的觀念正在逐漸成熟與發展過程中，還未形成真正合理與正確的思想，仍待引導與啟發。

　　總之，《南行記》與《雜草集》在「行」的主線方面顯現出艾蕪創作一以貫之的特點，而儘管兩者在文體、內容諸多方面殊異，在逐漸深入分析中更逐漸顯現出兩者不同，但以比較視角管窺，仍可從此兩部作品中洞見，艾蕪從《雜草集》到《南行記》完成了由五四時期到抗戰時期不同時代創作在敘事模式、作品旨歸等諸多方面的轉變。並且值得注意的是，《雜草集》儘管創作於抗戰時期，卻並未淪為戰爭傳聲筒，呈現出類型化、簡單化的表達，而是在忠實於現實的基礎上展現出了冷靜而深邃的思索，將民眾「朦朧的覺醒與反抗」呈現出來。

〔註49〕艾蕪：《一九四零年元旦誓筆》，《雜草集》，改進出版社，1940 年，第 121 頁。

「不可戰勝的人類風姿」
——艾蕪《南行記》中底層人物的尊嚴

北京師範大學文學院　張墨穎

　　從四川到雲南，從雲南到緬甸，艾蕪一路南行，在底層的人間流浪。在沙汀的鼓勵下，他「發下決心，打算把身經的，看見的，聽見的———一切弱小者被壓迫而掙扎起來的悲劇，切切實實地給寫了出來，也要像美帝國主義那些藝術家們一樣『Telling the World』的。」〔註1〕《南行記》便是這「一切弱小者被壓迫而掙扎起來的悲劇」，小說中刻畫了大量的底層人物，他們的生活並非苟延殘喘、麻木不仁，而是為生存的尊嚴而活，透著野生的精神力量，人性的美善光輝。

一

　　探討人的尊嚴是一個古老而嶄新的命題，面對這一跨學科、跨時空與跨制度的共識性概念，深入探討有賴於重現具體的歷史、文化、政治和經濟背景。在儒家哲學中，尊嚴首先體現為「面子」，是人性尊嚴的外在表現。「在儒家看來，『愛面子』和廉恥感就是讓人回歸尊嚴的一種自動糾偏心理機制。」〔註2〕儒家道德的核心更強調義務，認真對待自己的內在尊嚴是對個人的基本要求，反觀西方以個人權利為中心的自由主義理論，尊嚴的核心更偏向單純的權利話語。事實上這二者是不可分割的，義務話語體系中，尊嚴的獲取更偏向自我價值的實現；而權利話語體系中，尊嚴的獲取會導致不同主體間的權利對抗。

〔註1〕艾蕪著：《南行記》，四川文藝出版社2018年版，第6～7頁。
〔註2〕張千帆著：《為了人的尊嚴——中國古典政治哲學批判與重構》，中國民主法制出版社2012年版，第4頁。

在《南行記》中，底層人物的尊嚴與生存息息相關，生存權作為底層人物最基本且最重要的權利，他們的尊嚴很大程度上意味著「能否活著」以及「能否好好活著」。底層人物捍衛尊嚴的方式可以大致總結為以下三種模式：

1. 肉體傷害——報殺、殺嬰

在《南行記》中，底層人物為維護尊嚴所使用的最極端手段便是殺人，一種是「報殺」，殺的是仇人；一種是「殺嬰」，殺的是自己人。《松嶺上》的主人公兼有這兩種殺人行為，主人公白髮老人年輕時是「牛那樣壯的窮漢子」，在地主家做工，偷米回家喂兒喂女的禍事發作，不僅被鞭打拷問，連妻子也被老爺威脅誘姦。所有人都在嘲笑他，羞辱他，放牛的孩子編出歌來整日地唱，漢子的尊嚴被踐踏到底。

雪恥的辦法便是「報殺」，即報仇殺人。復仇是一個古老的文化現象，是人類生存的一種自然法則，當正義的天平傾斜之時，復仇是受害者對善惡有報的追求。漢子殺掉了仇人老爺一家，親自雪恥，然而這還不夠，漢子一併殺了自己的妻子和兒女。俗話說「虎毒不食子」，這一極端的「殺嬰」行為實屬罕見，旁人議論漢子是「殺星下凡」。

「殺嬰」的實質是除弱，漢子保護不了被現實世界踐踏的可憐妻兒，他們活在這個世上注定沒有尊嚴，殺掉他們是超度苦難。動物界中偶而出現的殺嬰現象，原因之一就是惡劣的生存環境所迫。「這類動物由於精力和能量代謝的不濟，已無法承受撫育後代的重任，因而出現本能性的殺嬰現象。」〔註3〕

漢子一家就象生長在貧瘠土地的植物，惡劣的環境使他們難以生存，漢子不僅如后羿般射殺了奪命的烈日，還砍掉了通身的枝蔓——自己的妻兒，此後孑然一身，頑強地活下去。此前所有的嘲諷，所有踐踏漢子尊嚴的旁觀者，都被這股殺星下凡的氣勢震懾，怕，便是敬，這是叢林法則的生存尊嚴。

另一個故事《山峽中》也體現了變相的「殺嬰」行為。故事前面，老頭子嘴裏吐露了他們的生存和尊嚴之道：「吃我們這行飯，不怕挨打就是本錢哪！」〔註4〕即便牙齒被打脫，腰杆被打折，也要笑著。這笑不是自嘲，不是精神勝利法，而是「不怕」的態度，不怕別人對自己的殘酷，不怕肉體上的折磨，這就是有尊嚴的強者。

〔註3〕李錦：《動物殺嬰食仔之謎》，《生物學教學》1993 年第 2 期，第 43～44 頁。
〔註4〕艾蕪著：《南行記》，四川文藝出版社 2018 年版，第 27 頁。

而弱者是不配活在世上的。偷東西被人發現並挨打的小黑牛，在角落裏呻吟、詛咒、怨恨。在老頭子他們眼中，小黑牛是懦弱的，而「在這裡，懦弱的人是不配活的。」〔註5〕顯然，「這裡」通行的是動物世界的叢林法則，「物競天擇，適者生存。」弱小者不僅會被天敵打倒，更會被自己的同伴拋棄和殺害，「小黑牛在那個世界裏躲開了張太爺的拳擊，掉過身來在這個世界裏，卻依然免不了江流的吞食。」〔註6〕

這是變相的「殺嬰」，殺掉自己人中的弱者，這是老頭子等底層族群的生存策略。「我」看不下去這悲痛而殘酷的生活，決心離開。叛離族群的「我」，同樣面臨野貓子的暴力威脅，但「我」幫助野貓子渡過難關，他們不僅讓「我」平安離去，還留給「我」三塊銀圓。

這三塊銀圓，是艾蕪的點睛之筆。這一報恩行為，彰顯出老頭子、野貓子們的江湖義氣，與其說是一種道德準則，不如說是善良人性的表現，人性天然的美善超越了自然界弱肉強食的生存邏輯，這也正是他們的魅力所在，原先迫不及待想要逃離的「我」，岑寂的心上此時也升起煙靄似的遐思和悵惘。

2. 精神慰藉——詈罵、幻想

說起底層人物的精神慰藉，現代文學作品中最典型的例子便是魯迅筆下阿Q的「精神勝利法」，它的本質在於「人以虛幻的方式處理自己與現實之間的關係，讓整體世界以部分的面目呈現於自己面前，以達精神上的圓滿。」〔註7〕人類尊嚴感的滿足與精神慰藉息息相關，尤其是底層人物在基本生存尚難保障的情況下，一定程度上虛幻地活著，時不時超越現實世界的真正命運，可以把嚴酷的世界暫時變得有所憧憬，獲得生存的尊嚴感。詈罵和幻想是一反一正兩個方面，前者暫時轉移矛盾，後者假性解決矛盾，在《南行記》中包括「我」在內的底層人物身上，隨處可見這兩種精神慰藉的模式。

詈罵是一種消極的情緒發洩，包括譴責、詛咒、憎恨和侮辱等情緒情感。小說主人公「我」常常在陷入窘境時詈罵，《人生哲學的一課》中，「我」被

〔註5〕艾蕪著：《南行記》，四川文藝出版社2018年版，第34頁。
〔註6〕艾蕪著：《南行記》，四川文藝出版社2018年版，第36頁。
〔註7〕張寧：《闡釋：後精神分析視野中的阿Q》，《文史哲》2000年第1期，第53～59頁。

信息不全的招聘廣告作弄，冤枉跑了大半天，流了一身汗，只得背地裏罵罵那狗廠主洩氣。《在茅草地》中，「我」被介紹人欺騙，在店主近於諷刺的目光裏，把一時委屈的怒氣，在店主面前罵起介紹人。這一罵，是在憤怒和無助的窘境中給「我」一點發洩空間和挽回尊嚴的可能。「我」不想讓店主嘲諷和輕視自己，通過當他的面罵介紹人，轉移矛盾主體，表明「我」只是個受害者，不是自作自受的滑稽可憐蟲。

面對欺侮自己的強者時，背地裏的詈罵是底層人物伸張正義、獲得平衡的關鍵。《洋官與雞》中，被洋官推掉新建屋壁的老劉，氣急敗壞地破口大罵「天殺的狗官」，被拆掉籬笆的老闆娘喃喃地罵了好幾句。被村師爺拆穿了西洋鏡之後，老闆、老闆娘、閒談的鄰家漢子，這所有被壓迫的底層人物，「儘量使用他們平時刻薄別人的術語，對著英國官，像箭也似的亂發，彷彿把仇敵紮成一個稻草人來射一般的痛快。」〔註 8〕而在《我詛咒你那麼一笑》中，「我」也對欺侮傣族少女的洋官和幫兇店主發出切齒的罵。

當底層人物的尊嚴被統治者踐踏，也就意味著底層人民的權利得不到保障，而詈罵恰是對這種不公的詛咒。「英國語言學家帕默爾說過：『語言忠實地反映了一個民族的全部歷史、文化。』作為語詞的一種，詈罵記載了逝去的文明，充滿了認同與尊崇、恐懼與堅守、褻瀆與冒犯、氣憤與悲壯的情感和態度⋯⋯不但能夠更清楚地反映人類個體情緒態度的變化，同時也映像出一個民族的群體文化特徵。」〔註 9〕詈罵是底層人物對獲取生存尊嚴的消極掙扎，也是對其權利缺位的寫照。

相比之下，幻想則沒有攻擊性，只是暴露了底層人物內心深處對生活的渴望。這種渴望也許是空虛的，但是並不突兀，因為這是些再質樸不過的願望了。《山峽中》的小黑牛常常坐在山坡上瞭望遠山人家，憧憬著「那多好呀！⋯⋯那樣的山地！⋯⋯還有那小牛！」野貓子悠悠閒閒的歌聲裏是對一個烏托邦世界的幻想：「那兒呀，沒有憂！那兒呀，沒有愁！」沒有大富大貴的夢和英雄主義的幻想，只是基本生存和簡單快樂的希冀。

值得注意的是，《松嶺上》的主人公白髮老人的幻想則顯得有些荒誕，他把煙槍和酒視作自己的愛女，將她們看的比生命都重要，甚至還把其中一個「女兒」嫁給了「我」。老人的幻想在精神分析層面有「戀物」的意味，「表

〔註 8〕艾蕪著：《南行記》，四川文藝出版社 2018 年版，第 73 頁。
〔註 9〕姜秀明：《漢語詈罵研究》，吉林大學 2007 年。

現為對普通物品意義的高估」〔註10〕，老人將煙槍和酒這兩樣日常現實之物賦予了「女兒」的意義，並伴隨著「表象的沉迷」，即「將這種人為賦予性抽空，使其變得自然、永恆、理所應當並且無需改變。」〔註11〕這也許是老人內心對早年「殺嬰」行為痛苦的變異，煙槍和酒這兩樣物品代替實現了老人內心深處為人父的渴望，緩解了「殺嬰」記憶的折磨，想像自己過上了正常人父的生活，甚至可以親自為女兒挑選合適的夫婿，這種荒誕無疑隱藏了莫大的苦痛，正是艾蕪所謂「弱小者被壓迫而掙扎起來的悲劇」〔註12〕。

3. 價值實現——交易、勞務

在心理學研究領域，自尊和自我價值感有著相似的心理過程，二者都是個體自我評價的結果，區別在於自尊具有相對的穩定性，可以看成是一般自我價值感，而自我價值感則更容易受到外界影響，具有不穩定性。《南行記》中，包括「我」在內的底層人物，獲取自尊的一種重要方式就是實現自我價值，比如交易，向他人出售自己的商品，或者勞務，以活勞動形式向他人提供某種具有特殊使用價值的勞動。簡單來說，就是讓自己「有用」。

在《人生哲學的一課》中，饑腸轆轆的「我」急需填飽肚子，做不到去偷去搶，只能找點東西賣了。而後一段極其精彩的賣草鞋描寫，「我」不斷吹噓著草鞋的價值，裝成行家似的在說話，最終交易換來的銅板，踏踏實實填飽了「我」的肚子。「我」的生存和尊嚴是綁定的，只要身上還有什麼可交換的價值，就是弄點小聰明，就是假裝也不要緊。畢竟「圍繞我們的社會，根本就容不下一個處處露本來面目的好人。」〔註13〕能夠搜刮自己身上所剩無幾的交換價值，「我」已經盡了保全自尊的最大努力。

在《我們的友人》中，主人公老江更為典型地詮釋了如何用自我價值獲取自尊。老江無家可歸又生著惹人厭的疥瘡，只好投奔「我們」，但「我們幾個失業的漢子，合租一間市外的矮小房屋，正過著缺少愉快的艱難日子，再

〔註10〕肖煒靜：《Fetishism：幻象的替代性佔有與無止境追尋——「拜物教」、「戀物癖」學理關係考》，湖北大學學報（哲學社會科學版）2018 年第 45 期，第 60～65 頁。

〔註11〕肖煒靜：《Fetishism：幻象的替代性佔有與無止境追尋——「拜物教」、「戀物癖」學理關係考》，湖北大學學報（哲學社會科學版）2018 年第 45 期，第 60～65 頁。

〔註12〕艾蕪著：《南行記》，四川文藝出版社 2018 年版，第 6～7 頁。

〔註13〕艾蕪著：《南行記》，四川文藝出版社 2018 年版，第 11 頁。

添一張漏洞似的嘴巴，支持起來，真難。」〔註 14〕老江處境艱難，但並沒有可憐巴巴地求我們，利用「我們」的同情心立足，而是主動展現自己的「利用價值」，讓「我們」心甘情願收留他。首先是精神上的慰藉，老江對我們分享走南闖北的奇遇見聞，「有時竟使我們沉悶的生活上渲染了些活潑的氣象」〔註 15〕並且主動幫著燒火做飯、收拾廚房，還擔起了跑街買菜的任務，不僅使「我們」的菜色豐盛起來，甚至還提供「我們」富裕的煙抽。

自我價值的展現使得老江終於能在「我們」間立足，但「我們」也並沒有因此「放過老江」，他那身上的毒疥瘡依然是眾人打趣的對象。同阿 Q 忌諱癩瘡疤一般，老江同樣對這肉體的缺陷感到羞恥，不同的是阿 Q 的精神勝利法幫助他將「平常的癩頭瘡」轉換成「一個高尚的光榮的癩頭瘡」，而老江則是拿叫花子做比，轉移了眾人嘲諷的矛盾對象，竭力設法掩飾著自己的短處。

老江是再可憐不過的底層小人物，生病、失業、賭博、偷運毒品，但他靠著自己的獨門絕技，給大家帶來了有趣的生活氣氛和豐盛的菜肴。從那個笑眯眯的臉面接著好煙抽，誰能不惦記著他，不把他視作「我們的友人」呢？「友人」一詞正是尊重和喜歡的表現，老江是活的有尊嚴，有生機的底層小人物。

二

回看這三種尊嚴獲取的模式，「肉體傷害」和「精神慰藉」更偏權利導向，而「價值實現」則是義務導向。《南行記》對前兩種模式刻畫較多，除了這兩種模式更具備衝突性和典型性的原因外，也側面反映了滇緬邊境底層人物的思想性格特徵。拿來自中國四川，受過傳統儒家教育和現代新式教育的「我」來對比，「我」的經歷中沒有出現過「肉體傷害」這樣極端的事情，甚至連偷和搶都下不去手。「我」不斷地踏踏實實出賣自己的勞力，陷入絕境之時，「我」也沒有偷盜，而是選擇變賣身上唯一一雙草鞋換錢吃飯。「我」深受儒家倫理的影響，義務是尊嚴的第一位，權利的聲音則比較弱，只有氣急敗壞的罵和不切實際的幻想來填補人性天然對權利的追求。

相比之下，「我」在滇緬邊境遇到的他們，則顯得更加「野蠻」。說其「野蠻」，實則是這些人不大受儒家倫理的束縛，更追求個人的生存權利，打家劫

〔註 14〕艾蕪著：《南行記》，四川文藝出版社 2018 年版，第 91 頁。
〔註 15〕艾蕪著：《南行記》，四川文藝出版社 2018 年版，第 92 頁。

舍、賭博販煙、甚至身負命案。正如費正清所言：「統一體的『中華』文化，正在分解為諸多差異性的亞世界。不可分割的『中華』形象，正在為各式各樣不同方面的發現所取代⋯⋯中國內地占統治地位的農業—官僚政治秩序，與中國邊境地區的邊緣少數人的傳統，正在形成一個對照。」〔註16〕而艾蕪筆下所勾勒的滇緬邊境面貌正是戳穿了儒家德治的表象，西南邊境地區的地方性生態造就了這樣一批頑強的底層人民。欲在如此險惡的環境中生存，爭取權利自然比履行義務重要。

而這種「野蠻」之所以不讓人覺得「惡」，反而覺得感動、敬佩，也許正因為他們追求的不過是最基本的生存權。想在這個艱難的人世間活下去，他們沒有替天行道的俠義理想，也沒有出人頭地的宏大抱負，他們只是社會最底層的小人物，但他們沒有像祥林嫂一樣怨天尤人，沒有像阿 Q 一樣渾渾噩噩，而是不停地反抗、掙扎、堅定地活著，並憧憬著那「沒有憂、沒有愁」的美好世界。他們是真實的、質樸的，頑強的，他們用各種方式爭取生存的尊嚴，著實可敬、可愛。

三

毫無疑問，艾蕪傾心其筆下的底層人物。《南行記》中大量出現的景色描寫，與其說是在烘托故事的氛圍，不如說是在隱喻一個原生態的自然世界，無論是咆哮的松風或江濤，還是「林裏漏出的藍色天光，葉上顫動著的金色朝陽」，都是大自然或殘酷或美好的本來面目。《南行記》中的底層人物就是生活在這樣殘酷又充滿生機的自然世界中，接受叢林法則的考驗，掙扎著，頑強地活著，煥發出蓬勃的生命力量。而那被江水卷走的小黑牛，就像消失在叢林中的落葉，雖然悲哀，卻亦是自然世界不可或缺的一部分。艾蕪對大自然是留戀和熱愛的，正如他少年時因為學費問題與心儀的中學失之交臂，幾次想要投塘自盡，但想到歌詠自然的詩篇，不由生出對人間的眷戀，艾蕪因而決定活下去。

艾蕪看世界的眼光沒有太多俗世的成見，身份、地位、傳統道德觀等等，在他眼裏都不是最重要的。閱其傳記可知，艾蕪喜歡心地善良、有同情心的人，討厭傲慢的人。他曾被自己的「同類人」——那些讀過書的學生所鄙夷。

〔註16〕（美）費正清編：《劍橋中華民國史（上卷）》，中國社會科學出版社 1994 年版，第 10 頁。

艾蕪有一次在街頭熱忱地想要參加學生們的愛國演說,但因為穿著雜役短衣,便被穿制服的學生們誤認為是扒手,嫌棄地將他擠開。《南行記》映像著艾蕪南行流浪的影子,這次,他的「同類人」是底層的小人物,他們在文明社會裏被邊緣化,但他們的頑強、真實、美善,讓艾蕪找到了生命的詩意。正如王曉明對《南行記》的評價:「摧殘人性的時代不但需要對摧殘者的悲憤控訴,也同樣需要對不可戰勝的人類風姿的真實描繪。」〔註 17〕《南行記》中底層人物對尊嚴的爭取與捍衛,便是不可戰勝的人類風姿。

參考文獻:

〔1〕艾蕪著:南行記〔M〕,成都:四川文藝出版社,2018。

〔2〕王曉明著:沙汀艾蕪的小說世界〔M〕,上海:上海文藝出版社,1937。

〔3〕(美)費正清編:劍橋中華民國史〔M〕,北京:中國社會科學出版社,1994。

〔4〕廉正祥著:艾蕪傳 流浪文豪〔M〕,太原:北嶽文藝出版社,1992。

〔5〕張千帆著:為了人的尊嚴——中國古典政治哲學批判與重構〔M〕,北京:中國民主法制出版社,2012。

〔6〕韓大元:人的尊嚴是權利的淵源〔N〕,北京日報,2019-02-18(012)。

〔7〕肖煒靜,Fetishism:幻象的替代性佔有與無止境追尋——「拜物教」、「戀物癖」學理關係考〔J〕,湖北大學學報(哲學社會科學版),2018,45(06):60~65。

〔8〕馮愛琳,黃華生:為底層人物立傳——論艾蕪《南行記》的流浪漢書寫〔J〕,惠州學院學報,2018,38(05):67~72。

〔9〕丁金翠:20 世紀 20~40 年代中國現代作家筆下的南洋形象研究〔D〕,青島大學,2017。

〔10〕袁鈺超:唐宋「報殺」考〔D〕,華東政法大學,2016。

〔11〕劉偉:論中國文化中戀物的發端〔J〕,文教資料,2014(30):24~26。

〔12〕章婷婷:異域體驗與文化想像〔D〕,廣東技術師範學院,2013。

〔13〕倪思然:試析艾蕪《南行記》中的東南亞世界〔J〕,常州工學院學報(社科版),2010,28(02):20~24。

〔14〕王吉鵬,趙晴:艾蕪《南行記》中底層人物形象塑造的魯迅因子〔J〕,文山師範高等專科學校學報,2008(03):44~47。

〔15〕姜明秀:漢語詈罵語研究〔D〕,吉林大學,2007。

〔註17〕王曉明著:《沙汀艾蕪的小說世界》,上海文藝出版社 1937 年版,第 129 頁。

〔16〕沈慶利:「鐵屋子」之外的「別一洞天」——滇緬邊境與艾蕪《南行記》〔J〕,中國文學研究,2001(03):48～53。

〔17〕張寧、闡釋:後精神分析視野中的阿Q〔J〕,文史哲,2000(01):53～59。

〔18〕李錦:動物殺嬰食仔之謎〔J〕,生物學教學,1993(02):43～44。

四、文獻輯佚與研究

版本變遷與文學語言觀念的流變
——以艾蕪《文學手冊》為中心

貴州師範大學文學院　顏同林

　　四川籍現代作家艾蕪的文學成就主要在現代小說創作方面，以《南行記》等為代表，在文學史上早有定評。除此之外，艾蕪在文論方面也有一些集中或零散的著述，以著作來論其中有代表性的文字莫過於《文學手冊》。《文學手冊》是艾蕪在從事寫作十多年以後，根據自己學習寫作的經驗，或是博覽群書後之摘書所得，或是用筆記方式廣泛記錄現實寫作素材等之後的一次寫作經驗總集成。《文學手冊》誕生於艱苦的抗戰時期，是艾蕪在寫作、文藝理論上的一次集中的回顧與清理。站在當下來看，《文學手冊》頗具典範性，自成體系，既有作家本人創作經驗的支撐，也有當時流行的中外經典作家創作經驗的總結。雖然出於文學普及的目的，艾蕪寫得深入淺出，通俗易懂，但是從橫向比較來看卻是 1940 年代中國文壇在寫作理論領域的重要收穫。

　　相比於艾蕪的小說創作研究，遺憾的是《文學手冊》的相關研究比較單薄。〔註1〕基於此，本文將主要從版本變遷與文學語言觀念的流變等關係加以論述，也算得上是對《文學手冊》一次獨特的發現，同時也具有挖掘整理並加以紀念的意味。

〔註 1〕1949 年以前，有任山、嘉梨、柳風幾篇短論，1981 年～1982 年有湘波、海粟在報紙上兩篇短文；筆者在中國知網搜索，後續則有龔明德、曹萬生、張建鋒幾位學者的文章。其中多半是概括、介紹性的文字。

一、《文學手冊》版本梳理與考辯

《文學手冊》的版本主要有四個，〔註2〕即 1941 年初版本、1942 年增訂本、1981 年橫排簡體字本和 2014 年艾蕪全集本。下面逐一簡要論述。

（一）1941 年初版本

《文學手冊》的問世，還是抗日戰爭時期大後方文藝的產物。抗日戰爭進行已逾數年，地處西南腹地的廣西桂林已是文學的重鎮，匯聚了一批新文學的文人群體。1939 年 10 月，文化供應社成立於廣西桂林，屬於桂系勢力支持下的出版機構，編輯隊伍中有胡愈之、宋雲彬、曹伯韓、傅彬然、王魯彥等一批文化人，編輯部主任是胡愈之，出版部主任是宋雲彬。在文化供應社的出版物中，包括以青少年讀者為對象的普及性系列讀物。「青少年讀物成套的有，青年自學指導手冊、初中精讀文選、青年文庫和少年文庫。指導手冊中，有艾蕪的《文學手冊》、楊承芳的《英文手冊》、洗群的《戲劇手冊》、野火的《木刻手冊》、廖伯華的《珠算手冊》等。」〔註3〕以「手冊」之名形成一個系列，出版方主要著眼於青少年讀者，暗示「人手一冊」之意。出版方的策略是力求普及，儘量擴大銷售數量來贏利。事實上，文化供應社也基本達到了這個目標。以艾蕪的《文學手冊》為例，初版本 1941 年 3 月印五千冊，7 月再版又加印五千冊，而後是三版、四版，在當時時代語境下能順利印行多次，也有諸多可圈可點之處。

1941 年初版本一共只有七八萬字，印刷出來後圖書的頁面不到一百頁。全書一共分為四篇，其中第一篇包括五個小節，第二篇有八個小節，第三篇有八個小節，第四篇則是三個小節。每個小節文字數量不等，有長有短，短的數百字，長的也就一二千字，沒有一定規則。全書有《後記》一篇，重要的信息有以下幾點：一、作家自己創作經驗的回顧，由於愛好文藝而從事寫作，走了不少的冤枉路。但沒有迷途，因為一些前輩作家的指引，他們談的文藝修養，談的創作經驗，像黑夜中的火炬一樣照見他所走的路。二、作家著書的目的和方法，把過去許多作家的經驗之談，有系統地編在一塊，希望愛好文藝而又願從事寫作的人，不致於像自己一樣走許多冤枉路。三、此書

〔註 2〕龔明德做了初步而重要的研究，見龔明德：《艾蕪〈文學手冊〉的版本》，《新文學史料》2002 年第 4 期。

〔註 3〕趙曉恩：《抗日戰爭時期的桂林文化供應社》（下），《出版工作》1985 年第 5 期。

的目的與侷限。偏於文學修養一方面,目的在幫助文學愛好者,從事文學修養的基本工作,而對於專門論述詩歌、小說、戲劇、文藝思潮以及文學史之類的,都不涉及。四、創作環境的交代,因抗戰時期參考書缺乏,全書沒有完整的注釋,引用也不規範;艾蕪還在後記中感謝抗戰時期的朋友借書給他,一一俱名,以及點到宋雲彬代查參考資料等。

(二)1942 年增訂本

等《文學手冊》出版完第四版時(也就是同一版型印刷四次之後),作者聽從一些朋友的建議,決定對全書進行修訂改版。作者在原有基礎上增寫了一半左右的篇幅,由文化供應社推出《文學手冊》增訂本,時間在 1942 年 10 月。《文學手冊》增訂本在桂林印了兩次,後因湘桂戰爭爆發,文化供應社出版一方攜帶該書紙型在香港加印過兩次,在上海以「青年自學指導手冊」的叢書名也加印過兩次,新中國成立前後也在京滬等地加印過。筆者手頭有一本是 1950 年 8 月二版,印數是 2000 冊,有「文學手冊增訂本」字樣。據研究資料顯示,1951 年 3 月該書在北京以「文化供應社」的名義加印, 紅色字的版權頁上的印地和印數是「京再版 1500 冊」。文化供應社於 1953 年取消,全部財產上繳國家,不知在取消之前是否還有重印,重印多少,都不甚詳。以上增訂本的各個印本全據同一紙型,應該是流傳比較廣的較好的版本。

在暢銷的名義下進行修訂,也是這本書受到歡迎的一個佐證。從初版本到增訂本,《文學手冊》多出了六萬多字。以前全書一共是劃分為四篇,增訂本改為三篇,每篇都有增加,其中第二篇和第三篇部分增加最多。第四篇的原有三節文字,放在第三篇最後。這樣一來,第一篇一共有九節,第二篇改為三大節,第三篇一共有十四節。其中第二篇的三大節分別是:一、怎樣獲得文學的工具;二、怎樣獲得文學的材料;三、怎樣獲得文學的技巧,每一大節下面也分若干小節。對於全書的增訂,作者在簡短的《後記》中這樣寫道:「這本《文學手冊》增訂本是根據作者去年出的《文學手冊》來改寫的。因《文學手冊》出版一年後,多蒙友人愛護,得到不少的批評,又蒙讀者不棄,來信提出作者未曾談及的其他問題。同時作者亦感到有好些不滿意的地方,故將其儘量改訂,該補充的加以補充,該改寫的加以改寫。所費時日和精力,亦差不多和寫《文學手冊》相等。」「可是也不敢說,經過這次的改寫,就成為完善的了。我希望友人和未見過面的讀者,儘量地指教,使這本書改

版時，再為修改。」——從作者修改的力度、簡短的後記來看，作者似乎還準備再聽從各方面的意見，有再次增訂甚至反覆修改出版的信心。

（三）1981 年橫排簡體字本

從初版本到增訂本，只用了一年多的時間，後來因為戰亂，也因為各種原因，此書一直沒有得到修改。直到 1981 年，《文學手冊》才由湖南人民出版社重版印行，橫排簡體字，印行的底本是 1942 年增訂本。書後收錄了增訂本的《後記》，艾蕪也重新執筆寫了《重印後記》。

作者在橫排簡體字本《文學手冊》的《重印後記》中是這樣回憶交代的：「解放後，這本書沒有再印了，連出這本書的文化供應社也不存在了。」事實上並不準確，1949 年全國解放後不久，此書也印行過多次（上文略有交代）。文字上也進行了小範圍的修改，有些是作者主動的小小的修正；也有些是應編輯要求所改，如典型的改「言語」為「語言」。全書小範圍的修改，多為個別字詞的更換和調整。《重印後記》最重要的信息是從側面交代了新中國成立後沒有出版修訂本的一些原因，即作者自稱「這本書，我不想作多大的修改，並不是說它已經完善了。我只是讓它以一九四二年以前的面貌出現，使讀者知道在某一段歷史過程中我對文學的認識」。「因為這本書，只供初學者參考而已，不能應有盡有，回答一切問題。又以前引用的外國書名，和今天新譯的本子，以至一九四二年以後譯的本子，譯名不同，也不好改動。因為一九四二年以前的譯本，出現在那時候，它們也是對當時的讀者，起了作用，其功也不可泯滅。如果為了便利今天的讀者起見，改為今譯本，隨之而來的，書中引用譯文就該用新譯本的譯文。那麼，整個《文學手冊》這本書，也得改為『一九八〇年新的增訂本』。如此一來，只改這一點行嗎？改造的工程就大了。這是我目前做不到的。因為我主要的工作是放在創作方面的。」從所引用的作家自述可知，有以下幾點值得關注：一、關於現代文藝、思想觀念以及語言經驗觀點等，作者認為主要以一九四二年為界。艾蕪在《重印後記》中還有一些個人的發揮，與毛澤東《在延安文藝座談會上的講話》以及以此為起點的新文藝思想，有很大的區別。老鄉兼文友何其芳抓住這一點曾在 1950 年代初提出很多根本性的建議，艾蕪沒有公開進行回應，這一次算得上是艾蕪的遲到的回答。二、修改難度很大，艾蕪沒有心思去做這麼大的修訂，他堅持以歷史主義的態度來對待舊作，擋箭牌是自己主要從事創作，

主要精力放在那，沒有時間去修訂。事實上，這一點並不是這樣簡單，比較核心的是全部否認自己過去的思想和觀念，艾蕪內心是頑固牴觸的。這也是新中國成立後，艾蕪一直沒有做出積極主動修訂的根本原因之一。

（四）2014 年艾蕪全集本

在艾蕪生前，作家家鄉的出版社——四川文藝出版社曾印行過十卷本《艾蕪文集》，文集沒有編入《文學手冊》。艾蕪去世後，四川文藝出版社於 2014 年出版了艾蕪全集，選入了《文學手冊》。《文學手冊》收錄進入《艾蕪全集.第 14 集》，和《文學手冊》一起編入這一集中的還有「文學創作談」和「國學研究筆記」。不過，全集收入的《文學手冊》卻是初版本。雖然選錄進去時也有個別字詞的變動，但基本沒有大的修改和潤飾。《艾蕪全集》倒轉頭回到原點，收錄了初版本，而沒有收錄增訂本或者橫排簡體字本，這一回到歷史原點的做法讓人感到意味深長，不過此時艾蕪已去世二十多年，不再作聲。

二、《文學手冊》增訂本與作為讀者的何其芳因素

《文學手冊》增訂本在香港、上海、北京等地重新印刷發行，接受《文學手冊》的讀者越來越多。在這個歷時的過程中，一個特殊的讀者何其芳介入進來，何其芳對《文學手冊》提出了新中國語境下的代表性修訂意見。顯然，何其芳既是艾蕪的好朋友，也是難得的認真通讀了全書的特殊「讀者」，更重要的是何其芳希望《文學手冊》再一次修訂後能普惠於新中國的文學愛好者以及創作者的，可惜的是事與願違，客觀上阻礙了此書的修訂再版！

筆者手頭的書信收錄於四川人民出版社 1979 年出版的《何其芳選集》（第三卷）。在致艾蕪的九封書信中，這是第一封書信，寫信的時間在 1951 年 12 月 29 日上午。在《艾蕪研究專集》一書中，也收錄了這一封書信。[註4]「最近才讀完」，「現在再版，是應該多花點時間增訂一下，把馬列主義的文藝理論、毛主席的文藝理論中的一些根本原則扼要地通俗地寫進去」，「全書的體例我也有一點意見」，「怕信過重，就寫到這裡為止吧。這些意見不一定都對，僅提供你參考而已」……原信中的這些字眼、句子，顯然都顯示了何其芳看得十分認真，想得深入全面。為《文學手冊》一書從長計議也罷，或者為年長自己八歲的老朋友艾蕪指點迷津也好，都有十分豐富而犀利尖銳的大量信

〔註 4〕毛文、黃莉如：《艾蕪研究專集》，四川文藝出版社，1986 年版，第 577～582 頁。

息。何其芳花了很多精力去細讀去計謀，書信之中不是一般的客套話，都是推心置腹之談。今天我們仔細讀完全信，並以《文學手冊》增訂本為底本——對照何其芳信中指出的大小問題，不難看出何其芳的坦率、認真、識見和思想見地。何其芳對《文學手冊》1942 年增訂本全書肯定優點的地方只有一句話，顯然他並不是來說漂亮話，說表揚話的。「這本書對於初學寫作的人是有幫助的，它裏面材料相當豐富，又寫得很容易讀下去。這都是優點。」除此之外，何其芳都沒有提及此書的優點，全部是大大小小、林林總總的意見。這些意見是否是真知灼見，是否要艾蕪充分吸納，對於艾蕪本人來說都是一個嚴峻的考驗！

歸納起來，何其芳在書信中大體指出以下幾個方面的主要問題。首先，主要的是文藝思想的新要求。「缺點主要是有關思想和方向方面的問題講得太少，太不明確。這我想是由於寫作時間和發表地點的限制。現在再版，是應該多花點時間增訂一下，把馬列主義的文藝理論、毛主席的文藝理論中的一些根本原則扼要地通俗地寫進去。應說明文學是意識形態，在階級社會裏是有階級性的，不管自覺或不自覺，都是階級鬥爭的工具。應說明今天的文學工作者應站在人民大眾的立場，以反映工農兵為他們的作品的主要內容。因此從事文學工作的人必須參加工農兵群眾，學習馬列主義……我想不必一一列舉了。你斟酌在適當的地方添寫或改寫吧。」這個問題最為嚴重，針對性最強，也是重新修訂最為吃力之處。從「不必一一列舉」的表述來看，顯然著作的問題多多。消化何其芳的這一點，對於艾蕪來說顯然在政治意識、思想修養、文藝觀念上都很吃力，給人無從下手之歎。這一點從艾蕪接信後試圖修訂此書，剛一開頭便偃旗息鼓而可見一斑。

其次，語言思想的變革。何其芳指出《文學手冊》在全書的體例上，第二篇應先講生活，思想，再講語言；主要部分涉及到語言本體論，語言發生論，語言融合論等；在觀念上，則指出要與時俱進，大量添加馬列主義、毛澤東思想等主流的語言觀念。何其芳列舉出來的篇目有毛澤東的《反對黨八股》，斯大林的《馬克思主義與語言學問題》，《人民日報》1951 年 6 月 6 日關於語言的社論〔註 5〕。其他沒有點名的是馬列主義的文藝理論，以及它所包括的蘇聯的文藝理論，中國共產黨領導的新中國的文藝理論與思想等。從

〔註 5〕即社論《正確地使用祖國的語言，為語言的純潔和健康而鬥爭》，《人民日報》1951 年 6 月 6 日。

這一方面來看，艾蕪修訂所要做的改變其實很大，可能有許多章節都要推倒重來。

再次，在以上兩點的基礎上，產生了一些立場、觀點的問題。不過，這只是一些小的細節性的問題，相比下之下較容易解決，也有一部分是技術性的問題。比如，在思想立場上，帝國主義作家吉蒲林以及政治立場上有問題的作家如紀德、左勤科等人的言論，何其芳認為盡量要刪除乾淨。此外，還有這些方面的內容：語言作為思想的工具，是「最有力的工具」還是「主要工具」，兩者如何辯析；語言和文字的輕重與先後之分；白話與文言的優劣，普通話和土語方言的關係；以及對方言土語的揚棄等。至於一些枝節性的修訂則更容易對付。何其芳看得仔細，細到提出的問題具體在什麼頁碼，如何處理，都考慮好了。有些地方指出來後，還提供了答案要怎樣去修訂，或刪除或調整，或明確或補充，都十分明確、具體。這些充斥在全書不同章節的細小的問題，是可以輕鬆地加以增刪改動的。

以上三個方面，有些是宏觀的立論，對著作而言是傷筋動骨的大手術，而不是簡單地像從初版本到增訂本一樣增添文字、擴充篇幅能加以解決的。有些是細小的枝節性的問題，倒是可以處理。新中國成立不久，新的時代提出了新的要求，問題是艾蕪做好了一切準備麼？顯然答案是否定的。可以想像，當初艾蕪將《文學手冊》增訂本寄給何其芳批評斧正，希望何其芳直言提一些意見，哪想到認真的何其芳從思想、立意、材料、引證全方位進行如此嚴厲批評呢？！退一步看，這倒並不是艾蕪一下子不能接受和做到的，但問題的核心是即使艾蕪心理上能接受，但在思想意識、知識儲備、語言觀念等方面有相當的距離，斷然不能交出新的圓滿的答卷。

三、艾蕪、何其芳文藝思想和語言觀念的比較

何其芳收到艾蕪的《文學手冊》增訂本，在認真深入的閱讀之後給艾蕪寫的書信，表面來看是兩人之間的私事，但實際上是新的時代文藝思想與語言觀念的轉型與新變，是新與舊兩種文藝思想與語言觀念的碰撞和衝突。艾蕪、何其芳文藝思想和語言觀念的比較，也就不只是兩個作家之間的觀念差異和鴻溝，而是新舊時代的轉變所帶來的普遍現象。這一碰撞與衝突，最直接的後果是影響了《文學手冊》在新中國的及時出版與修訂重版。

　　從《文學手冊》版本變異的角度看，何其芳給艾蕪的書信值得特別關注。這一隱含事件，扭轉了《文學手冊》的出版與發行，相應在傳播與接受方面改寫了《文學手冊》的命運。從人生經歷與思想觀念來看，艾蕪和何其芳兩人的區別顯而易見。何其芳用三千多字的長信，收不住筆的寫法，真正說明何其芳有話說，看出的問題多。以何其芳的經驗和識見來看，《文學手冊》不經過一番改頭換面的修改，是不會有機會在新中國成立後的出版界立足的，即使僥倖出版也可能遭到非議。基於此，比較何其芳、艾蕪的文藝思想和語言觀念就顯得意味深長了。

　　首先，站在何其芳的立場，他是在修改中不斷拋棄舊我、走向新生並轉型成功的現代作家。從《預言》、《畫夢錄》的時代開始，何其芳到了延安之後便進行了種種蛻變，從《預言》到《夜歌》詩集的變化便是這樣的佐證。何其芳參加 1942 年毛澤東《在延安文藝座談會上的講話》，不斷進行了思想的改造，可謂脫胎換骨。1944 年、1945 年之間，他被派到國統區重慶進行「講話」的宣講，其身份顯然是靠得住的黨的文藝工作者。在新中國成立前後，何其芳是作為從延安解放區走出來的代表性作家，諸如以解放區文藝工作者的身份參加第一次文代大會，諸如日後進入了新中國文藝體制的核心層，諸如參與組織和親歷了新中國成立後此起彼伏的文學批判運動，這一切都足夠說明何其芳的變化和進步。在此寫信給艾蕪的前後，他在馬列學院（今中央黨校的前身）做文化教員；1953 年初，何其芳作為負責人籌劃北京大學文學研究所成立，也說明何其芳是意識形態核心層的重要建構者、參與者。在文藝思想的性質、定位，文藝與政治的關係等評判和認識上，何其芳無疑比艾蕪更具有權威性。「他的整個文學評論和文學研究工作，是以毛主席《在延安文藝座談會上的講話》為南針，在毛主席的文藝方向下進行的。」「其芳是毛澤東文藝思想的熱情的宣傳者和忠誠的實踐者。」〔註6〕此話一語中的，恰恰也是最好的證詞。

　　其次，何其芳是在文學創作的不斷修訂中度過文學生涯的。具體以《預言》、《夜歌》為例，便可一覽無餘。在延安時期，在新中國成立之後，何其芳對《預言》中帶有「悲劇色彩的東西」，儘量刪掉了，將詩歌中不健康的色彩扔掉；詩集《預言》中大到思想內容的頹廢性、思想情感的悲觀色彩等，

〔註 6〕方敬：《緬懷其人　珍視其詩文》，見《何其芳選集》第一卷，四川人民出版社，1979 年版，第 16～17 頁。

小到篇目的修改、詩行字眼的改動，都可看出何其芳對舊作的刪削之不留情念之處。為了符合當時的意識形態起見，何其芳是自己主動地對詩歌的篇目、內容表達進行了刪削。對《夜歌》也是這樣，在文字上不斷修正，與政治意識保持內在的配合。譬如，《夜歌》修訂後更名為《夜歌和白天的歌》，由人民文學出版社 1952 年 5 月出版，印數為五千冊，1953 年 2 月印刷第三版，印數總計達到一萬八千冊。在為修訂版《夜歌和白天的歌》寫作的《重印後記》中何其芳這樣自述：「在內容方面，我就第二版的本子刪去了十篇詩，並對其他好幾篇作了局部的刪改。我是想儘量去掉這個集子裏面原有的那些消極的不健康的成分。然而，由於這個集子原來是我在整風運動以前的作品的結集，它的根本弱點是無法完全改掉的。因此，我把第一版的《後記》仍然附在後面，以供讀者參考。只是為了適應這次改編後的內容，我對它也作了一點刪節。」〔註 7〕何其芳出生於 1912 年，到 1951 年恰好快要步入不惑之年，但在回首過去的歲月時仍「疑惑」叢生。

與何其芳相比，艾蕪的生活經歷、文學創作思想與主流政治觀念卻沒在貼得那麼緊密。事實上，艾蕪和何其芳的差距就在這裡。從龔明德先生提供的材料來看，艾蕪在接到何其芳的長信後，也著手進行準備，為修訂重版試圖作出一番努力。艾蕪在文化供應社北京印本上進行修改，一共修訂的幅度不大，除了在目錄上增加了兩個小標題之外，在正文中補入「勞動人民」等字樣，改動都很小。顯然，艾蕪在執筆修訂時沒有把握，也缺乏信心。自知以當前的能力和水平，做出的改動達不到時代新的標準，這是原因之一。原因之二可能是艾蕪內心並不完全認同何其芳的意見，保留了自己的藝術真實，龔明德先生通過認真考辯也是這樣認為的。文藝理論、語言思想、材料來源等方面的考驗，最終讓《文學手冊》沒有在 1950 年代成為炙手可熱的書，而是相反成為束之高閣的歷史的遺跡。不毀舊作的艾蕪，在新中國成立後主要在小說創作領域有所開拓，如一些中短篇小說《百噸弔車》《新的家》等，如長篇小說《百鍊成鋼》，從思想、題材、人物形象的變化上，視為艾蕪與時俱進的表現。

從《文學手冊》同類著作來看，1950 年代比較受歡迎的是徐中玉的《寫作和語言》，出版於 1955 年。〔註 8〕將兩人略作比較，也可以以管窺豹。徐中

〔註 7〕何其芳：《重印後記》，《夜歌和白天的歌》，人民文學出版社，1952 年版，第 1 頁。
〔註 8〕徐中玉：《寫作和語言》，東方書店，1955 年。

玉在 1948 年出版過《文藝學習論》的小冊子，出版社也是文化供應社。此書一共分為六個部分，其中第三個部分是《語言的學習與大作家寫作過程示範》，這一部分收錄 6 篇論文，分別是《論語言上的天才》、《從口頭語到文學語》、《怎樣學習民眾語》、《果戈理的語言觀及其寫作過程》、《托爾斯泰的語言觀及其寫作過程》和《契訶夫的寫作過程》。這些論述內容與方式，和艾蕪《文學手冊》的有些內容比較接近。1955 年，徐中玉在東方書店出版《寫作和語言》，第一次印刷便是 11000 冊。放在書首第一部分的是學習毛主席對語言問題的指示，然後才是加里寧、高爾基、契訶夫等論文學語言的內容，接著一章是學習人民群眾的語言。對比 1940 年代徐中玉出版的類似談文學語言的著述，可以看出，徐中玉的語言觀念、材料已在 1950 年代與時俱進了，走的是新舊結合的路子，雖然沒有完全脫胎換骨，但至少補充了新中國語境下的語言觀念和材料，受到了出版界和讀者們的歡迎。換言之，艾蕪沒有做到的事情，已由別的學者們所代替了。

四、語言經驗論與語言中心論的搏弈

　　從作家個體來說，《文學手冊》是否需要修訂，以及如何修訂，反映出艾蕪與何其芳的差異。擴大開來，則是艾蕪式的語言經驗論與新的時代語言中心論的衝突，集中到語言觀念這一層面是最為典型的。艾蕪的《文學手冊》的初版本、增訂本，都是語言經驗論的彙集。在此著作中，不論是材料的來源，舉例的範圍，都帶有這個特點。這一語言思想的表現，其核心是中西代表性作家創作經驗的總結和提煉。其中，既有西方古典主義的作家，包括 18 世紀、19 世紀的代表性作家，也包括少數中國古代作家，中國現代作家如魯迅等人的創作經驗。這一語言經驗論，都強調記錄收集民眾唇舌上的語言，強調語言的融合和原生態，語言沒有等級和高低之別。文藝創作的自學成才，舉例的作家有挪威的哈姆生、易卜生，蘇聯的高爾基，英國的傑克·倫敦，丹麥的安徒生等。全書涉及到的作家，外國的作家占多數。具體到文學的工具——語言觀上，則舉例的作家更多，如蘇聯的托爾斯泰、左勤克、果戈理、契訶夫、普希金，英國的吉蒲林、斯考德，日本的小泉八雲，英國的莎士比亞，西班牙的西萬提斯……核心觀點則有以下一些，譬如：「文藝是從人的語言人的活動現象發生出來的。」（P21）「文學創作必須用當代人的言語」（P28），「世界上的傑作，決不是用特別的文學語法，而是用普通民眾日常

講的言語寫成」（P32），「普通話裏可以雜進方言」（P44）（筆者注：艾蕪認為方言有兩種，一是自成系統，和普通話對立的，像廣東話、福建話、寧波話，純用方言供給當地人讀，是必要的事情，或者可加上注解。至於流行於普通話內部大同小異的方言，可以用在對話中，也可用在敘述文中，只要聯繫上下文可懂意思，則不加注解）。此外還有以下觀點：「向活人記錄言語之外，還應朝通俗文學書本裏去尋找言語」（P49），「作者可以自己創造言語」（P67），「『五四』運動以來寫文章用的白話，其中最大的毛病，就是有些句子，不合乎民眾講話的口氣，讀者念起來的時候，不易順口，使人感到讀舊小說容易，看新小說困難。」（P70）諸如此類觀點，還有不少，這裡不一一列舉。

到了 1950 年代，隨著蘇聯語言學思想在中國的接受、傳播和演變，文學語言在觀念上起了根本的變化。譬如何其芳提到的斯大林的《馬克思主義與語言學問題》，此書在 1950 年代初的中國語言學界、文學創作界影響甚大。從 1950 年 7 月開始，斯大林的《論馬克思主義在語言學中的問題》《論語言學中的幾個問題》在《人民日報》發表，並及時以《馬克思主義與語言學問題》為書名，由解放社出版，時間在 1950 年 10 月。究其實質，蘇聯政治領袖斯大林的語言學思想，一把推翻了二十世紀上半葉占主流的蘇聯學者馬爾的語言融合論，提出以一種有代表性的方言為主進行民族共同語建構。新中國成立之初的中國語言學界，正在著手制定新中國的語言政策，比如漢字改革，比如民族共同語——普通話的推行，都受到蘇聯主流語言學界的深刻影響，特別是斯大林的語言學思想。譬如，普通話的概念便是以北方話為基礎方言，以北京語音為標準音，以現代典範的白話文著作為語法規範，其他地域的方言，便是低一級的語言存在。

顯然，何其芳對於語言政策的變化都是十分熟悉的，包括 1951 年 6 月 6 日《人民日報》的社論都能做到拈手即來。這一社論核心的內容是提出了語言的純潔與健康這一說法，主要根據毛澤東同志和魯迅先生關於語言問題的指示來看待語言，也包括斯大林對語言的指示精神。在這種新時代的浪潮中，方言土語與民族共同語之間的博弈是中心環節。以前方言問題是語言學爭論的中心議題，但只是學術討論，到了 1950 年代初，中國語言學家們通過借鑑斯大林語言學，確立了「以北方話為基礎方言」的「普通話」，像斯大林所指出的「低級形式的方言」必須服從「高級形式的共同語」一樣，等級觀念明

顯。到了 1950 年代中期，出於對漢語規範化的倡導，對作家提出了避免濫用方言的規訓要求，方言文學開始逐漸退場。延伸開來，我們這裡可以舉一個同時代作家的例子，從延安走出來的知名作家周立波，其語言觀念則和艾蕪《文學手冊》上的語言觀如出一轍，但周立波的語言觀在 1950 年代初得到了大面積的批判，也可以從側面顯示艾蕪的不合時宜。〔註 9〕

因此，艾蕪在《文學手冊》中對以民眾為中心的重視方言、土語、口頭語的觀點，顯然在新的時代浪潮中褪色了，需要進行大河改道式的改寫、刪削才能適應新的時代。不合時宜的語言思想，在《文學手冊》第二篇的部分已暴露出此書的軟肋。儘管《文學手冊》的初版本與增訂本比較，增訂本「添補最多的是關於語言的部分」〔註 10〕，但進一步的面目全非式的改動，仍在考驗艾蕪的文學語言觀念和整合能力。可以想像，艾蕪不但要面臨何其芳的私人書信（似乎也不全是私人書信，反而是此信帶有京城文化中心向下擴散的意味）的壓力，而且更重要的是聯繫自己的生存語境，對於否定自己過去的打擊更是艾蕪所難以承受的。

結語

艾蕪《文學手冊》作為作家自身文藝素養與創作經驗方面的代表作，在 1940 年代初特殊的時代發出了獨特的聲音，代表了當時文學語言的觀念，帶有時代的特徵。這一著作在 1950 年代悄然退出了讀者的視野，原因在於作者在此書修訂、重版方面裹足不前，典型地反映出艾蕪珍惜既有的文學語言觀念，不願意在時代的新要求下輕言改變。從《文學手冊》的版本變遷，聯繫作家的文學語言觀念及其變化，甚至進一步聯繫主流文藝界的語言觀念與變遷，《文學手冊》都是一個值得參考與反思的樣本。

〔註 9〕參閱本人的論文：《普通話寫作的倡導與方言文學的退場》，《廣播電視大學學報》2011 年第 4 期。

〔註 10〕龔明德：《艾蕪〈文學手冊〉的版本》，《新文學史料》2002 年第 4 期。

艾蕪佚信兩通釋讀

河北師範大學文學院　宮立

　　《艾蕪文集》共 10 卷，1981 年起，由四川人民出版社、四川文藝出版社陸續出版，至 1992 年出齊，讓人遺憾的是該文集未收錄艾蕪的書信。直至 2014 年 5 月，四川文藝出版社出版了《艾蕪全集》，艾蕪的書信才得以彙集在一起，作為全集的第 15 卷問世。《艾蕪全集》收入艾蕪給巴金、沙汀、許傑、王西彥等人的書信，共計 459 通，但仍有遺珠之憾。

一

　　自《艾蕪全集》出版以來，艾蕪的佚信被陸續發現。為尊重發現者的「首發權」，有必要將發現的情況略作說明：

　　1940 年 6 月在福建永安出版的《現代文藝》第 1 卷第 3 期刊有艾蕪 1940 年 5 月 15 日給王西彥的書信 1 通。1940 年 10 月在福建永安出版的《現代文藝》第 2 卷第 1 期刊有艾蕪 1940 年 7 月 23 日給王西彥的書信 1 通。1940 年在重慶出版的《中蘇文化半月刊・文藝特刊》刊有艾蕪 1940 年 8 月 8 日給蘇聯人民的書信 1 通。1981 年 4 月上海文藝出版社出版的《中國現代文藝資料叢刊》第 6 輯刊有艾蕪 1932（或 1933）年 5 月 3 日給趙景深的書信 1 通。1987 年 5 月 2 日的《文藝報》刊有艾蕪 1987 年 2 月 5 日給臧小平的書信 1 通。2002 年 7 月上海科學技術文獻出版社出版的《與文化名人同行》刊有艾蕪 1986 年 12 月 25 日給蕭斌如的書信 1 通。龔明德據此寫成《尚待完善的〈艾蕪全集〉「書信卷」》，刊於《現代中文學刊》2014 年第 6 期。

　　2015 年 9 月生活・讀書・新知三聯書店出版的《存牘輯覽》收有艾蕪 1976 年 3 月 31 日、1976 年 7 月 30 日給范用的書信。熊飛宇據此寫成《艾

蕪佚簡〈致范用〉》，刊於四川大學出版社 2017 年 3 月出版的《艾蕪研究》第 1 輯。

《溫州師專學報》1984 年第 1 期刊有《艾蕪同志關於年譜編寫的三封信》，公布了艾蕪 1980 年 11 月 7 日、1981 年 4 月 12 日、1981 年 10 月 10 日給張效民的信。張建鋒、楊倩據此寫成《〈艾蕪全集〉書信卷未收的三封信》，刊於《新文學史料》2017 年第 4 期。

此外，1949 年 1 月 1 日《星島日報‧文藝》刊有艾蕪 1948 年 12 月 5 日給范泉的書信 1 通。欽鴻據此寫成《艾蕪的一封佚信》，刊於 2012 年 3 月 28 日《中華讀書報》。艾蕪給范泉的這封信，《艾蕪全集》也失收。

二

華夏拍賣公社有一封艾蕪給中國作家協會外委會的短簡，照錄如下：

外委會負責同志：

請交蘇聯艾德林一張賀年片，此致

敬禮

艾蕪

11 月 24 日

這封信寫在另外一封信的左下角，另一封信的內容照錄如下：

XX 同志：

新年將要到來，你要給哪些國外朋友寄賀年片，希能開個名單並附上他們的地址，我們會幫您辦理。

中國作家協會外委會

1962 年 11 月 16 日

由此可以推知，艾蕪給中國作家外委會負責同志的這封信寫於 1962 年 11 月 24 日。

艾蕪信中提到的艾德林是誰呢？艾德林（1910～1985），蘇聯漢學家，導師是阿列克謝耶夫院士，「主要翻譯、研究中國古典詩歌，撰寫了許多研究中國文學史方面的著作，在蘇聯漢學界佔有顯赫地位。同時，他也熱情於中國現代文學的翻譯和研究，他翻譯、主編了《魯迅中短篇小說集》，並撰寫了長篇序文《論魯迅的情節散文》；主編了『外國作家叢書』《茅盾》，並撰寫了長篇論文《茅盾》。他還為俄文版《圍城》撰寫了領頭文章《作家學者錢鍾書的

〈圍城〉》」〔註1〕。王富仁在《弗・伊・謝曼諾夫和他的魯迅研究》中提及，「國外的魯迅研究，至少從現有狀況而言，最為繁榮且成果卓著者，當然要首推日本，但其次大概就要算蘇聯了。從我們最早熟知的《阿Q正傳》俄文譯者瓦西里耶夫（王希禮）到費德林、羅果夫、艾德林、索羅金、波茲德涅耶娃、彼得洛夫等許多蘇聯學者，在魯迅作品的翻譯、介紹、研究上都做出了很大貢獻」〔註2〕。

關於艾蕪與艾德林，筆者只查到兩則材料。王毅的《艾蕪傳》中提到，1957年9月下旬，「中國作家協會派艾蕪跟周潔夫、阿爾瑪斯組成一個作家代表團，前往蘇聯進行友好訪問。火車穿過西伯利亞，於10月6日的上午到達莫斯科。漢學家艾德林、索羅金，蘇聯作家恰達耶夫，以及中國駐蘇聯使館人員，已經在月臺上等候。莫斯科電臺，這個時候正好在廣播艾蕪前不久發表的短篇小說《雨》。這一切都顯示了主人的精心。在莫斯科的北京飯店住下以後，艾德林陪同艾蕪一行去參觀列寧墓。1955年艾蕪訪問東歐的回國途中，曾到這裡參觀」〔註3〕。艾蕪1957年12月13日寫有《訪問作家》，他回憶「晚上在艾德林家裏吃飯，艾德林和他的愛人，都喜歡喝酒，而且喝伏特卡，不像別克只喝葡萄酒，不，大概也喝伏特卡，因為桌上擺有一瓶伏特卡。艾德林喝酒的興趣很濃，他接連地說：『我在家裏，我要多喝一點，醉了沒關係。』他的愛人也陪他一杯杯地喝。這兩家人，都給人一種愉快的印象……到這裡，已經七點半了，莫斯科還沒有天亮……只再提一件難忘的事情。就是昨夜到艾德林家去，脫下大衣，艾德林爭著來掛，他卻掛不起，我也掛不起來，原來領上的弔帶斷了。但吃完飯，告別的時候，卻發現弔帶已連上了，大衣好好地掛在鈎上。我驚異地望一下艾德林，他笑起來，指下他的愛人。原來他的愛人抽空悄悄地為我縫好了弔帶。這是很感動人的，主人對客人實在熱情」〔註4〕。

三

2017年5月11日至18日宣南書局舉辦的「《新文學史料》編輯部舊藏信

〔註1〕費等林等著，宋紹香譯，《前蘇聯學者論中國現代文學》，新華出版社1994年版，第4頁。
〔註2〕謝馬諾夫著，王富仁、吳三元譯，浙江文藝出版社1988年版，第6～7頁。
〔註3〕王毅：《艾蕪傳》，北京十月文藝出版社2005年版，第300～301頁。
〔註4〕艾蕪：《艾蕪全集》第12卷，四川文藝出版社2014年版，第473～474頁。

札專場」，有艾蕪給《新文學史料》編輯的書信 1 通，不見於《艾蕪全集》，
也未見於四川文藝出版社 1986 年 12 月出版的毛文、黃莉如編的《艾蕪研究
專集》，當為佚信，照錄如下：

　　編輯同志：

　　　　您好！

　　　　寫了一篇《記詩人杜談》的短文，現寄給您們，請斧正，並斟
　　酌使用。用了，或不用，都請退還原稿。此致

　　　　敬禮！

　　　　　　　　　　　　　　　　　　　　　　　　　　　　　艾蕪

　　　通信處：四川省成都市四川省文聯

　　《新文學史料》1983 年第 4 期刊有艾蕪的《記詩人杜談》，文末注明「1983
年 7 月 14 日於成都」，而這封信的郵戳也顯示「1983.7.14」，由此可以推知，
艾蕪這封信的寫作日期是 1983 年 7 月 14 日。《艾蕪全集》第 15 卷為書信集，
其中收錄的 1983 年的書信共計 11 封，但 1983 年 7 月是 0 封。艾蕪 1983 年 7
月 14 日給《新文學史料》編輯的這封信，正好填補了這個空白。

　　湖南文藝出版社 1987 年 11 月版的《杜談作品選》，以《記詩人杜談》作
為代序，編者透露：「《杜談作品選》出版，艾蕪同志原想再寫一篇序言，但
他因身體不適，本書又發稿在即，徵得艾蕪同志同意後，特將此文作為代序。」
〔註 5〕另外，艾蕪為《杜談作品選》的出版給予了不少支持，《杜談作品選》
的編者在《編後》中說：「我們在編選這部集子的過程中，始終得到陽翰笙同
志、沙汀同志和艾蕪同志等老前輩的熱情關心和指點。艾老撰文為出版杜談
的作品呼籲，又來函指導我們的工作。」〔註 6〕

　　由《記詩人杜談》可知，艾蕪是經杜談的介紹得以認識女詩人王蕾嘉並
很快與之結婚的。沙汀在《「時代大潮流衝擊圈」》中說：「1934 年夏秋之交，
那位後來以《翠崗紅旗》編劇獲得群眾讚揚的杜談，為他（筆者注：指艾蕪）
介紹了中國詩歌會的成員蕾嘉，結為真心白頭偕老的侶伴。當時杜談叫寶隱
夫，一個以詩歌為世所重的『左聯』盟員。蕾嘉當時剛好大學畢業。」〔註 7〕

　　艾蕪與杜談均是中國左翼作家聯盟盟員、中國詩歌會會員。在光明日報
出版社 1999 年 12 月出版的姚辛編著《左聯畫史》第 33 頁上，有一張艾蕪與

〔註 5〕杜談：《杜談作品選》，湖南文藝出版社 1987 年版，第 3 頁。
〔註 6〕杜談：《杜談作品選》，湖南文藝出版社 1987 年版，第 380 頁。
〔註 7〕沙汀：《沙汀文集》第 10 卷，四川文藝出版社 2018 年版，第 136 頁。

杜談、沙汀、楊騷、王夢野、白薇的六人合影。關於艾蕪與杜談，沙汀自言：
「艾蕪參加『左聯』要早我一年光景，同杜談過從較多。」〔註8〕

　　關於杜談，艾蕪的《記詩人杜談》記述得很詳盡。這篇文章共三節，艾蕪在第一節中主要回憶了他與杜談的「交遊」，第二節梳理了杜談的寫詩歷程，第三節簡要分析了杜談詩歌的語言風格。

　　那麼艾蕪是怎樣結識杜談的呢？艾蕪在《記詩人杜談》的開頭提到：「杜談同志，我在上海認識他的。他參加左聯，我也參加左聯，但並不在一個小組。只是由於朋友的介紹，作為友人好起來的。」〔註9〕文中的「朋友」指的當是任白戈。艾蕪的回憶文章《悼念任白戈同志》為我們提供了線索：「任白戈對文藝界人士，最喜歡刻苦用功、樸實無華的同輩青年。他常常對我講某某作家、某某詩人，住上海十里洋場，卻穿著樸素，還跟鄉下人一樣，真叫人喜歡，你得閒了，你去同他談談，可以知道農村的事情。比如我喜歡的『左聯』詩人杜談（又名竇隱夫，電影《翠崗紅旗》的劇本作者），就是任白戈介紹的。大約一九三七年九月任白戈去延安，就是同杜談一道去的。」〔註10〕

　　歷史的細節往往是原生態的、鮮活的，可以引發許許多多進一步的研究。對筆者而言，要討論的並非當下學界關注的具有理論深度的中心論題，而是文學史的微觀察——作家的生平、生活和交遊細節以及作品的創作、發表和流傳細節。在梳理作家的交遊史時，我們既要關注作家之間交往的具體細節，也要關注作家之間對對方作品的評價。

　　關於艾蕪，周揚的秘書露菲在《詩人杜談》中提及：「有次筆談，我問他（筆者注：指杜談）喜歡什麼人的作品。他說，他喜歡沙汀、艾蕪、楊潮、關露等人的作品。」〔註11〕

　　那麼杜談又是怎麼評價艾蕪的小說創作的呢？

　　筆者注意到，杜談在1934年8月5日出版的《新語林》1934年第3期寫有《關於艾蕪的〈強與弱〉》。艾蕪的短篇小說《強與弱》初刊於1934年5月1日出版的《春光》第1卷第3期，後收入上海良友圖書公司1935年3月出

〔註8〕杜談：《杜談作品選》，湖南文藝出版社1987年版，第15頁。
〔註9〕艾蕪：《記詩人杜談》，《新文學史料》1983年第4期。
〔註10〕艾蕪：《艾蕪全集》第13卷，四川文藝出版社2014年版，第154頁。
〔註11〕露菲：《血紅的落日》，海天出版社1992年版，第37頁。

版的短篇小說集《南國之夜》和《艾蕪全集》第 7 卷。《關於艾蕪的〈強與弱〉》,
湖南文藝出版社 1987 年 11 月出版的《杜談作品選》、四川大學中文系 1979
年 8 月編的《中國當代文學研究資料　艾蕪專輯》中《艾蕪創作及評介資料
目錄索引》、四川文藝出版社 1986 年 12 月出版的毛文、黃莉如編《艾蕪研究
專集》中的《評論文章目錄索引》均失收。《艾蕪創作及評介資料目錄索引》
與《艾蕪研究專集》中的《評論文章目錄索引》「關於作品的評論」所列最早
的關於艾蕪作品的評論文章均是胡風發表在 1935 年 6 月《文學》第 4 卷第 6
期的《〈南國之夜〉》,杜談的《關於艾蕪的〈強與弱〉》比胡風的這篇文章發
表的還早。因此,先將《關於艾蕪的〈強與弱〉》,照錄如下:

　　這算不得批評,只是讀後感。

　　在所謂「新人」的作品裏邊,我喜歡讀的,那便是這作者的一
些短篇和小品遊記了。從他的「處女作」《人生哲學的第一課》到最
近的《強與弱》,差不多我都讀過,以至將來的更多的不知名的新作,
假如是能夠,我還打算讀下去。

　　這篇《強與弱》,在它出現的當時我就想寫一點意見,但為了
別的事一岔,沒做到。後來見《動向》上羊棗君同朱荃君關於這篇
東西的論戰,我雖同羊棗君的意見差不多,但也沒有出來打棒槌。
又一個後來,聽說某女士作了批評,自己的讀後感也就不想再寫了,
等至最近,那批評尚未見發表,(想是不發表了吧?)於是寫讀後感
的意識便又抬了頭,索性就來這末幾句:

　　不過,難題就隨著來了,決不是提筆時想的那麼容易;從前同
作者不認識,說好說壞都極自由。現在,就有點不同,同作者熟識
了,作者,也如他的作品那麼可愛,有人說他像母親,我則曰:他
像大哥,我們每次見時,他總是談著他的過去生活,他的創造方法
及材料的選擇,有時竟是一下午。在這種情景下,話說就有點難:
說他的作品好,便有標榜求吹牛的嫌疑,雖然我並不打算封他為一
九三四年的代表作家或代表作的企圖。硬說它壞,但「貨色」是證
明,所以困難,困難,第三個又是的。

　　有人說小說中的阿三與阿牛是代表兩個農民的典型,我不敢十
分同意,阿三,只要看他那副土頭土腦的形容,說他是農民典型,
我沒有異議,但阿牛,我就不敢十分信他是農民,或者他祖先是的,

或者他若干年前是的，作者沒有說，我不大敢推測，但在腳上帶有雙鐐的他的今日，我決不敢附和他是「農民典型」。

有人說小說結尾時的那場面太動人了，會使讀者無條件的同情「弱」者！本來，「弱」者是應該同情的，試問那個囚徒不是度日如年（大亨也在內），強烈的期待著光明和自由，我不是死刑廢止論者，決不那樣迷信，上帝會「良心」發現，無條件的釋放或寬刑，但我們大聲疾呼爭取（在人的立場上）犯人不自由的自由是必要的，因為凡是一個有文化的民族縱犯虐待其他犯人的事是應該馬上使它絕跡的。所以阿三女人賣子的慘劇是作者用最大的同情心（或者他自己也在內），向一般有良心人們作有力的呼籲！據作者自己說他寫到這裡是流著淚完篇的，我想也只有一般形式主義的洋八股批評家才會抹殺人類真的悲哀的真實性，及它的可能性。

以上是作為暴露的作品來說的。

顯然地，這小說並不是什麼新寫實主義的作品，同時就作者的其他作品來說，也都不是新寫實主義的，但他的形式和內容的多樣的嘗試，卻是值得注意的。同時他的作品和另一小說家沙汀君是不同的，沙汀君的小說只注意到故事的進展，卻忽略了他作品中人物的個性，艾蕪君，這種毛病是沒有的。

我還要說，自然主義的手法作為暴露社會的制度及它的某一部分是綽綽有餘，但它的壞處是單調，有時會把活潑的材料弄成呆板的映像，這我拿一個讀者的資格向《強與弱》的作者要求（真誠的，苛刻的）望他能夠將他舊的寫實主義的手法擺脫，向新新寫實主義走去！

杜談在寫這篇關於《強與弱》的評論文章時，他與艾蕪已經是好朋友了，正如杜談所言：「同作者熟識了，作者，也如他的作品那麼可愛，有人說他像母親，我則曰：他像大哥，我們每次見時，他總是談著他的過去生活，他的創造方法及材料的選擇，有時竟是一下午。」〔註12〕

杜談在《關於艾蕪的〈強與弱〉》中提到的「《動向》上羊棗君同朱荃君關於這篇東西的論戰」，指的當是羊棗與朱荃在《中華日報·動向》上發表的關於艾蕪小說《強與弱》的爭論文章。

〔註12〕杜談：《關於艾蕪的〈強與弱〉》，《新語林》1934年第3期。

1934 年 5 月 31 日的《中華日報·動向》刊有羊棗的《「亡命者」與「強與弱」》，照錄如下：

> 看過《亡命者》，又看了《強與弱》，我心裏真起了無窮的感想。
>
> 我不知道看過《亡命者》的人有幾位看過《春光》第三期底《強與弱》，又不知道看過艾蕪底那篇作品的，有幾個也看過好萊塢底傑出的產物，更不知道兩者都看過的，其所得的是什麼認識。
>
> 由於目前批評界對於我私自認為是最現實的作家底最現實的作品之沈寂。我想大家對於這篇暴露作品，在我心目中是一切暴露作品——連《亡命者》在內，惟除徐盈底《福地》外——中最優秀的，是不注意的吧。
>
> 《亡命者》是被捧上天了。而《強與弱》則和它所描繪的社會生活之最醜惡的一部分一樣，是壓在最深沈的十八層地獄底黑暗之下，無人過問的。
>
> 然而它們，同樣地，都反映了自己社會底面目。
>
> 在 Corporation 的獨佔的生產關係之內，在它的最黑暗的角落裏，存在著有《亡命者》所呈現給我們的 Chain Gang Labouv 制度，在這種制度之內 Labouv 著的一條鐵鍊鎖在一起的囚犯們，自然而然地也便有了共作者 Coworker 的認識，有共作者底為他人和自己的自由而犧牲的意志。
>
> 在《強與弱》裏，反映的卻正好是那造成它以及一切比它外表較華美而骨幹內則同樣地腐臭和醜惡的表層建築底社會制度——訛詐、敲剝、凌弱，非人的殘酷，一切封建的官僚主義。
>
> 這使我有理由地想起毛禮斯與度斯君底（注：《偉人的進攻》中的「監獄」一章，在那裡我們看見，另一制度的國家底「監獄」）。
>
> 我希望看過《亡命者》的人都看：《強與弱》；更希望看過《亡命者》和《強與弱》的人，兩者都看看。
>
> 我尤其希望所有一切求知真理的人，都設法看看毛禮斯與度斯底《監獄》，無論他們看不看《亡命者》和《強與弱》。

1934 年 6 月 3 日《中華日報·動向》刊出朱荃關於《「亡命者」與「強與弱」》的回應文章《關於〈強與弱〉》，照錄如下：

> 艾蕪的《強與弱》，我以為是值得介紹的一篇作品。可是看過羊

棗君的《「亡命者」與「強與弱」》的介紹，使我也想到要說幾句話。

不錯，《強與弱》，是一篇取材於暴露黑暗的作品。作者選取了一個強者和弱者對比的表現法，說明強者阿牛在外面是強的，到了牢獄裏也是強，起初和大老闆們頑抗，後來大老闆知道他有點來歷，漸漸和他勾結起來了。而弱者阿三因為出不起錢，在牢裏，雖然特別小心，還是常碰壁。而他的入獄，又是誣陷。在裏面，又受虐待，甚而至賣子來滿足大老闆們的剝削。再從阿牛這方面揭穿「開公司」的黑幕。這在把主題積極性和暴露黑暗對立起來瞭解的某些人，從這裡，至少可以說明他們的瞭解是錯誤的。

可是如羊棗君那樣發現新大陸似地就把這篇作品無原則地與《亡命者》同言而語，不免有點捧場的嫌疑。我以為這裡面還有些缺點。最主要的，是讀者讀了之後，很容易發出一種無謂的同情。雖然後有顯明的陷入人道主義的泥坑，在主要的積極性上，是削弱了不小，作者對於阿三這樣弱者，雖然借強者阿牛批評他說：

「嚇，你怎麼不使用你那兩個拳頭！沒有麼，難道沒有麼？」

可是阿牛是個壞蛋，像他這種強，早在人們腦子裏刻上憎惡的印象。所以他的話，不但不能引起讀者對弱者有一種「活該」的感覺，反而加強了上面阿三在挨李興的打的時候，老伯伯說的話：「菩薩沒有眼睛啊！」

還有的，像阿三這種農民的弱的性格，作者並沒有從社會階層上，從他過去的生活上，找出他這種弱的根源，所以他的弱，好像是命裏帶來的，這也是削弱積極性底一點。

因此，在介紹這篇作品的時候，對於這些缺點還得指出來，而且對於一個正在發展的前進的作家，也是需要的。

1934 年 6 月 9 日《中華日報・動向》刊出羊棗對朱荃的回應文章《〈關於強與弱〉後》，照錄如下：

朱荃君沒看清我那篇文章底中心意識，便硬說我「有點捧場的嫌疑」，那不但有點冤枉，而且有使讀者發生誤會的可能。

我與《強與弱》底作者艾蕪絕無一面之雅，在任何方面都未曾發生過直接的關係，「捧場」兩個字是說不上的。

不過，從艾蕪君用各種筆名在各種刊物上發表過的小說與隨筆，

就以個人的眼光看起來，我以為他是確實曾在被最濃厚的封建黑暗重裹著的內地下層社會中經歷過我們這種坐在亭子間或洋房裏高唱「主題積極性」等一切術語的作家和批評家們所不能或不願經歷的實踐生活的。他給與我們的是一般內地底完全被黑暗支配，因而便不可免地成為宿命論式的弱者底現實生活之反映，比如，《強與弱》中的監獄。然而，他的缺點正在這上面。他未曾明白地指出這種現實生活存在的地域與環境，因之，讀者從這篇作品中所得的認識也許會一般化，以為各地的情形都是一樣的。

實際，在這一萬花繚亂的，舊禮教與新道德，舊習慣與新信仰綜錯紛雜的社會裏，各個地域底生活形態以及其所顯呈的表象，是按照其所接受的歷史的進展勢力底影響之先後與濃淡，而各有其不同的色彩的。在大城市裏，監獄底生活便與《強與弱》中所圖繪的大有不同。不信，請看徐盈底《福地》。

然而艾蕪君的優點也正在這裡。他使我們這些局處在大都會底亭子間或洋房裏運用術語公式，至多只看見些包圍著的大都會的生活形態的人們，能夠知道一點內地底實際生活。因之，使我們認識利敵這種生活底黑暗鬥爭是怎樣地不可緩與困難，而要克服這種困難，我們底實踐問題，怎樣地愈加嚴重起來。

正為了這原因，我在我那篇文章中推重了《強與弱》反映了自己社會形態底成功處。而因為企圖指明各個，社會底各不相同的現象只是他們所屬的社會結構底表層建築物底表層色飾。我提出了《亡命者》和毛禮斯與度斯君底《監獄》。如果以為《強與弱》不配與《亡命者》相提並論，或「同言而語」云；則我沒得說的了。

根據這種邏輯，毛禮斯與度斯君底《監獄》，不但《強與弱》不配與它「同言而語」，連《亡命者》都差遠了。

《強與弱》是短篇，《亡命者》是十幾大本的電影，然而我笨得很，竟不曾在後者裏看出從主人公「過去的生活上，找出他這種弱（他無疑地，和阿三一樣，對現社會制度是弱者）的根源」來的事實。艾蕪君可惜沒用水滸般長篇底寫法。如果那樣，他也許會把阿三的籍貫家世，從他的族譜上抄來了。

在我，我覺得我認識阿三這種弱者。正是這種有五千年歷史的
奴隸社會底產物，也正和《亡命者》底主人公是他的社會底產物一
樣。而奴隸社會以及一切過去的和現存而在沒落著的社會之產出阿
牛那樣的強盜，也是不可免的事。所有我既對阿牛沒有「憎惡的印
象」，也對於阿三沒有鄙薄的觀念和人道主義的同情。

《動向》是《中華日報》的副刊之一，聶紺弩任主編，葉紫協助聶紺弩
編輯。

羊棗是楊潮的筆名。楊潮與艾蕪都是中國左翼作家聯盟盟員，草明回憶：「在
『左聯』內部，還有三個研究會，一個叫理論研究會，一個叫小說研究會，一
個叫詩歌研究會。我只參加小說研究會。小說研究會是研究創作上的傾向性、
創作思想、創作方法等……參加小說研究會的，先後有沙汀、艾蕪、楊騷、歐
陽山、葉紫、楊潮等同志。」〔註13〕不過，羊棗在評論艾蕪的《強與弱》時，
他與艾蕪並未見過面，「我與《強與弱》底作者艾蕪絕無一面之雅」〔註14〕。

看似羊棗與朱荃關於《強與弱》是在「論戰」，實際上他們兩人對《強與
弱》都是持肯定態度的，只是彼此的著眼點不同而已。

《強與弱》刊出後，除了羊棗與朱荃的評論，並未引起太多關注。上海
良友圖書公司 1935 年 3 月出版的艾蕪短篇小說集《南國之夜》，收入了《南
國之夜》《夥伴》《強與弱》等六篇小說。胡風、周立波等都關注到了收在《南
國之夜》裏的《強與弱》。

胡風在 1935 年 6 月出版的《文學》第 4 卷第 6 期寫有《〈南國之夜〉》：「《南
國之夜》和《咆哮的許家屯》，作者底筆墨是較多地用來描寫環境或事件。《左
手行禮的兵士》和《夥伴》，卻是偏重地用在描寫人物上面了。《歐洲的風》
已經相當地克服了這個缺陷。《強與弱》卻達到了諧和的地步」，「《強與弱》
主要地寫一個特殊世界（牢獄）裏的兩個人物，良善的農民阿三和強悍的
流氓阿牛。在那種特殊生活底開展裏，這兩個人物底性格凸起地現了出來。
雖然對於這弱肉強食的世界，作者底憤懣我們明顯地感覺得到，但他只是鎮
定地用具體的形象來描寫，很少有主觀的表白，像在《咆哮的許家屯》裏所
做的一樣。作者成功地寫出了他底人物，也成功地寫出了他底人物底環境——

〔註13〕曹明：《草明文集》第 6 卷，中國青年出版社 2012 年版，第 268 頁。
〔註14〕羊棗：《〈關於強與弱〉後》，《中華日報·動向》1934 年 6 月 9 日。

法官，看守，金錢勢力，牢獄惡霸和他們的爪牙。換句話說，作者底主題是取得了能夠取得的效果了。不用說作者對阿三抱有很大的同情，阿三身上所發生的悲劇——不得不逼得他底老婆賣掉了兒子來供給牢獄惡霸底強索，作者是忍著熱淚來寫的罷。但這種熱情是隨著對於他底人物的深切認識俱來的，而且也沒有過分的流出，我以為應該是這作品所不能缺少的強的要素。要說是可以說的：在表現方法上稍稍有把材料堆入的痕跡；阿牛這個人物底社會色彩（他在外面社會上的面貌）也沒有點出——作者太關心阿三了，只記著阿牛對阿三的虐待，沒有心思把阿牛更畫清楚一點，因而也許會使讀者誤會到阿牛對阿三的態度只是報復阿三在路上不肯把三百錢拿出請客而已。但這些是不能夠損害這作品底感人力量的。如果要舉出近年來短篇小說底優秀的成績，《夥伴》和《強與弱》（尤其是《強與弱》）是不應該被人忽視的吧。」〔註 15〕

周立波在 1936 年 1 月出版的《讀書生活》第 3 卷第 5 期寫有《一九三五年中國文壇的回顧》，其中提到：「這一年描寫牢獄的作品，除了艾蕪先生收在《南國之夜》裏的《強與弱》一篇以外，還有一篇《餓死鬼》。《強與弱》雕塑了兩個犯罪的典型。阿牛和阿三都有著非常鮮明的個性，伍蠡甫先生批評南國之夜的時候，說作者描寫的人物總是『公性太強，個性太弱』。大概是沒有讀到這篇小說的緣故吧？」〔註 16〕

羊棗的《「亡命者」與「強與弱」》《〈關於強與弱〉後》、朱荃的《關於〈強與弱〉》、杜談的《關於艾蕪的〈強與弱〉》，四川文藝出版社 1986 年 12 月出版的毛文、黃莉如編的《艾蕪研究專集》中的《評論文章目錄索引》均失收。杜談、羊棗、朱荃關於《強與弱》的評論文字，雖然不及胡風、周立波論述得深刻，但也不失為一家之言，都是研究艾蕪短篇小說《強與弱》批評史與接受史的歷史文獻。

最後，筆者期待《艾蕪全集補遺卷》和更為詳實的《艾蕪研究資料》早日問世，因為「對一位作家的研究，必須建立在其文獻保障體系不斷完善的基礎之上」〔註 17〕，唯有如此，艾蕪研究的深化才能得以實現。

〔本文係 2019 年度河北省教育廳高等學校青年拔尖人才項目「中國現當代作家佚信整理與研究」（項目編號：BJ2019071）的階段性成果〕

〔註 15〕毛文、黃莉：《艾蕪研究專集》，四川文藝出版社 1986 年版，第 381～382 頁。
〔註 16〕周立波：《周立波文集》第 6 卷，湖南人民出版社 1984 年版，第 151 頁。
〔註 17〕陳子善：《為「張學」添磚加瓦》，《光明日報》2016 年 1 月 12 日。

艾蕪《救亡對口曲》：被忽略的「新詩歌謠化」代表作

中國社會科學院郭沫若紀念館　李斌

　　早在新詩誕生之初，就有人主張從民歌民謠中汲取營養，「引起當來的民族的詩的發展」〔註1〕。伴隨著民族危機日益危重而產生的中國詩歌會創辦的《新詩歌》在《發刊詩》中宣稱：「我們要用俗言俚語，／把這種矛盾寫成小調鼓詞兒歌，／我們要使我們的詩歌成為大眾歌調，／我們自己也成為大眾中的一個。」〔註2〕以小說見長的艾蕪，在全面抗戰爆發後創作的新詩《救亡對口曲——動員全國民眾武裝救亡》（本文簡稱《救亡對口曲》），經冼星海譜曲，長期在全國各地廣泛傳唱，成為「新詩歌謠化」的代表作。遺憾的是這首詩歌既沒有收入《艾蕪全集》，也沒有得到學界討論，本文對相關材料做一鉤沉，以引起學界注意。

一

　　《救亡對口曲》最初刊載於洪深、沈起予編輯的《光明》戰時號外第 2 號（1937 年 9 月 8 日出版）。《光明》戰時版每週三出版，發行人洪深，環龍路 106 弄 6 號北雁出版社總經售。本期共 16 頁，本詩在第 8 頁。本期還刊發了郭沫若、鄭伯奇、穆木天、沈起予、林林等人的作品。作者隊伍基本是左聯舊人。《救亡對口曲》全詩如下：

〔註 1〕《發刊詞》，《歌謠週刊》第一號，1922 年 12 月。
〔註 2〕《發刊詩》，《新詩歌》創刊號，1933 年 2 月 11 日。

救亡對口曲——動員全國民眾武裝救亡

八月裏來稻子黃

（一）

八月裏來稻子黃，家家戶戶正農忙。
只說今年收成好，哪知沿海進虎狼。

（二）

東洋飛機丟炸彈，我國人民大遭殃。
與其坐著來等死，不如大家去救亡。

（三）

今朝就把鋤頭放，提起刀槍上戰場，
不管鬼子來多少，包他個個見閻王。

　　　　　　　　——男的唱

八月裏來桂花香

（一）

八月裏來桂花香，含淚送哥上戰場。
摘枝桂花哥來戴，好比為妹在身旁。

（二）

天氣快要轉秋涼，早晚當心加衣裳，
一路飲食要留意，麻打草鞋多帶雙。

（三）

家中諸事別罣記，一心一意打東洋。
打退東洋回家轉，不要耽誤在他鄉。

　　　　　　　　——女的唱

　　「對口曲」是兩人相對，彼此唱和之意。這種形式，流行鄉間
極廣。但因其是自然經濟時代的產物，頗帶田園牧歌風味，當然不
及近代的進行曲，氣魄壯大，合乎群眾歌唱。我現在採用的意思，
是想把文藝上的各種武器，在此救亡期間，都拿來試試。又因老百
姓對於這種曲子，極其熟悉，不用人教就會上口，故先作成這篇東
西。隨後還想試試別的，只要它的形式，真能接近大眾。

從艾蕪所寫附記來看，他採用了在「流行鄉間極廣」的「對口曲」這一民間歌謠的「舊瓶」，裝入了送郎抗戰的「新酒」。這雖是艾蕪第一次寫作民謠，但「新詩歌謠化」卻是 20 世紀 30 年代左翼詩歌的重要方向。艾蕪在全面抗戰爆發之後寫作的《救亡對口曲》，正處於左翼詩人主張的「新詩歌謠化」的脈絡上。如果說此前左翼詩人在倡導和討論「新詩歌謠化」時還表現出「種種游移和往復」〔註3〕，以致很多作品傳播不廣，那麼艾蕪《救亡對口曲》則因為有洗星海的譜曲，內容又切合了全國各地日益高漲的救亡情緒，故深受各地人民喜愛，成為抗戰名歌。

在洗星海譜曲之前，《救亡對口曲》就曾收入一些詩歌集。劉福春編《中國現代文學總書目·詩歌卷》根據《抗戰頌》（上海五洲書報社 1937 年）和《戰時詩歌選》（馮玉祥等著，戰時小叢刊之十八，戰時出版社 1937 年）兩次收錄該詩。

據熊飛宇先生介紹，「此詩一出，仿作甚多」。能夠查考的就有兩種。一是上虞縣抗日自衛會暨上虞報社編輯的《同仇》週刊第 2 期（1938 年 5 月 6 日出版）上登載的署名「慶」的《救亡對口曲——動員全國民眾武裝救亡》，「較之艾蕪的歌詞，男唱部分，區別主要在第一節；女唱部分，則三節都有改易。最主要的，恐怕還是因為時令的變化，即物起興，便有了歌詞的調整。」二是《中國詩壇》第 2 卷第 4 期（1938 年 5 月 20 日出版）登載的雪汀《救亡對口曲——送哥上沙場》，「相校而言，雪汀的對口曲，已經是新的創作了。」〔註4〕仿作多，說明它廣受關注，而洗星海為它譜曲，無疑為它的傳播添上了翅膀。

洗星海譜曲的《救亡對口曲》發表在《文藝戰線》第 1 卷第 7 期（1938 年 2 月 15 日出版）。在該版中，艾蕪「附記」被刪除了，個別字詞有改動，第一部分每節末尾加上了「朗朗朗朗……」，第二部分每節末尾加上了男女合唱「呀呼嗨……朗朗朗……」。這首歌曲當時就曾被收進闞仲瑤編《抗戰歌曲選》（戰時出版社 1939 年）和沈維余編《戰歌》第 1 集（戰旗社 1939 年，紹興戰旗書店總經售）等多部歌曲集。

〔註3〕康凌：《「大眾化」的「節奏」：左翼新詩歌謠化運動中的身體動員和感官政治》，《文學評論》2019 年第 1 期。

〔註4〕熊飛宇：《〈艾蕪全集〉補佚：抗戰詩歌五首及詩論一則》，《艾蕪研究》（第一輯），四川大學出版社，2017 年，第 146、147 頁。

　　《救亡對口曲》成為冼星海的代表作，收進了他的多個集子。有論者認為：「《救亡對口曲》中的『朗朗郎朗』『呀呼嗨』則表現了人民生活的優美情趣。」〔註5〕也有論者討論冼星海歌曲創作成就時認為：「複調音樂的特徵之一是各個聲部的比較活躍，能充分發展樂音形象的浮雕式的多面性。」「冼星海創作了大量的群眾性的二部合唱，他使用複調的手法創作群眾能自己掌握的歌唱形式，把富於表現力的複調音樂和那質樸易懂的歌曲形式相結合。這些作品不但使群眾歌曲更豐富，而且也提高了群眾的音樂生活。」其中，較有代表性的是《救亡對口曲》，「這是兩個獨立的聲部，代表著兩個人物的不同性格的音樂形象。但它們又可以和諧地結合起來構成一個完整的形象。」〔註6〕「群眾性的二部合唱」是艾蕪原詩就具備的因素，通過冼星海加工，成為冼星海歌曲的鮮明特色。

二

　　抗戰時期，《救亡對口曲》迅速傳遍全國，深受民眾喜愛。

　　1937 年頒布的《陝西省中等學校戰時教育國文科教材綱要》中高中教材部分就選入了《救亡對口曲》，注明來自「《光明》二期」，選材目的為：「激發學生民族意識及抗戰之明確認識」，「使學生認識中國社會及國際情勢」，「養成學生抗戰一切宣傳文字的技能」。〔註7〕抗戰時期，貴州思南縣的一些進步青年在堯民、芭蕉溪、麻壩、板橋等村寨創辦農民夜校，「當時夜校裏傳唱的一首抗日歌曲，至今還有很多人記得」，這首歌正是《救亡對口曲》，「後來，這批青年農民成為中共思南地區總支委員會領導下的思南游擊隊，是迎接解放、配合接管政權的基本力量。」〔註8〕始建於 1928 年的廣東徐聞縣下洋鎮下港小學，1941 年改名為「下洋鄉第七保國民小學」，「從事革命活動的同志

〔註5〕於林青：《試論星海同志的歌曲作品與民間音樂的聯繫》，中國聶耳冼星海學會編《論聶冼──1985 年中國聶耳、冼星海音樂創作學術會文集》，中國聶耳冼星海學會，1985 年，第 526 頁。

〔註6〕煥之：《論冼星海的創作道路》，上海紀念聶耳逝世二十週年音樂會籌備委員會、上海紀念星海逝世十週年音樂籌備委員會編《聶耳、冼星海紀念文選（校訂本）》（第 1 集），1959 年，第 64、65～66 頁。

〔註7〕陝西省教育廳《陝西教育志》編纂辦公室編：《陝西教育志資料選編》（下），陝西人民出版社，1988 年，第 178、180 頁。

〔註8〕張進編著：《肖次瞻傳略》，貴州教育出版社，2011 年，第 35 頁。

用各種形式到這裡來傳播抗日救國的革命思想」〔註9〕，中共黨員鄭質光就曾在該校教唱過《救亡對口曲》。陝西、貴州、廣東同時傳唱《救亡對口曲》，足以其傳播之廣、影響之大。

抗戰時期，西南聯大的一些師生對收集民歌民謠發生了興趣，劉兆吉和李廣田都從民間收集到了《救亡對口曲》。

西南聯大學生劉兆吉 1938 年參加「湘黔滇旅行團」，在聞一多的指導下搜集沿途民歌民謠 2000 多首。他在雲南沾益收集到這樣兩首歌：

> 三月裏來麥子黃，
> 家家戶戶正農忙。
> 只望今年收成好，
> 那知北方進虎狼。
>
> 三月裏來百花香，
> 含淚送哥上戰場；
> 摘朵鮮花給哥戴，
> 好比小妹在身旁。

劉兆吉將這兩首歌歸為「抗戰歌謠」，認為這些歌謠「由其詞意來判斷，無疑的有許多確出自鄉民之口。有數首很像被訪問的中小學學生自己編的。無論怎樣，他們是充滿了愛國的熱誠。又套用的山歌的格調，自然也有使大家過目的價值。」「鄉下的老百姓，當然沒有音樂家作譜作歌的知識；所以我們所唱的歌，與學校裏軍隊裏所唱的抗戰歌曲，大不相同；因為西南鄉民是慣於唱山歌的，他們自然而然的把抗日的情緒，用山歌的格調表露了出來。這樣的歌，自然不像文人音樂家作的歌曲，辭句音調免不了粗俗些，不過惟其如此，我們才可以窺探出一般民眾對於抗戰的認識，及忿慨的情緒；惟其民歌詞意粗淺，音節簡單，才易懂易唱，易於普遍。比起我們到民間宣傳時，所唱的民眾聽不懂的歌曲，收效還大得多呢。所以說山歌的粗俗，正是它的價值所在。如此才合民眾的口味。」〔註10〕這兩首歌其實正是艾蕪《救亡對口曲》的節選。只是歌者根據改編時間和當時時令，把「八月」改成「三月」，「稻子」改成「麥子」，又根據當地的語言習慣，將「撇枝桂花」改成「摘朵鮮花」，以便於民眾傳唱。

〔註 9〕陳昌和：《革命老區重教育 下港小學換新顏》，政協廣東省徐聞縣委員會文史委員會《徐聞文史》（第 10 輯），1997 年，第 170 頁。
〔註10〕劉兆吉編：《西南采風錄》，商務印書館，1946 年，第 155、156、147 頁。

1947 年元旦，李廣田記下了他抗戰時期在雲南收集的歌謠，其中有一首為：

> 八月裏，稻子黃，
> 家家戶戶正農忙，
> 只說今年收成好，
> 那知滇西進虎狼。
> 今朝就把鋤頭放，
> 提起刀槍上戰場，
> 不管鬼子來多寡，
> 包他個個見閻王。

李廣田認為：「這樣的歌謠，在文化修養很高的人群中是不會產生的。文化程度高，自然產生高級的詩歌，然而大多數高級的詩歌卻又容易失之於蒼白而虛弱，所缺乏的正是那份新鮮潑野的力量。現在有些詩人在注意民謠，並有些詩人用了山歌民謠的格調說事寫詩，這應當是一個好現象，因為，注意了民謠也就注意了人民的生活，於是也就更接近人民，可以為人民說話，而且，最低限度在創作中也可以從民謠吸取一些新的生命，特別像雲南邊遠地方的這類民謠，也許是更值得注意的。」〔註11〕李廣田其實沒有注意到，上面這首民謠不是從民間產生，而是改編自艾蕪《救亡對口曲》。改編幅度並不大，只是將「沿海」改成了「滇西」，從而更符合雲南當地民眾的感受。

除李廣田、劉兆吉的採集外，一篇回憶抗戰時期雲南建水救亡活動的文章也提到了《救亡對口曲》：

> 建民、臨中兩校的學生不僅走上街頭，用歌聲宣傳抗日救亡，而且深入農村用歌聲喚醒民眾，同時收集整理民歌、民曲，用民間流行的曲調，配上抗日救亡的內容，向民眾進行宣傳，深受民眾歡迎。如用建水採茶調填寫的《救亡對口曲》，歌中唱道：「八月裏來穀子黃，家家戶戶正農忙，只說今年收成好，那知邊疆進虎狼。今朝就把鋤頭放，拿起刀槍上戰場，不管鬼子來多少，包他個個見閻王。」由於採用了民眾喜聞樂見的形式，歌詞又易記易唱，很快就流傳到了農村。〔註12〕

〔註11〕李廣田：《滇謠小記》，《觀察》第 2 卷第 9 期，1947 年 4 月 26 日。

〔註12〕劉文光：《建水青年學生的抗日救亡活動》，中共雲南省委黨史研究室編《雲南全民抗戰》，雲南大學出版社，1995 年，第 135 頁。

　　看來，建水流傳的《救亡對口曲》不是洗星海譜曲，而是用當地的採茶調譜寫的。《救亡對口曲》傳到農村後，苗族人民也演唱開來。高雲覽注意到，在抗戰時期的貴陽青崖，「苗民最愛唱山歌，苗夷的學生便自編抗戰的山歌來唱」，其中最流行的就有《八月裏來桂花香》，其歌詞為：

> 八月裏來桂花香，
> 含淚送哥上戰場，
> 摘枝桂花哥來戴，
> 好比小妹在身旁。〔註13〕

　　高雲覽沒有說明這是用漢語還是用苗語唱的。20世紀50年代，西南民族學院羅榮宗教授從居住在貴州天柱縣侗鄉的苗族人龍萃泉搜集到四首用當地話演唱的民歌，其中第二首是「抗日戰爭時期，侗族姑娘送郎上戰場的情歌」，龍萃泉翻譯成漢語如下：

> 八月裏來桂花香，
> 含淚送哥上戰場。
> 摘枝桂花哥來戴，
> 好比為妹在前方。〔註14〕

　　高雲覽和羅榮宗採集到的苗族人唱的這首「山歌」都節選自《救亡對口曲》，他們和李廣田劉兆吉一樣，都誤以為是當地人自己創作的。

　　《救亡對口曲》不僅在國統區廣泛傳唱，在淪陷區也被演唱，並受到了汪偽政府的查禁。上海市長陳公博1943年8月31日簽署《市府關於抄發禁止歌曲清冊訓令》，內稱：「略以準新國民運動促進委員會公函：為奉主席諭飭會同審查歌辭。遵經召集審查會議，並擬予禁止之歌曲，繕具清冊，呈奉國民政府指令核准。相應抄送附件，函請查照辦理。等由。准此。查歌辭曲譜有關世道人心至巨，所有違背政府國策、不合時代意義者，自應屬行查禁，以絕邪靡。相應檢抄原件，諮請查照飭屬嚴行禁止使用，並審查已出版之歌集，將禁止歌曲予以刪除。等由。附抄件。准此。自應照辦。除分行外，合行抄發禁止歌曲清冊一份，令仰該署轉飭所屬一體遵照辦理。」〔註15〕其中

〔註13〕高雲覽：《在抗戰中活躍的苗夷》，《高雲覽選集》（下），海峽文藝出版社，2000年，第62頁。

〔註14〕羅榮宗：《苗族歌謠初探　貴陽高坡苗族》，西南民族學院民族研究所，1984年，第58、59頁。

〔註15〕上海市檔案館編：《日本侵略上海史料彙編》（中），上海市人民出版社，2015年，第786頁。

艾蕪作詞、冼星海作曲的《救亡對口曲》在《歌詞曲譜全禁者》名單之中，可見這首歌曲在淪陷區也有較大影響。

抗戰結束後，1946 年 6 月 3 日，成都市青年聯誼會主辦「冼星海作品演唱會」在成都暑襪街禮拜堂舉行，到會千餘人，十分熱鬧。「結尾時，聽眾高喊再來《救亡對口曲》、《莫提起》，使人想起這位偉大的音樂家對抗戰的貢獻。」〔註 16〕

三

值得注意的是，《救亡對口曲》不僅在抗戰時期廣泛傳唱，直到新中國成立後相當長一段時期內，人們在採集民歌時，還常常聽到鄉村歌手演唱它。

20 世紀 80 年代，河南獲嘉縣編輯了一本當地的民歌選，其中有一首《含淚送哥上戰場》，由當地人劉愛珍 1956 年 1 月口述，騰雲搜集整理。歌詞如下：

> 八月裏來桂花香，
> 含淚送哥上戰場，
> 折枝桂花哥來戴，
> 好比小妹在身旁。
>
> 天氣快要轉秋涼，
> 早晚當心加衣裳，
> 一路飲食要留意，
> 麻打草鞋多帶上。
>
> 家中諸事別掛念，
> 一心一意打東洋。
> 打退鬼子回家轉，
> 不要停留在他鄉。〔註 17〕

〔註 16〕《冼星海作品演唱會昨晚舉行》，《民眾時報》1946 年 6 月 4 日。轉引自成都市總工會工人運動史研究組編《成都工人運動史資料‧第三輯‧民主革命時期成都工人運動歷史資料選輯》，1984 年，第 302 頁。

〔註 17〕《含淚送哥上戰場》，《獲嘉民間歌謠集成》，獲嘉民間文學三套集成辦公室，1986 年，第 99～100 頁。

　　1960 年出版的《佛山專區民歌選集》收錄了當年流傳在中山市的《抗日救亡》歌，演唱者為當地人甘土旺，歌後附記：「這是民國二十八、二十九年中山淪陷後當地的救亡歌。」歌詞如下：

> 八月裏來稻子黃，
> 家家戶戶真農忙。
> 只說今年收成好，
> 哪知沿海淨虎狼。
> 唧———唧。
>
> 八月裏來，桂花香，
> 含淚送哥上戰場。
> 摘枝桂花哥來戴，
> 好比為妹在前方。
> 唧———唧。〔註18〕

　　向超等人於 1982 年 6 月 25 日在重慶石柱縣南濱鎮及附近鄉村搜集整理民歌，當地老人譚榮鑫提供了三首抗戰民歌，其中前兩首為：

> ① 哪知沿海進虎狼
> 　八月裏來穀子黃，
> 　家家戶戶正農忙，
> 　只說今年收成好，
> 　哪知沿海進虎狼。
>
> ② 拿起刀槍上戰場
> 　東洋飛機丟炸彈，
> 　我國人民大遭殃。
> 　全國人民把鋤放，
> 　拿起刀槍上戰場。

　　據介紹，提供人譚榮鑫，「女，1926 年生，石柱縣南賓鎮人。1938 年在石柱縣南賓女校讀書，受到抗日愛國主義教育，1939 年任兒童生活服務團長，1940 年加入抗日民族先鋒隊（簡稱民先隊）。解放後參加工作，在涪陵烏江航

〔註18〕中國民間文學集成全國編輯委員會、中國歌謠集成廣東卷編輯委員會編：《中國歌謠集成·廣東卷》，中國 ISBN 中心，2007 年，第 218 頁。

運公司離休。」〔註 19〕

　　人們從河南獲嘉、廣東佛山、重慶石柱都採集到了這首歌，採集者本以為是當地的民歌，其實正是艾蕪的《救亡對口曲》，只是在個別字句上有小改動。比如河南獲嘉將「打退東洋回家轉」改成「打退鬼子回家轉」，如此修改避免了同上一句的「東洋」重複，體現了民間智慧。廣東佛山的「哪知沿海淨虎狼」中的「淨」字本為「進」，可能是整理者的筆誤。

　　魯迅 1934 年在致《新詩歌》編輯竇隱夫（杜談）的信中說：「詩歌雖有眼看的和嘴唱的兩種，也究以後一種為好；可惜中國的新詩大概是前一種。沒有節調，沒有韻，它唱不來；唱不來，就記不住，記不住，就不能在人們的腦子裏將舊詩擠出，佔了它的地位。」「我以為內容且不說，新詩先要有節調，押大致相近的韻，給大家容易記，又順口，唱得出來。但白話要押韻而又自然，是頗不容易的，我自己實在不會做，只好發議論。」〔註 20〕艾蕪《救亡對口曲》在節奏和韻律上十分講究，每節四行，每行七字三節拍，全部對稱，全詩押韻，一韻到底，十分工整，這符合魯迅對新詩有節調有韻且自然的要求。它在幾十年間廣泛傳唱，從影響的層面來說，堪稱「新詩歌謠化」的代表作。

　　　　　　　　　　（作者為中國社會科學院郭沫若紀念館研究員。）

〔註 19〕《老區石柱革命歌謠選》，重慶市石柱土家族自治縣政協文史委、重慶市石柱土家族自治縣老區建設促進會《石柱文史資料》（第 20 輯），2009 年，第 123、124 頁。

〔註 20〕魯迅：《341101 致竇隱夫》，《魯迅全集》（第 13 卷），人民文學出版社，2005 年，第 249 頁。

艾蕪的牢獄之災與牢獄敘事

中國現代文學館　張元珂

　　在 20 世紀 30 年代的中國，許多左翼作家有過坐牢的經歷。周立波、艾青、丁玲、金劍嘯、艾蕪、陳白塵、陳荒煤、舒群、羅鋒、彭家煌、樓適夷、洪靈菲、潘漠華、柔石、胡也頻、殷夫、李偉森、馮鏗、金丁、雪葦、草明、吳奚如……我們可以列這樣一個長長的名單。他們有的死於牢獄之中，比如詩人金劍嘯；有的被國民黨秘密殺害，比如「左聯五烈士」（柔石、胡也頻、殷夫、李偉森、馮鏗）；有的因人證、物證無據可查而無罪釋放，比如艾蕪；有的經過多方營救而成功出獄，比如丁玲。20 世紀 30 年代牢獄事件，不僅是一個個政治事件，也是一個個文學事件。

　　艾蕪是「中國左翼作家聯盟」的青年作家之一。1932 年 4 月流浪到上海，年底加入「左聯」，擔任文藝大眾化委員。他被派至漣文學校出任義務教員，培養工人文藝通信員。不久，就因參與貼標語、散傳單、參加飛行集會等活動被便衣盯梢。1933 年 3 月 3 日，他到曹家渡一家小工廠約見工人，不幸被捕，先後被關押在上海警察局南市拘留所、蘇州高等法院第三監獄。後經魯迅、周揚、任白戈等人的多方搭救以及律師史良的辯護，蘇州高等法院最終以「無人證物證」為由，撤銷唐仁（艾蕪的化名）六人危害民國一案，當庭宣判無罪釋放。這次六個多月的牢獄之災，讓本就老實、寡言的艾蕪對此前在馬路上散發傳單、張貼標語、搞飛行集會、培養工人文藝通訊員等政治活動，進行了全面而深刻的反省。出獄後，周揚希望他做「左聯」的組織工作。他婉言謝絕，堅稱專事文學創作。同去的胡風譏諷他「被嚇怕了」，並對他「專事文學創作」一事很意氣用事地說過一句話：「我只是擔心有些人從左面上來，卻要從右面下去！」這次牢獄經歷也直接影響到了他 35 年後的命

運。1968 年 8 月，「文革」造反派以此大作文章，把他定為「三十年代黑線人物」和「叛徒」，關押在位於四川成都北郊的昭覺寺臨時監獄，直到 1972 年 3 月才將之釋放。

　　20 世紀 80 年代，艾蕪對此仍耿耿於懷。在《出獄以後》一文中，他寫到：「……左聯的領導也沒有使我『左上來』……文藝評論第一句，左上來，並不確實。」這裡的「領導」指的是丁玲和周揚。丁玲是「左聯」的黨團書記，曾介紹艾蕪入黨；丁玲被捕後，周揚擔任書記。在此之前，周揚曾幫艾蕪推薦、發表小說《人生哲學的第一課》。接下來，艾蕪繼續反駁道：「第二句話，『右下去』，是否定了文藝的作用，搞文藝就是右了。當時我並沒有辯論，只能勇敢的走自己的路。」事實上，艾蕪壓根兒就不善於、不喜歡從事政治工作，也志不在此，婉言拒絕周揚的邀請，早就事出有因。根據廉正祥的傳記《流浪文豪》記載，在一次有馮雪峰、丁玲參加，在葉以群家中舉行的討論會上，在談到發展工人通訊員情況時，艾蕪說，在真正的工人中，還沒發現一個具備寫作能力的，倒是和工人聯繫密切的知識分子中還有能寫作的人。在會上，馮雪峰（時任江蘇省委宣傳部長）多次打斷他的發言，說：「你這是小資產階級的思想！」艾蕪覺得自己說真話，反而受到批評，感到特委屈，於是反駁道：「你連開會的 ABC 都不懂，讓人把話講完你再批評不遲！」從此就再也沒有人邀請他參加這種重要的會議了。「左聯」內部幫派林立，關門主義盛行，而他又是丁玲提拔的，這個事例只能說明，艾蕪根本就不懂政治的奧妙。關於 1930 年代在上海的活動，艾蕪也曾經說：「其實 50 多年前，我主要是搞文學工作，並不能算是一個搞政治的人，只不過是寫的文學作品，容易招禍而已。以後，為生活所迫，沒有法子，只好走上文學寫作這條路子。」（《艾蕪文集》第 1 卷前言，四川人民出版社，1981 年出版）總之，這次牢獄事件給他的影響是：生活上，四處流浪，居無定所，孤苦無依；心靈上，馮雪峰、胡風等人的挖苦讓他感到委屈，坐牢的經歷給他心底留下陰影，「旅人」、「囚人」與「窮人」心態難以驅散；情感上，這次牢獄也讓他對周玉冰的愛戀徹底破滅，其失落、痛苦可想而知（注：周玉冰，即工人周海濤的妹妹，艾蕪在漣文學校做教員時與之相識。她和哥哥都被捕入獄，周海濤因病死於獄中，周玉冰被保釋出獄，回到南京。根據吳福輝《沙汀傳》知：艾蕪出獄後，曾經寫信讓她回上海，並託沙汀到南京找過她，結果都遭到對方的否決。艾蕪失聲痛哭，並抱怨大家平時不關心他，還把他當作「強人」。）；行動上，

他開始懷疑飛行集會、散發傳單、培養工人通訊員等政治活動的時效性、可行性；文學創作上，他決定走自己的路，傚仿魯迅，專事文學創作。

根據這段經歷，他創作了一系列反映牢獄事件和牢獄生活的小說，代表作有《鄉下人》（1933 年 8 月作於蘇州）、《張福保》（1935 年 10 月作於上海）、《飢餓》（1935 年 8 月作於青島）、《小犯人》（1936 年 6 月 22 日作於上海）、《一家人》（1933 年 10 月作於上海）、《獄中記》（1984 年 1 月 31 日定稿於成都）以及《小寶》《強與弱》等。其中，《獄中記》早在 20 世紀 30 年代就開始構思，原題為《在天堂裏》，並在《文季月刊》（1936 年 9 月）上作了預告，將作為良友圖書公司的《中篇創作新集》出版。這是青年編輯趙家璧事先約的稿子，據作者稱，考慮到在當時發表的可能性不大，就沒動筆。他前來催要稿件，艾蕪便把當年 12 月 1 日寫就的《春天》給了趙家璧。20 世紀 80 年代重新動筆，其中一個重要的原因就是「想把在蘇州偽高等法院第三監獄的見聞公諸於世」。另外，從 1933 年 3 月至 1933 年 9 月，艾蕪在上海的拘留所和蘇州的監獄內，也創作了許多作品，比如《我的愛人》（3 月，《申報·自由談》）、《我的友人》（4 月，《新時代月刊》）、《夥伴》（6 月，《正路》）、《在茂草地》（8 月，《文學雜誌》）等。這些作品大都寫南洋漂泊生活經歷，創作動機和審美傾向深受「囚人」心緒、意緒的影響，因此，從嚴格意義上講，也應歸於「牢獄敘事」的範疇。這些作品都沒有正面描寫國民黨監獄內的嚴刑、拷打、殺戮、死亡，也沒有直接表現革命者在監獄內的秘密鬥爭和為信仰而勇於現身的革命精神，而是展現了形形色色的政治犯、刑事犯、獄霸們日常化的生活風貌和精神狀態。敘述者的聲音顯得客觀、冷靜，對人物的言行、思想等一般不作主觀上的評價。這樣的敘述是囿於時代語境的限制，也是作家採取的一項自我保護措施。國民政府早在 1931 年 1 月 31 日，就公布了《危害民國緊急治罪法》，對言論、出版、遊行等做出了極為嚴格的規定。艾蕪有了一次入獄經歷（他被釋放的主要原因是查無證據），且目睹了大批「左翼」文人的被捕、入獄或被殺戮，因此，寫作上對此肯定有所考慮，小心謹慎，以免被人抓住把柄。即使批判、控訴，也多含蓄表達，點到為止。

艾蕪「牢獄敘事」以寫實的方式原生態再現了國民黨監獄的內部情狀。

展現國民黨監獄管理的鬆散狀態和非暴力管制的特點。不論政治犯還是刑事犯，都可以下棋、看報、寫信、創作、交談。有人在號子裏聚眾賭博、吸鴉片煙，獄警裝作沒看見。即使看見，當場沒收，也多抱著例行公事、做

做樣子給別人看的目的。《小犯人》中的阿牛說「白天送去的東西，晚上會乖乖的送來」，反映的就是這種情況。只要有錢賄賂獄警，他們就偷偷幫助買香煙、飯菜，寄送信件，甚至訂閱報紙。《獄中記》中的陸元惠攢錢定了一份報紙，通過看報瞭解外界的信息。這些小說也寫到獄中鬥爭的場景，但和「階級」、「政治」無關，只不過是一些生活小事，比如以集體絕食的方式，要求獄方改善伙食。表現革命者的活動，也無非就是寫他們看報紙，關心獄友，瞭解江西戰事，在監獄牆壁上寫標語（比如「打倒蔣介石！」）。獄警對這些這些行動心知肚明，裝作看不見、不知道，即使看見，也懶得管。其中，《小寶》更是一個有意味的文本。小寶是一個因賣禁售報紙而被捕的兒童。他賣報紙的初衷不是為了宣傳革命，而是為了能夠得到一元錢的賣報酬勞；禿子法警提審小寶時，拽壞了他的衣服領子，小寶讓他賠償；在法庭上，「胖東西」法官以哄孩子的方式審問小寶，「瘦傢伙」法官無精打采、無心問話，都讓人忍俊不禁；在號子裏，同室獄友和小寶做遊戲，讓他開心不已；小寶被宣判無罪釋放，父親來接他出獄，他不願離開。當然，小說反映了當時動盪、混亂的社會局面，批判了國民黨荒唐可笑的司法審判制度。但是，它也消解了革命的神聖性，顛覆了讀者對國民黨法庭、監獄的認識。「革命」賦予黨派、革命者的宏大意願、凜然正氣、視死如歸，國民黨法庭、監獄、法官所隱含著的冷酷、暴力與血腥，被徹底遮蔽、消解或置換。在讀者的閱讀視野中，這樣的內容是極少讀到的；在左翼作家的審美視野中，這樣的敘述也是少見的。

　　揭示國民黨監獄內部不為外人所熟知的存在情況。艾蕪對監獄管理方的描寫較少涉獵，主要筆墨集中在對於「犯人」生存本相、牢獄風俗、監獄「潛規則」的描寫、表現與揭示。首先，艾蕪的小說集中展現了一整套的「監獄語言」。比如，「二弔五」：中國的舊式腳鐐，兩大鐵環，套在腳頸上，五小鐵圈，聯繫於期間，故囚徒稱之為「二弔五」；「大刑」：獄中人忌呼「死」字，故稱死刑為「大刑」，同時亦有誇耀之意；大亨：舊犯人之有力者，稱為大亨，常向新到的犯人要金錢，共同分享，此種舉動也叫「開公司」；新差：獄囚忌呼犯人一類的字，故新到的因人為「新差」；扒灰：在獄中凡把別人私下的行動向當局公開地或秘密地說出去，稱為「扒灰」；「是好漢就來，老子早就想吃燒酒和饅頭了」：死刑犯臨刑前享用一瓶燒酒和四個饅頭；小家飯、大家飯：無期徒刑吃的飯，比有期徒刑多，稱為「小家飯」，死刑則更多，稱為「大家

飯」……這些「語言符號」是對國民黨監獄內部秩序、生活、風俗的形象概括。其次，國民黨監獄內部存在著的一個秩序森嚴的黑暗的可怕的「小世界」，形成一個「約束與被約束」、「剝削與被剝削」、「壓迫與被壓迫」的二重專制體系。處於這個體系中的「弱者」不但遭受身體的傷害、物質的損失，也會遭遇心靈、精神的巨大痛苦。比如，在《強與弱》中，阿三是一個被判處死刑的農民，但他是無辜的、被冤屈的。田主人劉七爺在阿三面前突發中風，倒地而死，其子狀告阿三打死他爹。法庭判阿三死刑，阿三含冤上訴，被從縣監獄轉至上級監獄。在這裡，以「尹大老闆」、李興、阿牛為代表的獄霸們，恃強凌弱，無惡不做，喪盡天良，不斷打罵、侮辱、恐嚇、敲詐阿三。阿三一進號子，就被訛詐交 10 元錢，不從，被李興打了耳刮子，隨身帶的 30 文錢也被搜去。他要幹號子裏最髒、最累的活。他給賭博賭輸了的「尹大老闆」捶背，無緣無故遭受他的拳打腳踢。獄霸李興以阿三口吻給阿三老婆寫信，說要 30 元錢打理案子。她偷偷賣掉一個兒子，才換得 20 元錢。妻子領著兩個孩子來探監，丈夫問：「二娃子呢？」妻子流著淚說：「他，他，他，他病了！」阿三說：「你騙我，好忍心的東西啊！」女人抽噎著，手巾裏的銀元掉了一地。獄霸們的獸性、魔性、醜惡，弱者的無助、懦弱、慘境，被展現得淋漓盡致。這可真是一個人吃人的王國！

艾蕪的「牢獄敘事」既敘述國民黨監獄內部「犯人」與「犯人」之間、「犯人」與獄警之間的日常生活，也有意削弱「階級意識」、「政治身份」對敘事的直接影響，而重在從「人性」、「人情」和「人的生存」角度表現他們在特殊環境下的言行舉動、心理狀態。

塑造革命者「革命」形象。《獄中記》集中塑造了三類革命者形象：一是信仰堅定者。陸元惠對政治很敏感，偷偷訂閱報紙，及時瞭解外界動態，尤其注意江西那邊的戰事（蘇區反圍剿戰爭）；對革命同志關懷備至，每次吃飯都夾菜給「老者」；講究鬥爭策略、方法，對導致自己入獄但還沒有完全供出秘密的告發者仍然持寬容心態，偷偷將報紙傳遞給他看，以爭取將之重新拉回革命陣營；被判無期徒刑，行將轉獄時，他依然堅定不移，且笑著說：「沒有什麼了不起，坐牢獄嘛！大家堅強些，堅強些！」二是信仰動搖者。「壞傢伙」被捕入獄後，告發了陸元惠，並導致了他的被捕，但是，他並沒有將真相全部說出來，並沒有放棄對革命的信仰。他在監獄的牆壁上寫下「打倒蔣介石」的字樣，以表明自己並沒有完全泯滅對革命理想的信仰。在陸元惠眼

中，他依然是團結的對象。三是堅強與柔弱並存者。革命者並不都是有著堅定的信仰和鐵打的肉身，勇敢中也有軟弱，鬥爭背後也有眼淚、心酸。卜曉雲因搞飛行集會、散發傳單而被捕入獄。他健談、樂觀，把坐牢看成是「這真是我們的別墅啊！一不要租金，二不要飯錢」。他常找人下棋，且在蘇明宣的眼裏是「最愉快」的犯人。但是，他在夜裏偷偷哭起來，原因不過是擔心會被以「危害民國罪」判處 5 年徒刑。他敵我分明，對告密的叛徒恨之入骨，但對農民兄弟「老者」百般挖苦，極盡嘲笑，甚至把他當作污穢的象徵。這說明他不僅具有革命上的堅定性，也有人性的脆弱性，更有認識上的侷限性。艾蕪對各種革命者形象的觀察、刻畫，可謂入木三分。

傳達農民參加暴動的本能意識。農民參加暴動並不是出於對什麼主義的信仰，而是「有飯吃」或「官逼民反」的本能行動。《獄中記》中的「老者」參加暴動的根本原因，就是想從地主那裡搶得一塊地，以好有地可種，有糧可吃，而不致把全家人餓死。可結果是，兩個兄弟和一個妹妹都被機關槍打死；他坐牢，妻子兒女淪為乞丐。小說表現了農民本能的反抗意識以及被捕後一家人悲傷、淒涼的境遇，讓人悲痛欲絕。在《鄉下人》中，「老毛」是一個老實木訥的農民，因家鄉發洪水，不得不攜妻子兒女逃荒。為了能夠活下去，途中以 20 塊大洋賣掉了一個孩子，才一路流浪到大上海。他在紗廠附近租房時，被便衣誤當「暴動者」抓進牢房。入獄後，他常給獄警下跪、磕頭，喊著「放我回去，放我回去！」他因此受盡別人的嘲弄。最後，當他看到表兄王阿二（政治犯）被押赴南京時，回想起初到上海時王阿二對自己的照顧，一股感激之情湧上心頭，便喊道：「請帶我去，表哥，請帶我去。」於是，有人歎息道：「這時代的瘋子是最勇敢的！」也有人同情地讚美道：「而且是最可敬的！」老毛的反抗是本能的，入獄是被錯抓的，舉動是被嘲諷的，因此，他的身體、心靈、思想是不承載任何「革命」意義的。「瘋子」是嘲諷的話語，「勇敢的」、「最可敬的」是讚美的話語，兩種話語雜糅在一起，產生了「革命話語」的力量。然而，「老毛的入獄」和「革命」是絲毫不沾邊的，他稀裏糊塗的一句話，卻完成了對「革命神聖性」的闡釋。其實，他最高理想只有一個——「生存」（別餓死！）。

表現牢獄環境中人的淒婉、哀怨、感傷、絕望。在《一家人》中，「父親」遭人陷害，老婆孩子也被一起抓進了監獄。父子被關在男牢，母女被關在女牢。「母親」想念兒子，就借洗衣服的間隙，偷偷和男牢中的父子倆問話。第

一次,「母親」問:「你吃得飯嗎?幾碗呢?」丈夫沒聽到,兒子聽到後,回答:「大半碗哩!」第二次,女兒想念弟弟,就讓「母親」帶話給他(「在那邊同人家玩得好嗎?」),回來後,母親說,「(弟弟)在那邊同人家玩得很好呢!」第三次,母親看到「兒子的臉,越發灰白越發消瘦」,聽到同獄室的人說:「今早吃了兩口飯,也吐了!」回來後,「母親流著眼淚走進了號子。女兒不敢問起弟弟了,只是倚在母親身邊,陪著流淚。」這個短篇講述了一家人近在咫尺,卻遠隔千里的感傷、辛酸而又絕望的獄中情感故事,讀來讓人為之動容。在《飢餓》中,盧小妹是一個「孤苦的弱者」。入獄前,一家人忍饑挨餓,孩子餓得吃蜘蛛,活著如同在地獄裏。後來,他因參加攻打李家莊的暴動而被捕入獄;入獄後,他更孤苦無依,吃不飽,穿不暖,好不容易吃飽了一頓,卻得了瘧疾,被譏笑為「餓死鬼」、「臭死鬼」。無論在獄外,還是在獄中,他都是絕望的。無論沉默,還是反抗,他都是看不到任何希望的。

反映刑事犯人的真實情況。艾蕪筆下的刑事犯人主要有兩類。一是有缺陷、但有人性亮點的人。《張福保》中的「張福保」先前在國民黨的團防、保安隊幹過,且是個抓人的能手,因槍斃了與他爭女人的保安隊長而落草,從此就成了監獄的「常客」。他為人油滑、粗野,厭惡書生氣,但是,他為人樂觀,行事大方,講交情,重義氣。這個短篇既表現人性的陰暗面,也發掘人性的閃光點。這種對於特殊境遇下人性善惡的表現,成為此後「流浪漢小說」重點表達的內容。二是惡人。艾蕪塑造了一系列無惡不作的獄霸形象,比如,《小犯人》中的阿牛,《強與弱》中「尹大老闆」、李興等。他們敲詐勒索,魚肉弱者,是一群社會人渣中的人渣。而正是這些「敗類」、「人渣」給那些善良的或冤屈的底層弱者帶來身體、心靈、生活上的巨大痛苦。對於獄霸形象的塑造,對於他們惡劣行徑的揭示,實際上也就是對國民黨反動派壓榨人民、魚肉百姓醜惡行徑的直接反映。上述兩類形象中,第一類產生的影響最大。它預示了新的文學形象的誕生和新的審美經驗的出現,直接拉開了此後「流浪漢小說」寫作的序幕。如果把《張福保》中的「張福保」和《南行記》中的強盜、偷馬賊、小偷、走私犯、碼頭哥等作一簡單對比,我們就會發現,作家在塑造這些未受理法約束的社會邊緣人時,自覺拋棄了對於「人性惡」、「人性醜」先入為主的主觀臆斷,而注重展現他們在猙獰社會現實裏的生存智慧、人性溫情和頑強的生命力。艾蕪的這類小說之所以備受不同時代讀者的喜愛和研究者的關注,一個很重要的原因就是,他描寫的是超越時代、階

層、黨派，而又處於陌生化境遇中的「人」和「人性」，而不是「神」和「神性」。站在今天立場上重新考量 70 多年前艾蕪的這種審美意識，我們也不得不承認，這不但是 1930 年代獨一無二的「文學經驗」，也是最終奠定他文學史地位的主導因素。

艾蕪的「牢獄敘事」表現了突出的寫實功能和自敘傳特色。

自晚清以來，西方大量的文學經驗、藝術方法被引進中國。中國成為西方文學在東方的第一實驗場。在很長的一段時間內，它們自由、平等地在中國文學場域內生根、發芽。但是，多災多難的中國國情自動壓制了浪漫、唯美、象徵、神秘一派的發展勢頭，讓「寫實主義」（有不同的變體）始終位列文學潮頭，一路高歌猛進。直到 20 世紀八九十年代仍有「新寫實主義」、「現實主義衝擊波」等對之做出呼應，其強勁的發展勢頭可見一斑。新文學中的「寫實主義」最初是「五四」先驅者從西方文學引入中國的，20 世紀 20 年代經由茅盾、葉聖陶、王統照等小說家（以文學研究會作家群為主）的實踐，在 20 世紀 30 年代已經成為比較成熟的藝術方法。茅盾的《子夜》、王統照的《山雨》可為代表。考察艾蕪 20 世紀 30 年代的「牢獄敘事」，其核心的藝術手法就是「寫實」，而且是較為純粹的「寫實主義」，風格甚至接近於 20 世紀80 年代中後期「新寫實主義」，比方說描寫的「原生態化」、敘述人的「零度敘述」、題材取向上的日常化和瑣屑化等等。可以說，艾蕪的「牢獄敘事」是「五四」以來「寫實主義」在 20 世紀 30 年代成熟發展的代表文本。在這些小說中，作家、敘述人、潛在敘述者極少作出直接的議論、抒情、評價，更多讓文本中的生活、故事、人物、場景、細節獨立顯現某種情感、意識或主題。他的敘述流程，如同平原上的河流，總是波瀾不驚，然而情節的突然急轉直下，往往帶給讀者情感上的巨大衝擊。這就是艾蕪「牢獄敘事」的「爆發點」。它往往是借助於「善惡衝突」、「倫理衝突」、「貧富衝突」、「愛恨衝突」等衝突模式達成接受效果的。比如，《強與弱》中阿三與妻子獄中相見的情景：丈夫在獄中受盡侮辱、苦難與欺騙，妻子在監獄外忍饑挨餓、東取西借、賣兒救夫，在相互不知情的前提下，「妻子探監」這一場景將悲劇敘述發展到高潮，並將悲劇的內容、意緒、氛圍瞬間傳遞給讀者。《一家人》之所以給人以情感接受上的心理震撼，主要得益於兩方面的構思：講述「一家四口同入監獄」這個事件；以「兒童視角」、「女性經驗」表現監獄生活。艾蕪的「牢獄敘事」對這種「衝突模式」的營構，有效提升了小說寫實藝術的品質。

　　「文學作品都是作家的自敘傳」（法郎士），艾蕪的「牢獄敘事」也體現了這方面的特色。在他的所有小說中，《獄中記》是最能體現這方面特色的作品。這個小說中的蘇明宣幾乎就是艾蕪的形象化身，其言行、心理、理想與 20 世紀 30 年代牢獄中的艾蕪何其相似。下面，我將蘇明宣的「行動元」分解如下：（1）初入牢房，「有點惶惑」。（2）看到髒污的「老者」，感到不快、晦氣。（3）牢獄「放風」時，回憶以往的經歷：為了省錢，不做公交車；被關進上海南市國民黨公安局，明白了苦難和危險，行將到來；盡量從樂觀方面想，抵抗一切的憂愁和抑鬱；在上海寫小說、散文和詩歌，發表後得不到稿費，拜訪編輯也沒結果；在新加坡坐過牢，到香港又關過一夜，在上海拘押兩個月。（4）被押往蘇州，想到被控告的罪名，「頭上籠上烏雲，感到心情不好過」。（5）想到在監獄裏能像歐·亨利那樣寫小說，「心裏一下子開朗了，覺得英雄有用武之地」。（6）陸元惠知道「我」的底細，感到害怕且懷恨。（7）瞭解到「老者」的鬥爭經歷，不再對他感到厭惡了，吃飯時主動撿菜給他。（8）卜曉雲愛恨分明，引起「我」的好感。（9）與「彪形大漢」、「老者」交流後，引發有關底層民眾生活、生存、生命的思考。（10）聽到陸元惠和卜曉雲的對話，進一步加深了對兩人的認知，產生了招待他們的想法。（11）陸元惠被判無期，轉到別的監獄，卜曉雲大哭，「我」的計劃落空。接下來，我們作進一步分析，就會發現：（3）、（4）、（5）中蘇明宣的遭遇就是作家艾蕪的遭遇，是對艾蕪牢獄經歷的直接移植；（1）、（2）、（6）揭示的是蘇明宣在獄中的心理活動，表現了他謹慎、寡言、憂鬱的性格特點。這和艾蕪別無二致；（5）交代的是蘇明宣的文學理想，也是艾蕪出獄後有志從事的事業；（7）、（8）、（9）、（10）、（11）交待的是蘇明宣對農民、學生、革命者認識逐步昇華的過程，也是對艾蕪在 20 世紀 30 年代對革命、工農認知意識的照搬。一句話，《獄中記》中的蘇明宣的原型就是艾蕪。研究這個人物，考察這個中篇，將有助於全面認識艾蕪在 30 年代牢獄中的心態、情感和意識。

　　艾蕪的「牢獄敘事」所表現的內容、主題、風格，在 20 世紀 30 年代的中國文壇上，提供了一個有別於主流敘述的樣本。20 世紀 30 年代關於「牢獄」的敘述、描寫、想像，其內容、思想、風格多種多樣。但是，「酷刑」、「死亡」、「鬥爭」、「背叛」、「忠誠」，一般是 20 世紀 30 年代左翼作家在敘述「牢獄事件」，描寫「牢獄經歷」時所重點表達的幾個關鍵詞。敘事中的「國民黨監獄」

或「偽滿洲國監獄」，往往被描寫成為屠殺仁人志士的「魔窟」。這種「牢獄敘事」突出了「階級對抗」的暴力特徵，發展到極致就是《紅岩》敘述模式。另一些作家以「人性、人情和人的生存」來表現「牢獄事件」和「牢獄經歷」，既敘述自己的往事、感受，表達對親情、友情、愛情或階級情的整體認知，又通過對牢獄生活的原生態呈現，委婉含蓄地表達對反動統治階級的憤恨和對理想、光明、正義的呼喚與期盼。這類作品主要以事感人，以情動人，以理服人。比如方志敏的散文《清貧》《可愛的中國》，艾青的詩歌《大堰河，我的保姆》、艾蕪的小說《一家人》。從整體創作情況來看，前一種「牢獄敘事」模式佔據 20 世紀 30 年代文壇的主流地位，成為「左翼文學」的典型文本，文學性較弱。後一種「牢獄敘事」多嚴格遵循「審美要求政治」（不是「政治要求審美」）的藝術原則，具有較強的文學性。在 20 世紀 30 年代，艾蕪身處「左翼陣營」，不為教條、權威、理論所左右，以「文學革命」的精神從事「革命文學」的創作，表現了一個「文學之子」的精神、氣質、魄力、魅力。他的「牢獄敘事」在主題、藝術、風格等方面自成一體，不但對於研究 30 年代艾蕪的心態、思想、情感具有重要的闡釋價值，而且，對於考察 1930 年代的政治生態和時代風貌，對於研究 20 世紀 30 年代「牢獄題材」的文學特徵乃至「左翼文學」整體構成，都提供了典型文本和作家個案。此外，文學史敘述 20 世紀 30 年代艾蕪小說特色、風格和對新文學的貢獻時，僅突出以《南國之夜》《山峽中》為代表的「流浪漢」小說的成就，而不提及「牢獄題材」小說，這肯定是有失偏頗的。

在 20 世紀三四十年代的中國，那些大大小小的拘留所、反省院、監獄、流放地，給個人、國家、民族造成的巨大痛苦，之於中國作家，已被慢慢遺忘、消解，甚至篡改……好在總還有一些作家對個人的「牢獄之災」或民族的浩劫，做出深刻的回視、反思、書寫，比如從《紅岩》中「江姐就義」到《白鹿原》中「白靈之死」。但是，他們終究也難以抵擋國人的遺忘、心態的浮躁和市場的喧囂。即使臺灣作家柏楊尖利的呼喊（「醜陋的中國人！」），也難以喚醒 20 世紀 90 年代以來正陷於「集體性暈車」中的中國作家們！為什麼會這樣？這又是一個值得探討的話題！

艾蕪為何「南行」？
——基於艾蕪早期佚作《妻》的考察

四川大學文學與新聞學院　周文

摘要：

　　艾蕪南行開闢了四川文人「出蜀」的新路線，其選擇南行既有家庭困頓、傳統婚約的外在逼迫，也是其內心深處接受「五四」新文化思想的必然結果，艾蕪以毅然決然的南行來踐行「脫離家庭、脫離婚姻、脫離學校、工讀互助」的理想與追求；與文化中心中外思想潮起潮落不同，無政府主義在巴蜀文化土壤裏枝繁葉茂，滋養了郭沫若、巴金、艾蕪等一批文化名家；從「地方」重新審視現代文學，發現艾蕪及其作品在現代文學史上的獨特價值，進而在新的維度中重塑中國現代文學的豐富性與複雜性。

關鍵詞：艾蕪南行；無政府主義地方

一

　　艾蕪被稱為「流浪文豪」，因其對「在現時代大潮流衝擊圈外的下層人物」、對西南邊地邊民「在生活重壓下強烈求生的欲望的朦朧反抗的衝動」〔註1〕的生動刻畫而為世人所熟知。在閱讀艾蕪作品並對艾蕪生平有所瞭解後，不少讀者會產生艾蕪為何會南行的疑問——讀者在沉醉於其作品呈現的異邦邊陲的風光習俗和世態人情的同時，對艾蕪與同時代眾多巴蜀俊傑北上追求真理相反而逆向南下的選擇充滿好奇，從某種意義上說，這種不同恰恰是艾蕪在中國現代文學史上獨特風格的魅力所在。然而遺憾的是，在已有

〔註1〕《魯迅全集》，人民文學出版社2005年版，第375頁。

研究或艾蕪傳記的闡釋與演繹中，艾蕪的這種獨特選擇慢慢變得與他北上的同鄉們乃至和同時代的其他人並無多少差別，多是強調外來的影響以及在此影響下艾蕪的回應，如，「一九二五年夏天，師範學校尚未畢業，他就懷著『半工半讀』的理想，步行去祖國南疆，開始了長達六年之久的漂泊生活。」〔註 2〕「道耕嚮往『五四』運動的發源地北京大學……不堪忍受成都的閉塞和落後，要去南洋半工半讀」，〔註 3〕……此種「衝擊─回應」闡釋模式在其他現代作家的傳記中也有相類的表述，不過，這些說法顯然在艾蕪這裡失去了說服力，迴避了眾人的疑問。比如，艾蕪的離家出走是徹底的，真正做到了「脫離家庭、脫離婚姻、脫離學校、半工半讀」，這在現代作家中是罕見的；同時艾蕪選擇的路線與後來所謂的「尋找真理、追求光明」北上路線背道而馳。「五四」的發源地在北京，上海或許更具備「半工半讀」的條件，而南下雲南再至緬甸，經過的多為「荒蠻之地」，讀書反而是極艱難的事情。可見，套用傳統與現代、衝擊與回應的敘述模式簡化了艾蕪獨特的個體生命體驗，將一位傳奇作家的傳奇經歷庸俗化了，因此追問艾蕪下南洋謀生遠走異國他鄉的真實原因不僅有助於理解其人其文在現代文學史上的獨特性，亦能借助文學的地方路徑呈現更豐富真實的「現代中國經驗」。

在現有史料中，艾蕪南行的現實外因是逃避包辦婚姻。關於自己幼年時期遵照舊俗父母之命而定的婚約，艾蕪在其寫於 1948 年的自傳《我的幼年時代》中曾有過較為生動的描述，當前的艾蕪傳記均是照此演繹而敘述的。艾蕪對此婚約的拒絕態度在與艾蕪交往頻繁的傳記寫作者廉正祥《流浪文豪‧艾蕪傳》一書中有較為生動的描述：「受了『五四』新思想影響的道耕，豈能跟一個不識字的村姑結婚。他決絕地說：『進一個，出一個』！」〔註 4〕艾蕪本人在第三次南行時也曾直接否定了其離家出走是「尋找真理，追求光明」的說法，直言道「我當時在成都初級師範讀書，父親卻在鄉下給我訂了親。我是逃避包辦婚姻出走的。若是當時不走遠一點，不與家庭斷絕關係，就不能表白我的心。」又說：「沒有感情不是害了別人一輩子。」〔註 5〕相較於空洞的追求真理，逃避包辦婚姻可謂是艾蕪離家出走切切實實的理由。

〔註 2〕譚興國：《艾蕪的生平和創作》，重慶：重慶出版社 1985 年版，第 4 頁。

〔註 3〕廉正祥：《流浪文豪‧艾蕪傳》，成都：四川文藝出版社 1988 年版，第 35 頁。

〔註 4〕廉正祥：《流浪文豪‧艾蕪傳》四川文藝出版社 1988 年版，第 27 頁。

〔註 5〕高纓：《嚮往那片神奇》，廣東旅遊出版社 1989 年版，第 10 頁；又見馮永祺：《南行踏歌──艾蕪與雲南》，雲南：雲南教育出版社 2000 年版，第 26 頁。

不過，近代知識分子所逃避的每一椿「封建婚姻」的背後，總有著令人感傷的文學故事，故事的女主角們，無形中總是消解著男性所構築的任何崇高命題。目前學界對艾蕪舊式婚約的女方瞭解並不多，據龔明德先生的田野調查，這位在艾蕪的描述中「生長在農家，一個字也不認識，據說相貌很平常」〔註6〕的女子姓周。〔註7〕相較於朱安之於魯迅、張瓊華之於郭沫若，周氏之於艾蕪似乎更濃縮著近代中國底層女性無盡的悲哀，然而她究竟何時走進湯家、經歷了怎樣的生活、艾蕪對其真實的態度如何？在眾多的文獻史料中，相關的內容似乎被有意無意的忽略了。

　　其實，關於這一椿包辦婚姻，關於名譽上的「妻」，艾蕪有一篇並不難找的佚作──《妻》，這篇文章寫作時間早於 1948 年的自傳，當時艾蕪也並未與王蕾嘉結合，其內容有助於深入瞭解艾蕪的這段生平及其對此舊式婚約的真實態度。為何說這篇佚作並不難找呢？它發表於 1933 年上海《文藝》雜誌第一卷第二期，署名作者為「艾蕪」；該雜誌第一卷第三期發表有艾蕪另一篇小說《一家人》──這篇文章被艾蕪收進短篇小說集《夜景》（上海文化生活出版社 1936 年 11 月出版），後被收入《艾蕪全集》第七卷，但發表於同一刊物的《妻》卻未收入，亦未收入《艾蕪全集》。1933 年的上海《文藝》雜誌被認為是「左聯」刊物，其背後的現代文藝研究社亦在文學史上有跡可循。〔註8〕該雜誌雖然只出版了三期，但「左聯」研究資料多有收錄，

〔註6〕《艾蕪全集》第 11 卷，四川文藝出版社 2014 年版，第 75 頁。
〔註7〕周氏後來與艾蕪已有妻室的二弟湯道安結合，在 1947 年 5 月生下獨子湯繼昭，湯曾擔任過艾蕪故鄉一個生產隊隊長，2016 年冬去世；周氏孫女湯寬玉仍在艾蕪故居附近居住，現供職於成都市新都區電視臺）。大約在 1959 年冬，周氏餓死，湯道安早其五天餓死。
〔註8〕馬良春，李福田主編：《中國文學大辭典‧第五卷》，天津人民出版社 1991 年版，第 3501 頁。

據 1934 年至 1935 年茅盾、魯迅為美國伊羅生編輯《草鞋書》一書所開列的《中國左翼文藝定期刊編目》中說：「這個刊物完全是左傾的青年作家的園地。主要的內容是創作。最優秀的青年作家的作品在這刊物上發表了不少」，〔註 9〕據說編者為何谷天（周文），主要撰稿者有安娥女士、歐陽山、草明、谷非（胡風），聶紺弩、葉紫、何家槐、何谷天、丘東平、吳奚如和艾蕪等，1933 年 12 月 15 日出版第一卷第三期後被查禁。既然《文藝》算不上罕見文獻，其上刊載的艾蕪兩篇作品，一篇收入《艾蕪全集》，另一篇散佚，這又是為何呢？

二

相較於艾蕪的其他小說，〔註 10〕《妻》的自敘傳色彩更為濃厚。據《我的幼年時代》記載，艾蕪的「包辦婚姻」是其「父親在離家七八里遠的小學校教書」時議定的，媒人是其父的李姓朋友、小學校裏的伙房。他先介紹了自己「美麗和聰明」的外甥女，但艾蕪的母親卻認為「自古紅顏多薄命」，「未來的媳婦，必須是個忠厚的老實人，相貌在中等以下，都沒關係」，遂以八字不合婉拒；他再次介紹的「女孩子是生長在農家，一個字也不認識，據說相貌很平常，只是比較以前的女家富有」，加之「八字又相合，水上的燈草，也挨在一道了」，艾蕪母親很是滿意，其父親也贊同，婚約議定時，艾蕪家還擺了酒席。〔註 11〕在《妻》這篇小說中，「妻」的家與「我」的家，「兩家相距只六七里，父親就在她的村中教過兩年國民小學。」〔註 12〕小說中「我小時曾同現已死去了的三弟罵架」，現實中艾蕪的三弟湯道闢的確在 12 歲時夭折。當然，更值得注意的是，小說中提到，「六七年前，我盡可以不顧一切去退婚的」，艾蕪在離家出走後，曾在到達昆明或緬甸舊都曼德里時給其父親寫過信，信的原件並未存留，艾蕪只是轉述說「我要在他鄉異國流浪十年之後，才能

〔註 9〕 姚辛編著：《左聯詞典》，光明日報出版社 1994 年版，第 380 頁。

〔註 10〕 《妻》發表於《文藝》雜誌第一卷第二期小說專欄，但該文是否屬於「小說」，尚有討論的空間，與郭沫若《孤山的梅花》《雞之歸去來》等作品一樣，《妻》自敘傳色彩極為濃厚，且情節極盡弱化，時間線索在作品中幾無價值而與作者的生平相合。

〔註 11〕 艾蕪：《我的幼年時代》，《艾蕪全集》第 11 卷，四川文藝出版社 2014 年版，第 73～76 頁。

〔註 12〕 艾蕪：《妻》，上海：《文藝》第 1 卷第 2 期，1933 年 11 月出版。小說文本請見文後附錄，相關引文不再一一標注。

轉回家去。不料到了一九三六年的秋天了，我還沒有如約歸家。」〔註 13〕輔以艾蕪南行路線可知，1936 年前後艾蕪曾給他父親寫信，至《妻》這篇作品發表的 1933 年，也正是六七年的時間。

當然，類似「自敘」的線索還有很多，限於篇幅不在贅述。大致可以確認的是，《妻》這篇作品中時間線索於作品本身幾無價值而與艾蕪當時的人生軌跡相吻合的。那麼，作品一開頭提到的，「來家五年的妻」，大致可以判斷，周氏於 1928 年前後正式嫁入湯家。換句話說，艾蕪為逃避「包辦婚姻」而離家南行，但實際上傳統的婚姻卻並沒有終止，一方面有「妻」的頑固和執著，「她絕食不允退婚，定要來到我已出走了的家」；另一面「我」優柔的態度也是重要的原因，「那時忽對她起了憐憫！以為鄉里惡毒可怕的謠言，必然會全送給被退婚的她了；也許說不定就因此斷送了她的一生。於是，舉起的屠刀終於放下。」當讀到父親信上說「這女子在我們清苦的家裏，料理家務，扶持弟妹，耐勤耐儉地度了五個年頭，全無半句怨言……」時，「又湧出了第二次的憐憫的心情」，「看來，生米已煮成熟飯了。這頑固的女子，已處到這樣的境地，要她改嫁，似難辦到的了。好，從今天起我就擔著做丈夫的名義吧」。這種複雜的心境與郭沫若相似，但又略有不同。相似之處在於，他們皆因這既成事實的傳統婚姻有家難回，對家人、對女方充滿愧疚而將不滿乃至怨恨指向「封建傳統」並將之蘊藉於自己的文學創作之中，艾蕪《妻》中的「我」與郭沫若的《十字架》中的「愛牟」（即 I'am，意為「我」）皆以懺悔的姿態面對傳統的婚姻；不同之處在於，艾蕪在創作《妻》這篇作品時並未見過周氏，「究竟是個怎樣姿態的女人，於今我還全不知道」，艾蕪在愧疚懺悔的同時隱有含蓄的思念之情。在第二次的憐憫之後，「我」憶及幼時路過「妻」的村子時，內心深處希望同伴以「小老婆」來打趣他，但同伴卻「像個木頭，彷彿全忘記我同那村落有關係似的」，而從妻的「村落到我家一路的景物，我至今猶十分熟悉，只要閉目一想，一切還似電影般地掩映在我的面前。」「如今呢？倒是農女出身的妻，變成我所最尊崇的人物之一了」……這種極為內斂的思念情緒不僅有違離家南行的初衷，也與「反封建、反傳統」的主流話語有齟齬，這或許是這篇文章散佚的一個重要原因。當然，艾蕪之後認識王蕾嘉並於 1934 年 8 月結婚，新式自由結合的婚姻自然也是艾蕪迴避包辦婚姻現實的因由。

〔註13〕《艾蕪全集》第 2 卷，四川文藝出版社 2014 年版，第 233 頁。

　　值得一提的是，艾蕪創作《妻》這篇作品與他當時的遭遇也有很大的關係。在發表這篇作品之前，艾蕪於 1933 年 3 月 3 日在上海一家小型紡織廠與其他六位工友一起被捕，後被以「危害民國罪」拘押在蘇州高等法院第三分監獄，1933 年 9 月 27 日經魯迅出資請律師史良辯護無罪從蘇州監獄釋放回上海，艾蕪經歷了近半年的牢獄之災。這一經歷對艾蕪的影響是巨大的，他不僅創作了如《鄉下人》《一家人》《小犯人》等以此次牢獄見聞為題材的作品，更有雙重的精神痛苦：與馮雪峰、胡風等左聯同志「左上、右下」的齟齬，與女工周玉冰的情感危機。前者艾蕪本人多有回憶與辯護，後者艾蕪本人幾乎沒有留下相關文字。沙汀 20 世紀 90 年代出版的自傳相對詳盡的描述了這件事情。艾蕪出獄後，沙汀從任白戈那裡瞭解到，「那位病逝於獄中的學校負責人周海濤的妹妹周玉冰也出獄了，是她一位在南京中央大學做事的阿哥保釋的，現在已經同艾蕪書札往還。而更為重要的是，艾蕪同周玉冰關係很不尋常，他倆被捕前就已經醞釀過要結婚了！」據當時與艾蕪一同坐牢的作家金丁回憶，艾蕪曾在獄中寫詩有云：「啊，悲哀喲，我們的和好，沒有接吻，沒有擁抱，你看我，我看你，相見在木牢。」〔註 14〕艾蕪留下的詩作很少，這首殘詩也從側面證明艾蕪與周玉冰的感情很深。根據沙汀的判斷，出獄後艾蕪與周玉冰仍在書信討論結婚的事情，女方不肯來上海，這讓艾蕪非常的痛苦。在沙汀看來，「艾蕪一向是不肯輕易外露思想的，現在竟然會向白戈訴苦」，〔註 15〕他意識到了問題的嚴重性，為此他夫妻二人經過一個失眠之夜的商議，決定由沙汀親自去南京一趟找周玉冰商議。因擔心特務盯梢，沙汀經過周密的安排在南京見到了周玉冰，並與「這位白淨、豐滿、中等身材的女同志」談了兩個多鐘頭，可以確認的是，「周玉冰對艾蕪的確情真意摯」，且「不管儀表、舉止、談吐，都相當吸引人，無論如何不會比艾蕪在昆明熱戀過的那位紅十字會醫院負責人的女兒差。」〔註 16〕周玉冰不肯去上海的原因，是她出獄由哥哥擔保，條件之一是不能離開南京。後來，沙汀不甘心又約周玉冰在玄武湖畔勸說，但周玉冰因其哥哥阻撓，未能去上海。當沙汀把結果告訴艾蕪，艾蕪的反映還是讓他這位至親密友大感意外，「當我向艾蕪講述了我對周玉冰兄妹的談話、印象、判斷以後，人非木石，

〔註 14〕金丁：《憶艾蕪》，《新文學史料》1988 年第 1 期。
〔註 15〕《沙汀文集》第 10 卷，四川文藝出版社 2017 年版，第 132 頁。
〔註 16〕《沙汀文集》第 10 卷，四川文藝出版社 2017 年版，第 134 頁。

何況他又一貫熱情真摯，因而立刻來了個情感大爆炸！這同他日常的冷靜沉著真太不相同了。」「不用說，遺恨、懷念還是有的，打從這一天起，艾蕪消沉了相當長一段時間。」〔註17〕

據學者考證，周玉冰是以「共黨滬西區婦女部長」的身份被捕的，〔註18〕而她的姐姐也是艾蕪的同事周海濤則因被捕後酷刑折磨而犧牲。這段艾蕪諱言的情感經歷，「周氏姐妹」正是關鍵詞，處在巨大傷痛中的艾蕪以思念家鄉親人來舔舐傷口，而《妻》正是在此情景下創作的作品，其情感的豐富性與複雜是一般人難以瞭解的。在後人的轉述中，艾蕪的「情感大爆炸」的確驚嚇著了周圍的朋友同人，「沙汀慌了，和同鄉、『左聯』秘書長任白戈商量，後來是任白戈介紹了寫詩的蕾嘉，和艾蕪結了婚。」〔註19〕當然，這是後話。

三

艾蕪離家出走的現實原因，艾蕪在自傳《我的幼年時代》中有過較為隱晦的表述，1921年艾蕪考上成都聯合中學，但因「我的父親離開江神祠小學以後，回到清流場火神廟小學去教書，又為一種不良的習染所乘，已經拉了不少帳」，〔註20〕無力供應，艾蕪因此而入免費的四川省立第一師範學校，其母親又於第二年春節期間病逝，家庭瀕於破產的邊緣。艾蕪的母親在病逝前拖著病體到成都要求艾蕪把周家姑娘娶回家增加一個勞動力、艾蕪的父親希望其畢業後返家皆是因為其家庭已不足以支撐其求學且需要他的回饋才能很好的維持。艾蕪在這種境況下毅然決然的離家出走顯然不是簡單的外因逼迫，艾蕪內心深處的理想與追求無疑起著至關重要的作用。

那麼，艾蕪南行的主觀動因又是什麼呢？正如避開周氏談艾蕪的舊式婚姻，空洞的談「追求理想、追求真理」並不能解答艾蕪何以會離家出走，且路線又與所謂「北上追求光明」相反而南下荒蕪之地呢？有研究者提到「五四」對艾蕪的影響，認為「艾蕪要上北平求學，要比同時代的許多人都更難些。於是，艾蕪決定到南方去半工半讀，憑著自己的雙手，自己的勞力，到

〔註17〕《沙汀文集》第10卷，四川文藝出版社2017年版，第136頁。

〔註18〕趙曰茂：《艾蕪的「劉明」》，《新文學史料》2017年第3期。

〔註19〕程紹國：《南國「就食」──林斤瀾與沙汀、艾蕪、劉真》，《當代》2006年第3期。

〔註20〕艾蕪：《我的幼年時代》，《艾蕪全集》第11卷，四川文藝出版社2014年版，第110頁。

社會上去完成學校的學業。」〔註21〕這種看似合理的解釋，實則忽略了時代語境——「半工半讀」在現代語境中多指 1957 年劉少奇借鑒外國經驗而在天津試點的一種新中國教育改革的嘗試，真正影響艾蕪的是「五四」時期的「工讀互助團」，是由李大釗、蔡元培、陳獨秀、胡適、王光祈等於 1919 年在北京發起，對現代中國產生了極大的影響，遺憾的是該運動於 1920 年 3 月在內外困境下漸漸結束了。艾蕪是在 1921 年夏天考入四川省立第一師範學校後才逐漸接觸「五四」新文化運動相關文獻的，此時「工讀互助團」運動在北京、上海等都會城市已經結束，等到 1925 年艾蕪決意離家出走時，所謂「北京、上海等都會城市」已然沒有艾蕪可以投靠的工讀組織了。所以，當艾蕪決意要北上時，給曾在北京後又到長春教書的姨表弟劉作賓（弄潮）寫信徵求意見，遭到劉作賓明確而堅決的反對。艾蕪由此才「斷了去北京的念頭，便連上海以及別的較成都更大的都市，都不要妄想了」。〔註22〕於是，艾蕪又向表弟通報了自己下南洋的計劃，再次受到表弟來信阻止，「很嚴厲地說：這只有拖死在外面的。」正是這封信的勸阻，實際上更加刺激了艾蕪南行，「我從此對他的話開始反抗起來，我要施行我的計劃，我要頑強的活下去。」艾蕪的這種「反抗」脫離了當時的文化語境，聽起來似乎有點矯情，顯得不真實，恰恰相反，艾蕪真正實施南行的直接刺激很可能正是這種被激怒後的反抗。

姨表弟劉作賓可以「從小」就是艾蕪仰慕的對象，母親掛在嘴邊常用來鼓勵艾蕪「人家作賓就比你乖多了，好聽他媽媽的話……」。艾蕪初到成都時，劉作賓是極為活躍的無政府主義信徒，艾蕪受其影響很大。艾蕪早期接觸的無政府主義作品多來自劉作賓的引薦，比如克魯泡特金的《告少年》，吳稚暉的《一個新信仰的人生觀與宇宙觀》等等，多年後這位姨表弟仍被艾蕪稱為「鼓勵者」。1923 年夏，劉作賓到北京求學，得以到新文化的中心親身體驗而與時代文化思潮同步，但艾蕪卻並沒有與之同步，在艾蕪南行的過程中，「背上背的小包袱，裏面就包有兩本《吳稚暉文存》（上下兩卷）」。〔註23〕對於劉作賓思想的與時俱進，艾蕪內心是極為複雜的，在某些特定的時刻甚至是憤怒的，與巴金在郭沫若談「新國家主義」時的態度相似——當昔日的偶像「背

〔註21〕譚興國：《艾蕪的生平和創作》，重慶：重慶出版社 1985 年版，第 38 頁。
〔註22〕《艾蕪全集》第 13 卷，四川文藝出版社 2014 年版，第 34 頁。
〔註23〕《艾蕪全集》第 13 卷，四川文藝出版社 2014 年版，第 35 頁。

叛」了曾經的信仰，無政府主義的怒火燃起，艾蕪所謂「反抗」背後的推動力其實是極為巨大的。

當時中國的無政府主義者主張「我們解決底問題，共有六個：（一）脫離家庭關係；（二）脫離婚姻關係；（三）脫離學校關係；（四）絕對實行共產；（五）男女共同生活；（六）暫時重工輕讀。」〔註24〕從某種意義上來說，艾蕪選擇南行，是在踐行自己的理想、試圖證明自己的信仰而暗含著與北方的「背叛者」逆向而行的意味在裏面。正因如此，在昆明流浪的艱難困苦中，艾蕪仍不忘關注劉作賓的消息，當在《現代評論》雜誌上讀到作賓的文章《唯物論的警鐘響了》時，艾蕪「異常痛苦，對自己憎惡、輕視起來，逐漸萌生了自棄的念頭」。〔註25〕這種複雜的情感在四十年代乃至建國後的文化語境中都難以明言，故而艾蕪將其夾雜在友情的敘述之中，但頗為隱晦，讀者需追問：艾蕪在反抗好友、實行自己計劃時為何會說「我要頑強的活下去」？為何好友劉作賓在《現代評論》雜誌發了一篇評論，艾蕪曾一度產生過自殺的念頭呢？回到艾蕪在省立第一師範學校讀書時成都的文化場域以及艾蕪回憶中留下的種種縫隙便能真正理解，艾蕪離家出走為何會選擇往南以及出走時的那份堅定與執著！

按照固有的闡釋模式，以成都為中心的四川盆地與北京、上海等都會城市在文化思想動向上總有四五年的時間差，似乎是文化中心輻射到邊疆的一種延遲效應，比如「五四」時期熱鬧非凡的無政府主義思潮 1923 年前後在成都方興未艾，至 1925 年仍有強大的號召力。而實際上，成都地區無政府主義思潮的興起幾乎與北京同步，艾蕪在四川省立第一師範學校的老師袁詩堯與巴金等於 1920 年創辦《半月》雜誌，後來以此為中心的「均社」，在成都團結一批有無政府主義傾向的進步青年。與北京等都會城市的無政府主義短暫的潮起潮落不同，成都地區的「安那其主義」有著極為頑強的生命力。1925 年 5 月，艾蕪決意南行時曾在成都《民立週報》發出公開信，邀請同行者，其同學蘇玉成、陳厚安願意加入，後來因聯絡不暢，艾蕪與返回宜賓老家的畢業班同學黃鳳眠結伴出發，多年後才得知，蘇玉成、陳厚安也曾走到雲南

〔註24〕存統：《「工讀互助團」底實驗和教訓》，《星期評論》第 48 號第七張勞動紀念號，1920 年 5 月 1 日。

〔註25〕黃莉如、毛文：《艾蕪年譜》，《四川大學學報叢刊·四川作家研究》第 12 輯，第 83 頁。

邊境,因未趕上艾蕪而折返。〔註26〕換句話說,選擇南行的不只一個艾蕪,而有多個「艾蕪」的可能性,這也正是地方路徑、區域文化之於現代中國文學的多種可能性。

　　在現代文學史上,艾蕪離家出走闖蕩文壇,或為孤例,但在巴蜀文人中,類似的例子卻很多──著名畫家陳子莊同樣不滿包辦婚姻離家出走,浪跡江湖練得一身好武藝,曾任榮昌袍哥總舵把子,在成都參加國術擂臺比武,重傷二十九軍武術教官,被軍閥王瓚緒聘為教官。「天下未亂蜀先亂,天下已治蜀未治」,巴蜀地區霸悍恣肆、虎行猿躍的人文環境砥礪著文人士子的境界與胸襟──郭沫若家的煙土被劫後,劫匪主動送還;張大千曾被土匪綁票,竟被要求入夥當師爺……現代巴蜀文化深刻影響巴蜀俊傑的思維方式與精神氣質,其與文學、與無政府主義似乎有著天然的血脈聯繫,正因如此,郭沫若遠在日本,便能感受到「五四」新文化的脈動,發出「天狗」般的號叫而讓青年巴金感動視為偶像;郭沫若轉向馬克思主義後,巴金將之視為背叛,憤而筆戰,郭沫若卻迴避之,以進步者的姿態珍視自己的「無政府主義傾向」。艾蕪似乎從未主義沾身,但卻以一種決然的姿態追求自由的靈魂,他繼承了巴蜀文化反叛、奔放、率真的傳統,獨自一人開闢出了一條全新的「出蜀」路徑,其作品為真正理解現代中國文化與文學提供了新的可能。

附錄:

妻

　　來家五年的妻,究竟是個怎樣姿態的女人,於今我還全不知道,──自然,更說不上像一般做丈夫的瞭解他妻子的心情了。其實,我們各處在不同的天野裏,隔得這麼遙遠,這麼生疏,她是誰,誰是她,正無須乎管,也不必問了。然而,偶一想著有一個鄉下長大的樸實的女子,在故鄉的家裏,正含淚地度著她寂寞的年輕時光,心下就難免有些不好過。雖是可以推開責任狠心說誰叫她絕食不允退婚,定要來到我已出走了的家呢?但我已缺少這樣開口的勇氣。如果說憐憫就是罪過的話,這罪過確實要由我負著的了。

〔註26〕成都市新都區地方志編纂委員會辦公室編著:《艾蕪年譜》,四川大學出版社2019年出版,第8頁。

六七年前，我盡可以不顧一切去退婚的，雖像是給這無罪無辜的女子，猛砍了一刀，然而，可料到她的結局，總不至於如現在這般地壞吧。糟糕的，是那時忽對她起了憐憫！以為鄉里惡毒可怕的謠言，必然會全送給被退婚的她了；也許說不定就因此斷送了她的一生。於是，舉起的屠刀終於放下。但這又不是一個聽其自然的局面，因之，此事就成了我突然離家出走的一個不小的原因。在異地埋葬六年聲息的我，全是想把這殭局造成「夫死妻嫁」乃是合乎自然的人情，想來該得誰不負誰了。然而，結果呢，於今才知道全出乎所料！

最初使用的憐憫，招來些什麼，我已全明白，如今對付這件出乎意料的事情，就得心腸硬些。但讀到父親覆我的恢復家庭關係的信上說：「這女子在我們清苦的家裏，料理家務，扶持弟妹，耐勤耐儉地度了五個年頭，全無半句怨言……」禁不住惻惻起來。雖然，我深知這女子如此執著地守著一個陌生的男人，並非由於愛而全是中了禮教和名分的嗎啡毒，但想到他是沒幸運受教育的可憐蟲，既未享受新時代的恩惠反而做了可悲的犧牲品，便不覺地誘起了更深更切的同情。於是又湧出了第二次的憐憫的心情。

「看來，生米已煮成熟飯了。這頑固的女子，已處到這樣的境地，要她改嫁，似難辦到的了。好，從今天起我就擔著做丈夫的名義吧，」這是我回答父親信上的話。

然而，這一來，我就更把她扔下深淵了。固然在她呢，重新燃起了希望的光輝，再整理她久已碎了的好夢，未始不是一件好事。但能實現她的希望完成她的好夢的男子呢，我還不明白麼？他的精力全注射著他的事業，對她怕是終於沒有幫助的了，雖然並沒有起什麼狠心真要棄絕了她。

實則有時也會把她的處境，悲涼地加以推測哩。就連小時經過她的村落，想望望她的心情，也回憶到了。兩家相距只六七里，父親就在她的村中教過兩年國民小學。而我那時的程度，卻正升在縣城的學校去讀書了。如果，年齡小一點，不消說我得跟父親去，那在她家附近準於有我遊嬉的痕跡，且得看見小姑娘時代的她了。然而，抱歉的，可太大了。但有一位同學，正是她家附近的人，又曾是我父親的學生，並每次回家總要走一大節路，彼此便很要好。他又一次約我多走一點路，經過他的村落，我很高興地答應了。要到這朋友住的家時，我明白那將來要同我發生關係的姑娘，就在眼前那些竹樹擁抱的一所人家裏面了，然而，到底是哪一家，卻不知道。是綠籬邊拴有黃

牛的一家麼？是門前立有幾株扁柏一家麼……還是……我想問，又沒有那樣的厚臉皮。真的連當時要問的念頭，也不好意思起得。只是希望那位朋友用說笑的態度，提著她家的事特來打趣我，因這事他是最熟悉的。倘如他能說：「那一家是你老丈人的呵，走，進去玩玩吧？哈哈。」或者說：「你那個小小的老婆，正在那邊田裏跑呀，去看看呵，哈哈。」老實說我當時對這兩通打趣的笑聲是極高興緋紅著臉去容忍的。然而，他才像個木頭，彷彿全忘記我同那村落有關係似的。也許他揶揄我的念頭，已經湧在心裏，而怕我惱羞成怒，大概就留在唇邊也說不定，根本這只怪我們平日間，彼此的言談，太缺少詼諧了。別了他獨自歸家時，小心裏就像遺忘了什麼東西，總之是有點兒不快。以後多在外漂泊那村落便再沒有我重到的足跡了。但那村落人家，那村落到我家一路的景物，我至今猶十分熟悉，只要閉目一想，一切還似電影般地掩映在我的面前。

那途中的高家墓地上，聳立著七八株古老的柏樹，遠看去，活像幾朵濃煙靜穆的凝在田野和天空的交接處，又彷彿誰在描著麥苗抽芽的畫布上潑了幾朵墨水，不知如今可還在麼？挨近路旁最大的一株，我同兩個放牛孩子牽起手才能圍抱的樹身，總常常纏著一兩條獻神的撕碎邊沿的紅布，農女出身的妻，當一個人回娘家走到那兒的時候，想必是要學一般人樣地作誠懇的謨拜，低訴她悲切的禱告吧。許是低著頭坐在突露出泥土外的樹根上，淌著一會兒淚，然後再行起身的事，想也有過的了。

妻在故鄉的我家，自然是過著沒工資的女工生活，度著含淚的淒切的晚間，然而回到娘家去休息的一兩天光景，也未見得唇邊就會泛有輕淡的微笑吧。我小時曾同現已死去了的三弟罵架，他有一次突然應用了新的話頭，戟著小指頭做出醜臉說：「我曉得，我曉得，豬耳朵帶頭！」起初弄得我莫明其妙，後來才約略知道，這話是指我的妻，只是母親她們單瞞著我。像這樣，妻在娘家的冷落地位，得不著誰的慰安的悲苦，是令人不忍想像的了。

幼小時的妻隨著她的母親嫁到現在的娘家起，做女兒的光榮時代，想是沒有的了。她的希異，她的憧憬，她的好夢，大概是全安置在我的身上吧。那麼我出走的消息，不知道曾勾起了她多少的傷心淚。我想著如今還保留在妻心裏的，準是誤成我在嫌棄她，這真是使我歉然於心的了。當時，我對她不滿的，固然是鄙棄她不曾念過書，而最重要的，乃是怕她牽制著我這有野心而又高興東西南北漂蕩的人。

　　如今呢？倒是農女出身的妻，變成我所最尊崇的人物之一了。然而，還剩著一絲的不滿，這不滿只是怪她太柔順了。要是她有另去嫁人的勇氣，真是值得可贊的呀。自然，也不能因此就說她竟沒有改嫁的念頭，但這念頭卻被圍繞她的社會代我盡了吃醋的義務，將它嚇退了。對這樣的社會，為了妻，我不僅加以一種沉痛的詛咒呵。

　　然而，幫助活守寡的懦弱女人改嫁的新社會，聽說在古老中國的長江南北，已經產生了。我希望這幸福，不久就降到妻的身上，阿們。

艾蕪與萬慧法師

西南科技大學文學與藝術學院　周逢琴

　　在艾蕪南行的生活和創作中，有一位重要的人物，他在艾蕪身無分文、病倒街頭的時候收留了他，並向華僑編輯朋友推薦發表艾蕪的作品，在艾蕪成長過程中有著不可或缺的地位，這個人就是萬慧法師。艾蕪在 1978 年所做《我在仰光的時候——兼記萬慧法師》一文中，詳細地回顧了他與萬慧法師相識、相處直至分別的始末。萬慧法師乃民國時期著名詩僧，但由於他一直生活在緬甸，我們的學界對於萬慧法師知之甚少，且多得自艾蕪的回憶。文中雖有二人交往過程的細節，但主觀色彩較濃的回憶文章，也可能遮掩了一些真相。有鑑於此，本文結合國內有關萬慧法師的有限資料，重探二人在緬甸交往中的契合與罅隙，並以此觀照這兩位作家的海外經驗和文化思想。

一、同病相憐的南行者

　　一九二五年夏，年僅二十一歲的艾蕪，懷揣一張「四川省立第一師範學校」所開的「轉學證明」，為逃避家庭為他包辦的婚姻，從成都出發，開始了他的艱辛漂泊歷程。那時他還不知道，在十四年前，弱冠之年的萬慧法師，在成都大慈寺出家，隨後往貴州受戒於萬華寺，並踏上了去往印緬的南行之路，而原因也是「逃婚」。

　　萬慧法師俗姓謝，名善，畢業於上海復旦大學，曾留學日本，艾蕪後來知道，「他年輕的時候，在日本留學，同一個中國女青年因同學關係，極其相好，打算白頭偕老，但家裏非常反對，無法結婚，女的憂鬱而死，從此萬慧法師發誓不再愛人了。」1911 年春，萬慧法師由雲南出國，1927 年 4 月，艾

蕪越過中緬邊界進入緬甸境內，具體的路線是否相同，不得而知，然艾蕪說：「萬慧法師和我，都是在雲南，從東到西，跋山涉水，一一領略過（雲南的民俗風情，山川湖泊）……」萬慧法師原籍四川樂至，艾蕪是四川新都人，因為同是四川人，兩個素未謀面，年齡相差十多歲的人，在緬甸結識了，似乎一切源自冥冥中的緣分。

萬慧法師熱心地幫助艾蕪，首先出於出家人的善心，其次是同胞同鄉之誼。萬慧法師曾經也受到自己的老師溫暖的關懷度過艱難的歲月，「地極炎熱，每晨澆俗（疑為「浴」），體素簡弱，十日九病，重義拔巴（先生之意），乃吾語師。」〔註1〕因為不適應當地的氣候而十日九病，然而終於度過艱險居留國外，推己及人，以這份善心來對待艾蕪，在萬慧法師是再正常不過了。作為漂泊異域的前輩，萬慧法師對緬甸華僑朋友的好意也銘記在心。緬甸的華僑，大都經營工商業，其中有一位高邦（又名高萬邦），居仰光唐人街四十一號，曾資助萬慧法師去印度學梵文，萬慧曾將此事說與艾蕪。

從幫助艾蕪這一事件來看，萬慧法師似乎是個樂善好施，扶危濟困的出家人，但事實上，他本人生活也很窘困，長期是受施者。艾蕪說：「北京大學有人瞭解他的困難，便也匯款接濟。」〔註2〕並提到魯迅捐助在印度研究佛學的萬慧法師，魯迅彼時卻不在北大，1916 年 8 月 4 日日記裏記載：「施萬慧師居天竺費銀十元，交季上。」〔註3〕這裡的「季上」，即許季上（1891～1950），名丹，浙江杭州人，佛教徒，精通梵文，歷任教育部主事、視學、通俗教育研究會編審員。許季上 1917 年上半年在北京大學兼課，講授印度哲學，與萬慧法師應有更多直接的聯繫。1917 年 1 月 4 日，蔡元培任北京大學校長，萬慧法師在 1917 年開始接受北京大學資助，駐印度研究佛學。

遺憾的是，他自身窘迫動盪的生活，使著書立說舉步維艱。他在致蔡元培的信中不止一次地提到，「故自蒙遠費一年有餘，而尚無以為報。」〔註4〕另一方面，這一費用並不能保證他安心學問，他在信中說：「路比（印度和緬甸貨幣）價值，日見其落，則所得自大學將日見其少。」由於深懷愧怍，他在四年後辭去了這份津貼。「自領大學津貼，轉瞬四載。深愧一無所成，有負

〔註1〕萬慧：《致友人書》，見《佛學叢報》，1912 年第 2 期。
〔註2〕艾蕪：《我在仰光的時候》，《艾蕪近作》，四川人民出版社，1981 年，第 55 頁。
〔註3〕魯迅：《魯迅全集 15 日記》，人民文學出版社，2005 年，第 237 頁。
〔註4〕萬慧：《萬慧和尚自印度致校長書》，《北京大學日刊》，1919 年第 281 期。

扶植苦心，已面託舊學友許君季上代為草呈，辭此津貼之事，不知已達聰聽否？〔註5〕」

萬慧法師拿了四年大學津貼，自歎一事無成。在國外，生活窘迫是一方面，缺少助手也是一個重要原因。萬慧法師負氣出家，效唐玄奘印度取經，赴異域考察佛學，十年的磨礪，積累甚深，只待精研整理。他精通英、日、法、印、緬、藏、蒙古文和梵文等多種文字，他所積累的佛學思想，音韻學，雖非絕學，在當時也是高深的學問；艾蕪也是會英文的讀書人，南行還有一個重要的原因，就是「由於習慣愛好讀書，想找半工半讀的機會。」這樣勤奮上進的年青人，無疑令萬慧法師感到意外並刮目相看。不難看出，萬慧法師有意栽培這位同鄉青年人，也許可以大膽地猜測，萬慧法師是期待艾蕪參與自己的學術研究甚至承繼自己衣缽的。

在萬慧法師住處的一年多時光裏，艾蕪不僅有了較為穩定的生活，可以實現讀書寫作的理想，還開始著手學術的研究。在外人看來，庾航和艾蕪，都是萬慧法師的得意門徒，「庾航與艾蕪，窗下讀書儔。同坐春風裏，師友共綢繆」〔註6〕。庾航是一個湖南青年，據艾蕪回憶：「他曾在仰光華僑小學教過書，我去的時候，正在緬甸學校裏學習英文，自稱是萬慧法師的學生」〔註7〕。但是，艾蕪除了在萬慧法師的幫助下完成了一篇中緬歷代關係的文章，對萬慧法師的佛學辭典和音韻學並不是很感興趣。

二、卡拉巴士第的分歧

在旅居緬甸期間，艾蕪積極從事新文學創作活動，在《波光》上，他先後發表了短篇小說《毛辮子》、《老憨人》、散文《漂泊在八莫》、《野人山中》、《萬山叢中的匪窟》、《暴動前後》、詩歌《墓上夜啼》、《逃婚之夜》等作品，這些是新文學作品，萬慧法師卻也都讀過，其中對緬甸農民暴動表示同情的篇章，萬慧法師似乎亦無異議。但艾蕪於1928年秋參加馬來亞共產黨緬甸地委組織，當時的馬來亞和緬甸，都歸英帝國主義統治。萬慧法師對革命並非一無所知，但他以出家人的心態來看待青年的革命，對艾蕪的思想動向並不以為然。也就在這年冬天，艾蕪離開了萬慧法師。

〔註5〕萬慧：《萬慧法師由印度之通訊》，載《海潮音》，1922年第3卷第8期。
〔註6〕段叢桂：《奉題啟聖萬慧本師詩集五古一首》，《慧業精舍吟草》，題詞四。此詩疑為黃綽卿代作。《慧業精舍吟草》，1932年由仰光南洋印務公司代印售。
〔註7〕艾蕪：《艾蕪近作》，四川人民出版社，1981年，第50頁。

「我在 1928 年冬天，離開他的原因，是我們用共產黨的名義，散發英文傳單，慶賀蘇聯十月革命紀念，被萬慧法師知道了，他生氣叫我離開他的。」萬慧法師讓艾蕪離開，但也並不真正絕情，據艾蕪稱，「我押在仰光拘留所時，他來看過我。押上離開緬甸的輪船，他也來江邊送別。」〔註 8〕

艾蕪對萬慧法師一直是尊敬而感恩的，他們分道揚鑣主要在於「思想上有了很大的距離」。在印緬多年，萬慧法師有不少外國友人，其中有一位仰光大學魯斯教授，師從萬慧法師研讀中國雲南的史地古書。艾蕪在跨過國門來到緬甸的路上，就曾親眼目睹英國殖民者的罪惡，他痛恨這些高高在上的白人，對於魯斯教授亦無好感。據黃綽卿回顧，「慧師為仰大圖書館編譯漢籍目錄。每一本書的前頁都譯上中文摘要，指出重要內容供魯斯教授參考；並與魯斯作中緬史料的收集。當時同慧師住在一處的湯兄不滿意他替英國人做這種工作，而這位沒有政治主張的僧人也不願意我們這批年青人在外面亂搞，經常在那裡影響他的清靜生活。」〔註 9〕

萬慧法師住在卡拉巴士第第一百二十六條街，艾蕪後來寫作《卡拉巴士第》提到魯斯，鄙夷之情溢於言表，「這個英國教授始終沒有到過這個印度人住的區域，我也沒有見過他，只曉得他討一個緬甸女學生住在仰光郊外一間優美的洋房裏，過著殖民地內高等英人的生活。」〔註 10〕而萬慧法師在異國他鄉，與魯斯教授研習語言，搜集資料和探討學問，這種快樂和慰藉，恐怕是思想左傾的艾蕪所無法理解的。

萬慧法師有《送盧斯教授 Prof. G. H. Luce 假期回英京》一詩，有一段文字說明「民十二因代人售書，識教授於仰光大學，教授自幼習希臘拉體諾文，近攻漢緬 Sino Tibetan 一系文字，從余讀漢文至今，除回英暫別外，餘均每週相聚，披沙句，指敦煌出土唐像中有高鼻深目高迦索人種之闍黎，又緬劇中有宇智缽者，僑眾謂即三國之孔明，法士某謂係唐時南詔異牟尋日東土梵語 udaya 一轉之誤，而教授謂緬義卵為宇，成為智，生為缽，或卵生成意，按印度神話偉人有卵生者。」顯然十分欣賞魯斯的發現，贊同他的說法。由於思想的隔閡，艾蕪離開了萬慧法師，並在回國後不給萬慧法師去信，他所說的

〔註 8〕艾蕪：《艾蕪近作》，四川人民出版社，1981 年，第 61 頁。
〔註 9〕黃綽卿：《看把列寧章弄》，見鄭祥鵬編《黃綽卿詩文選》，中國華僑出版公司，1990 年第 414 頁。
〔註 10〕艾蕪：《艾蕪全集》第 1 卷《南行記・南行記續篇》，四川文藝出版社，2014 年，第 255 頁。

怕連累萬慧法師，也可能只是託辭。這使萬慧法師深感失望，寫下了詩句「去了唐山休了信，養貓容易養人難。」晚年的艾蕪回想此事，仍是深深懺悔。

萬慧法師雖然懷念祖國、親人，但最終也沒有回國，而選擇在緬甸長期居留並著書立說，從而深受緬甸人民的尊敬和愛戴，其中原因無法一一探討，但對當地華僑文化氛圍的留戀和僑民情誼的珍視，肯定是一個重要原因。萬慧法師用自己親身的經歷告訴艾蕪：「華僑很重視有文化的人」〔註11〕。艾蕪在雲南落魄辛勞，連讀書也成了奢求，而在緬甸，可以說從讀書寫作中恢復了知識分子的尊嚴。如果艾蕪不是被遣送回國，大概也會樂於融入當地文化吧。一九三一年一月底，艾蕪與王思科、林環島、郭蔭堂四人被英緬當局驅逐出境，武裝押送回國，對於青年艾蕪來說，從緬甸被押回祖國，初回國時在上海貧困潦倒，數次討要稿費而不得，相比較在緬甸時期，《仰光日報》的《波光》上發表文章之輕鬆愜意，不啻天上地下。創作者的自尊被無情地戲弄，這是他始料未及的。艾蕪回國後，與黃綽卿等人依然保持著密切的聯繫，萬慧法師得知他再次陷入困頓，便將自己剛出版的詩集《慧業精舍吟草》寄了一二十本給艾蕪，以期他能夠暫時賣書糊口。中有魯斯教授的英文序《登高能賦可以為大夫》，用詩句的形式深情回顧他與萬慧法師的相知相契，中有：

Nine years have passed since we met each other,

Time, that parts all, has not yet parted us.

The sun, each Sunday, greets us at the eastern window：

Then floods us, talking still, through the western door.〔註12〕

可譯為：「相識九載，歲月如流，流不走我們的友情。每個週日，自晨至昏，太陽照見我們親切對談的身影。」不知艾蕪看了這首序詩作何感想。

〔註11〕艾蕪：《艾蕪近作》四川人民出版社，1981 年，第 54 頁。
〔註12〕G.H.Luce：《登高能賦可以為大夫》，見《慧業精舍吟草》英文序一。

「文化磨合」視域中的艾蕪與紅柯

陝西師範大學／普洱學院　劉俠

摘要：

　　艾蕪與紅柯均是邊地書寫的卓越典範，他們的文學之筆分別描摹了中國西南、西北邊地人文景觀，呈現了邊地文化，豐富了偉大中華民族文化的內涵，這與他們的文化認知及文化選擇有很大的關係，「文化磨合」觀念在他們的邊地文學書寫與邊地文化展現中起到了至關重要的作用。

關鍵詞：邊地；人文景觀；文化；「文化磨合」

　　1925 年夏，21 歲的艾蕪從成都出發，取道昆明赴緬甸，6 年的流浪生活，為他提供了豐富的寫作素材，促使他書寫了動人的西南邊地風情；1986 年秋，25 歲的紅柯從寶雞出發赴新疆，用 10 年的時間遊歷於中亞腹地，用文學之筆譜寫了西北邊地的壯美篇章。雖然個中細節有諸多不同，但二人在人生道路、精神追求、文化選擇上有著驚人的相似之處，他們在不同的時代、相近的年齡自覺地走出了中原文化的溫床，採擷異域特質，將西南與西北邊地人文景觀展現在讀者面前，體現出對中原傳統文化、邊地異質文化的關照。

一、邊地強烈的感官衝擊

　　艾蕪與紅柯均是以異鄉人的身份踏上一片陌生的土地，最先映入眼簾的當是這一地區的外貌，或者風景，亦即人文地理學所說的「景觀」。英國學者 R.J.約翰斯頓在其主編的《人文地理學詞典》中將景觀理解為「一個具有多種意義的術語，是指一個地區的外貌、產生外貌的物質組合以及這個地區

本身」，〔註1〕這是一個內涵豐富的概念。「景觀」通常包括自然景觀和文化景觀，美國學者「索爾給文化景觀所概括的經典定義是：文化景觀是某一文化群體利用自然景觀的產物。文化是驅動力，自然區是媒介，而文化景觀則是結果。」〔註2〕索爾在後來的研究中發現，「人類對地球表面的影響已歷經好幾千年」，「實際上，所有的景觀都變成了文化景觀。因此，由索爾和他的學生們所做的景觀研究變成了文化歷史研究。」〔註3〕索爾的研究方法對後世產生了非常大的影響。中國學者陸林〔註4〕及葉寶明等認為文化景觀就是人文景觀。葉寶明給人文景觀下了定義：「人文景觀，亦稱文化景觀，是居住在不同地域的人類為滿足其實際需要，利用自然界所提供的材料，有意識地在自然景觀之上，疊加了自己所創造的文化產品而形成的景觀。」〔註5〕儘管觀念不盡相同，但可以肯定的是，中外學者都意識到人類在景觀中的重要作用。人類以及人的日常生活的介入，使景觀融入了人的氣息，人類文化的浸染，使其內涵更加豐富。艾蕪與紅柯的文學之筆在描述自然景觀的同時，更多地關注到了中國邊地人文景觀，西南、西北邊地通過他們的傳神之筆走進人們的視野，他們不僅是邊地人文景觀的描摹者，同時也是邊地人文景觀的締造者。

　　艾蕪的南行被稱之為「走夷方」，夷地的風情與內陸迥然相異。「氣候的影響是一切影響中最強有力的影響」〔註6〕，西南邊地的氣候環境造就了西南邊地風貌，群山、松林、溝壑、蜿蜒的溪流是邊地自然景觀的主旋律，這些自然景觀又直接影響著西南邊地的人文景觀。這裡人煙相對稀少，用艾蕪的徒步體驗來講，常常是經過整整一天的行程才能夠看到一個小小的村落，甚至有時兩三天的路程見不到一戶人家。西南邊地是少數民族的棲息之地，傣族、景頗族、回族、佤族等在這裡繁衍生息，當然，這裡也混雜著漢人的身影。邊地民間風俗與內地十分不同，即使是漢人，或由於通婚關係，或出於

〔註1〕〔英〕R.J. 約翰斯頓主編：《人文地理學詞典》，北京：柴彥威等譯，商務印書館，2004 年，第 367 頁。
〔註2〕〔英〕R.J. 約翰斯頓主編：《人文地理學詞典》，北京：柴彥威等譯，商務印書館，2004 年，第 133 頁。
〔註3〕〔英〕R.J. 約翰斯頓主編：《人文地理學詞典》，北京：柴彥威等譯，商務印書館，2004 年，第 368 頁。
〔註4〕見陸林主編：《人文地理學》，北京：高等教育出版社，2004 年 9 月，第 169 頁。
〔註5〕葉寶明主編：《人文地理學》，北京：人民教育出版社，2006 年，第 51 頁。
〔註6〕【法】孟德斯鳩：《論法的精神》上冊，張雁深譯，北京：商務印書館，1961 年，第 11 頁。

賴以生存的生計考慮，均體現出與內地不同的特色。艾蕪《南行記》《漂泊雜記》等書寫西南邊地的作品，多有對當地居民風情的描寫，這些人文景觀，使讀者領略到了偉大中華民族文化的多元魅力。

　　對於各個民族的識別，可以直接通過感官來認識，不同民族的人們各自有不同的服飾文化，傣族女人「短衣齊腹，長裙及踝，通作黑色。說話時，露出漆黑的牙齒，但面容卻是美好的。頭部用黑綢纏著，堆高至尺許，彷彿頂了一隻小桶似的。」〔註 7〕景頗族男青年「包著黑帕子，帶著長刀，斜挎著紅色通袋」，女青年「穿著銀角子做紐扣的黑色短衣，繫著短裙子，露出黑籐圍繞膝頭」，〔註 8〕克欽〔註 9〕女人「著裙不著褲，而裙又極短，膝以下全露出，纏著黑漆細藤數十圈。頭上包黑布，竟有尺多高，有點使人想到城隍廟中的地方鬼。」〔註 10〕邊地民族多居住在自己的寨子裏，但是這些民族之間並非沒有往來，反而交往比較密切，集市就是很好的例證：集市上「有包著黑帕子，帶著長刀，斜挎著紅色通袋的景頗青年。有穿著銀角子做紐扣的黑色短衣，繫著短裙子，露出黑籐圍繞膝頭的景頗姑娘。更多的還是穿著紅綠長裙，身著白色紗衣的傣族婦女。」〔註 11〕滇緬交界的八募「像是常常開著一種展覽會的地方：穿白衣包白帕像孝子一樣的加拉人，剛剛使你佇足看去，一個頭上綰髻配著長刀的『山頭』，又打你身邊走了過來。著花籠基跣絨拖鞋的緬甸女人叢中，間或閃現著黑紗高包頭的傣族婦女，露著漆黑的牙齒。傈僳人歐洲人比較少見，而中國人確是最多的了。〔註 12〕除了穿著打扮，邊地少數民族還有很多令內地人匪夷所思的習慣：邊地土著居民大都嚼檳榔，擁有鮮紅的嘴唇和漆黑的牙齒；傣族人喜歡在河水裏沐浴沖涼，而且並不忌諱男女共同沐浴，只是下身各圍裙子做遮掩；克欽人有佩刀的風俗，即使參軍打仗，

〔註 7〕艾蕪：《潞江壩》，《艾蕪文集》第十卷，成都：四川文藝出版社，1989 年 8 月，第 46 頁。

〔註 8〕艾蕪：《紅豔豔的罌粟花》，《艾蕪文集》第一卷，成都：四川人民出版社，1981 年，第 183～184 頁。

〔註 9〕景頗族是中國人的稱法，到了緬甸則為克欽人。

〔註 10〕艾蕪：《在茅草地》，《艾蕪文集》第一卷，成都：四川人民出版社，1981 年，第 259～260 頁。

〔註 11〕艾蕪：《紅豔豔的罌粟花》，《艾蕪文集》第一卷，成都：四川人民出版社，1981 年，第 183～184 頁。

〔註 12〕艾蕪：《八募那城市》，《艾蕪文集‧第十卷》，成都：四川文藝出版社，1989 年 8 月，第 68 頁。

他們在配槍的同時也要佩刀，這些在《我的旅伴》《走夷方》《古爾卡》等作品中得以體現。更令人瞠目的是中原人所推崇的文明在遙遠的西南邊地完全不適用：身披袈裟、手托金缽的僧人既可天天吃魚吃肉，還可以自由戀愛，出家與還俗、禁慾與縱慾並不衝突；傣族青年可以自由戀愛，在大青樹下約會的男女司空見慣；八募街頭或者屋裏的歌聲與樂器聲不絕於耳，就連異域的雞也打破了一些在中原地區視為牢不可破的觀念，因為那裡的雞不止不司晨，並且經常會入夜高聲啼叫，更不用提當地居民對身手敏捷、來去無蹤的偷馬賊、強盜的仰慕，所有的一切都為我們建構了一幅在「自由」背景下的迥異於中原文化的人文景觀，而這些幾乎成了艾蕪南行作品的主要畫面。

與艾蕪的西南邊地風貌不同，紅柯筆下的西北邊地是草原、森林、冰川、戈壁、大漠、風暴、黃沙的世界，顯然，這裡多了一份蒼莽與悲壯：「大西北的沙漠瀚海中，肆虐著黑色的沙塵暴，當地人稱之為喀拉布風暴。它冬帶冰雪，夏帶沙石，所到之處，大地成為雅丹，鳥兒折翅而亡，幸存者銜泥壘窩，胡楊和雅丹成為奔走的駱駝。」〔註13〕不過，這裡也有寧靜平和的一面：「山脈緩緩升起，就像徐徐展開的一幅油畫，灰藍的岩石，深藍色的河流湖泊和天空，沉浸在其間的是大片大片金紅金黃的樹。山谷裏有一種沉靜而神秘的藍光。」〔註14〕這些自然景觀添上人類的身影，增加人類的視覺體驗和心理感受，自然景觀就順利地轉變為了人文景觀。

中國西北邊地同樣有很多少數民族，蒙古族、哈薩克族、維吾爾族、回族都是紅柯的文學所要描述的對象。紅柯很少整體描繪一個民族的穿著打扮，但會用一兩個對象來反映少數民族的風情，比如《庫蘭》中哈薩克族牧人手裏的冬不拉琴，《軍酒》中蒙古人手中的酒囊，《額爾齊斯河波浪》中圖瓦人特有的蘇爾，《鳥》中的穆斯林哈薩克面對大樹吟誦經文，《野啤酒花》中的哈薩克人抱著石頭哇哇大哭……，這一切的陌生化描寫一下子將讀者帶到了西部邊地神秘的世界。紅柯的小說多具有很強的畫面感，《大漠人家》中爺爺與拎著用牛皮繩子紮著「鮮橙多」瓶口的孩子一前一後行走在田間地頭，《奔馬》中方向盤操控下的汽車與草原之上的駿馬並肩飛馳，《美麗奴羊》中手握

〔註13〕紅柯：《喀拉布風暴》，重慶：重慶出版集團重慶出版社出版，2013 年 9 月，第 31〜32 頁。

〔註14〕紅柯：《喀納斯湖》，《復活的瑪納斯》，桂林：灕江出版社，2016 年 9 月，第 197〜198 頁。

鋼刀的屠夫與嘴啃草根的羊之間的較量，《鷹影》中翱翔於高空的鵟鷹、做鵟鷹狀飛翔的爸爸的汽車、孩子投在臥室牆壁上的鷹影交相輝映，《阿力麻裏》躲在蘋果樹上的米琪與騎著駿馬的翔子的青春畫卷，《吹牛》中的兩個壯漢在草原上喝酒、吃蠶豆、嚼草原菊、最後像牛一樣相互撞頭頂架，甚至於《庫蘭》中普爾熱瓦爾斯基拼命追逐狂奔的野馬之場景，全部像展覽一樣一一鋪陳在讀者面前，這些或溫馨、或壯麗、或爆裂的人文景觀使人與自然有了緊密的聯繫，群山、草原、冰川因為有了人的存在更加生機勃勃，人與羊、馬、兔、狼、熊一同在大地上穿行著，活躍著，構成了一幅幅邊地人文景觀，隱含著獨特的邊地文化，尤其是凸顯了人作為「生靈」的這種即將被普通人忽視的自然屬性。

二、邊地人文景觀背後的心靈震撼

　　艾蕪南行是在二十世紀二、三十年代，當時中原社會動盪不安，民不聊生，在中國西南邊地，百姓的生活同樣貧苦。在艾蕪的筆下，西南邊地的居民，包括漢族移民、土著傣族、景頗族、回族的生活都是只能糊口，而不斷尋找出路的中原流浪者，如抬滑竿的人、算命先生、走江湖賣藝者，甚至小偷、走私犯、強盜就成了點綴在少數民族賴以生存的大山之中的普通的一員。在被稱為蠻夷之地的西南邊地，在令人恐怖的自然風光以及漢人傳播著的令聽者毛骨悚然的少數民俗風俗背後，在險象叢生的生死拼搏當中，人們表現出來的卻是一顆顆金子般的善良的心靈，散發著清新、純樸的人性。艾蕪在《潞江壩》中詳細描述了傣族女子給人的印象，「我一看見，便禁不住聯想起故鄉城隍廟裏的地方鬼來了，」像「到了幽冥世界一樣」，然而當主人為「我」提供了安息之處，「聽見女的在隔屋笑著，低聲講說生硬的雲南話，而且又特別加了兩個不必要的『老』字，我一面脫衣，一面輕輕地笑起來，心裏想著：『這是和平善良的民族啊！』」〔註15〕《古爾卡》中有在克欽人的茅草棚中用飯的描寫，當「我」發現主人獨特的穿著打扮以後，「心便禁不住跳動起來，彷彿走進了賣人肉包子的黑店一般，」〔註16〕然而「我」終於發現這並不是

〔註15〕艾蕪：《潞江壩》，《艾蕪文集・第十卷》，成都：四川文藝出版社，1989 年 8 月，第 46 頁。

〔註16〕艾蕪：《古爾卡》，《艾蕪文集・第十卷》，成都：四川文藝出版社，1989 年 8 月，第 62 頁。

江湖上的黑店，而是一個普通的克欽人家，並為風塵僕僕的流浪者提供了一餐堪稱美味的飯食。《月夜》描寫了一位邊地女子，雖然作品中並沒有點明該女子的民族所屬，但就女子家裏懸掛的三尺來高的佩刀將軍的畫像，以及畫像上面的宛如回教徒的文字，再加上女子所說的「這因為你們是漢教人」，「你們漢教的兵，先前在這裡殺過我們的人，婦人小孩，都沒有饒過，還燒過房子」推算，這應該是回族的後裔，白草先生的《論艾蕪小說〈月夜〉中的回族女子形象》〔註 17〕是這一觀點的代表。民族仇恨在這位邊地女子幼年的時代就已經紮下了根，這是「從小就搞慣了的」〔註 18〕，但當「我們」極力央求她給一頓飯吃好有力氣趕路時，她同意了，讓「老婆子」拿饅頭和牛肉來款待，並且以「快快吃」的催促提醒我們快些上路，不要等到父親他們回來，以免會生事。在有嚴重的民族矛盾的情況之下，誰能說這位回族後裔給予的一頓飯的施捨不是出於人性本真之善呢？在艾蕪的類似描寫中，我們可以看到邊地少數民族雖然被內陸稱為蠻夷，但那更多的只是一面之詞的錯誤判斷，隱藏在這些不同面孔背後的是善良的靈魂，而各民族的交往融合所需要的正是這種純真的善良，這也是艾蕪在異域發現的人應該具有的純樸的本性。

　　邊地流浪者多是漢人，他們的職業不盡相同，甚至有的觸碰了法律，趙小琪曾經將他們生活的環境稱之為「江湖世界」，他認為艾蕪「潛入了與現實社會世界迥異的江湖世界的隱秘地帶，撕開了種種遮蔽江湖世界及其人性真實的帷幕，並通過自己的努力重新建構了一種理想化的個體生存形態。」〔註 19〕這些個體的生命或許卑微，但他們具有強烈的存在感與真實感，這些可憐人的所有所作所為只為一個理念，那就是一定要活下去，在這種樸素的理念中，人性的自然本真在小偷、走私犯、強盜身上得以淋漓盡致的體現，即使或有傷天害理之事，也並不能遮掩人性的至善、至純。《流浪人》中以「幹賭博」為營生的矮漢子為打花鼓的母女進入軍官的「虎口」而憤憤不平，又為「我」因為他與他的夥計之間的爭吵獨自掏腰包付所有人的飲食費而抱歉，以至於分別前不僅對「我」償還了錢款，而且額外給了許多；《山峽中》的小偷團夥並沒有因忌諱「我」的「脫團」會暴露這些人的行蹤而對「我」施以

〔註 17〕白草：《論艾蕪小說〈月夜〉中的回族女子形象》，《回族研究》，2005 年第 1
　　　　期，第 57 頁。

〔註 18〕艾蕪：《月夜》，《艾蕪文集》第一卷，成都：四川人民出版社，1981 年，第
　　　　121 頁。

〔註 19〕趙小琪：《艾蕪早期小說的文化想像》，《文學評論》，2004 年第 5 期，第 22 頁。

暴力，反而留下了一筆款項作為「我」的旅資，以感謝「我」對處於困境中的「野貓子」的掩護；《我的旅伴》中抬滑竿的老朱與他的同伴兼鴉片走私犯老何熱心地為我介紹工作，雖然這些卑微的流浪者有著非常嚴重的缺點，「賭錢、走私、吃鴉片、以及迷信命運、屈服於牛馬生活，但我知道這不能影響我，而且我能像糠皮稗子沙石一樣地簸了出去」，「我如同一個淘金的人一樣，我留著他們性情中的純金，作為我的財產，使我的精神生活，永遠豐饒而富裕。」〔註20〕這些人性中的純金為「我」提供了繼續與困境戰鬥的勇氣，同時作為作家流浪生涯的真實事件，西南邊地的風土人情及異質文化，甚至影響了他的一生，成為了他文學創作的精神源泉。隱藏在艾蕪南行系列作品人文景觀背後的，是其對人的至純、至真、至善的本性的發掘，這些均是邊地少數民族文化的表徵。

紅柯同樣注重對人性的描繪。紅柯出生在和平年代，雖然他的家庭出身並不優越，但是艾蕪時代的社會動盪、顛沛流離、逃荒流浪並沒有給紅柯得以體驗的機會，紅柯所見的西部世界是欣欣向榮的，充滿陽光的，雖然祖國西北邊陲的自然風貌一度令紅柯打退堂鼓，但很快，作家就與整個西部融合在了一起，西部精神與大漠情懷在紅柯的內心生了根，發了芽。如果說艾蕪是在荒蠻與亂世中發掘人性，紅柯更多的是在西北邊境之和平穩定中闡發人性。無論是亂世還是盛世，對人性的泯滅的擔憂及對健康人性的發掘均是偉大作家所關心的，同時也是他們引以為己任的所在，在他們的作品中形成了大悲憫，體現了厚重的人文關懷。

人性之美在紅柯的小說中比比皆是，我們可以信手拈來：《上糖》裏處於熱戀中的丫頭認錯了情郎，鬧出了尷尬的事情，但這並不妨礙一心愛著她的小夥子繼續傾心於她，這件在中原人看來有傷風化的醜事沒有被任何一個人說破，夫妻在礦區過著甜蜜、和美的日子；《野啤酒花》中的丫頭奮力救起臭名遠揚的「混混子」，在「混混子」的花言巧語之下進入深山，遭到了侵犯，但仍舊對他心存憐憫；《烏爾禾》中郵局工作人員為孤女燕子傳送根本不可能有人接收的信件，並且以母親的身份給燕子寫回信，這一切無不顯示出大漠人的心地善良與純真，人性如金子般美好的一面均能照進人的心裏，給人以太陽般的溫暖。

〔註20〕艾蕪：《我的旅伴》，《艾蕪文集》第一卷，成都：四川人民出版社，1981年，第254頁。

　　紅柯西部作品中一個非常重要的部分是對「自然人」的呼喚，在他的作品中，人的自然屬性往往同自然界的動物、植物交織在一起，形成獨特的人文景觀，以供讀者揣摩、感悟，而這些，大多得益於作者對西北邊地文化的理解與接納。仔細考查，會發現紅柯對中國傳統文化是抱有極大熱情的，但是他很快發現了不斷發展變化中的中國傳統文化正在遭受非常嚴峻的考驗，眼前的中國傳統文化就像一個衣衫襤褸、步履蹣跚的老人一樣，失去了往日的活力，而紅柯認為，使古老的中華民族傳統文化重新發光的方法之一就是呼喚人性的回歸，重新發現人的自然性，包括對蒼天的敬畏，對自由、野性的呼喚，這些在他的以《金色的阿爾泰》《古爾圖荒原》《復活的瑪納斯》為代表的軍墾題材小說以及以《西去的騎手》《庫蘭》等歷史題材為代表的小說中均得以體現。雖然故事所處的時代背景不同，但是作者在每一部作品中都塑造了血性英雄的形象，比如既能與土匪作戰又能夠拿起坎土鏝墾荒的營長，既能平定邊疆動亂又能在邊境「代耕、代種、代牧」之後建設自己家園的團長，他們是古代草原英雄的化身，他們的身上有無窮無盡的力量，他們的墾荒就像原始初民開天闢地般壯觀，充滿了無盡的野性的力量。《西去的騎手》中被紅柯重新塑造的馬仲英與盛世才都是英雄的代表，馬仲英是草原上雄鷹，盛世才是大漠中的老狼，他們被塑造成了西部生靈中的佼佼者，《庫蘭》中的阿連闊夫、普爾熱瓦爾斯基等也都是英雄，在這些作品中，歷史被新疆這塊熱土拉到了眼前，時間與空間在想像中實現了藝術的融合，歷史真實退到了故事背後，留給讀者的是那些拼搏不屈，無比旺盛的生命力，這些英雄與西北邊地的自然及歷史形成了新的具有豐富文化內涵的人文景觀。

　　可以說，紅柯的西北邊地作品與艾蕪西南邊地作品中對人的至純、至真、自然的本性的發掘有異曲同工之妙。在艾蕪與紅柯塑造的邊地人文景觀中，我們清楚地認識到了邊地與「野蠻」這樣的字眼其實並無多大關聯，邊地文化甚至在中原傳統文化面前毫不遜色，表現出了卓越的崇高姿態。

三、「文化磨合」之大氣象

　　豐富的邊地文化在艾蕪和紅柯的筆端流淌，這不僅僅是百科全書式地介紹，更是對邊地瑰麗奇異的人文關照。值得注意的是，艾蕪與紅柯所處時代不同，異域之旅的地點也不同，為何二人會在人文關懷上有如此多的相通之處？仔細考查，會發現這與二人的天性及他們對待文化的態度有關。

　　艾蕪與紅柯的文學成就首先得益於他們天生的氣血稟賦。追根溯源，艾蕪實屬移民後代，其祖先於康熙年間歷經千辛萬苦移民四川〔註21〕，紅柯的祖父曾在內蒙古隨部隊抗戰八年、父親作為一名二野老兵在青藏高原五、六年〔註22〕；艾蕪在幼年時代就萌生了對魏小兒敢於走西天問活佛的敬佩，稍後接受了「五四」新文化，新思想，使他產生了「人，不能老是停留在一個地方，要活動，要發展，才有前途」〔註23〕的想法，紅柯少年時代的讀物為《水滸傳》《三國演義》等戰爭書，大學時代被古波斯詩人薩迪「一個詩人應該用三十年時間走遍大地，然後用三十年時間寫作〔註24〕」所感染。家族血液使艾蕪與紅柯有了不安分的基因，對於英雄的崇拜使得他們有了精神上的追求，接下來需要的就是邁出家門的實際行動，艾蕪和紅柯都是幸運的，他們獲得了，並且抓住了這樣的機會，雖然遠行的外因並不相同，但是他們有著內在相近的氣質稟賦，青年時代的遠行使不安分的血液得到了寄託，使追逐自由、英雄、冒險等精神付諸了實踐，使自主文化選擇成為了可能。

　　遠行意味著空間的流動，楊義認為「無論是區域文化類型，文化層分剖析，族群的區分和組合，只要他們中的一些成分（比如個人、家族、族群）一流動，就能產生新的生命形態，就能產生文化、文學之間新的選擇，新的換位，新的組接和新的融合，就可以在原本位置和新居位置的關聯變動中，錘鍊出文學或文化的新品質和新性格。」〔註25〕艾蕪和紅柯的遠行以及他們的文學觀念與文學成就就是很好的例證。選擇南行的艾蕪與選擇西行的紅柯均具有天生的願意冒險和主動接受新事物的稟賦，他們所接受的傳統教育使他們對中原文化有了比較全面的認識，青年時期的遠行使得他們能夠睜開雙眼，探索到了不一樣的世界，認識到了不一樣的文化。在文化的選擇當中，作家的主體地位發揮了舉足輕重的作用。難能可貴的是，艾蕪與紅柯在流動以後，並沒有對他們接觸到的這些不一樣的文化嗤之以鼻、視而不見，也沒有對這些異樣文化崇拜得五體投地、大肆褒揚，更沒有將這兩種文化擺在一

〔註21〕見譚興國：《艾蕪評傳》，重慶：重慶出版社，1994年，第23頁；王毅：《艾蕪傳》，北京十月文藝出版社，2005年，第4～6頁。

〔註22〕紅柯：《西北之北》，《絢爛與寧靜》，北京：北京出版集團公司北京十月文藝出版社，2016年，第5頁。

〔註23〕古光亮：《艾蕪漂泊始末》，《雲南教育學院學報》，1985年1期，第55頁。

〔註24〕紅柯：《絲綢之路開始的地方》，《龍脈》，西安：陝西師範大學出版總社，2017年，第254頁。

〔註25〕楊義：《文學地理學會通》，北京：中國社會科學出版社，2013年，第33頁。

起進行孰高孰低的二元對立的論斷，而是非常理性地在邊地文化與中原文化中進行審視，力圖找到兩種文化之間的契合點，使兩種文化得到有機融合，在「古今中外化成現代」的「文化磨合」〔註 26〕當中使得中華文化在有機的發展中得到新的建構。

艾蕪在他的作品中自覺地將不同的文化進行了對照，在《殺人致用》中有很好的闡釋，此文由滇緬交界的卡瓦人用人頭祭谷地的傳說談起，認為這種「殺人致用」的野蠻行為文明人也曾幹過，而且此種行為之多、殺戮之慘是蠻族無法想像的，因而「所謂文明人者，僅在善於竊用好名詞以自掩飾而已。」〔註 27〕雖然這裡的「文明」並未特別標明指的哪種文明，但相對於西南邊地的野蠻文化來講，中原文化算是文明的了，那麼中原文化是否優於野蠻文化也是值得思考的問題。《我的旅伴》中還有一個細節值得注意：「路邊水溝有冒泉水的地方，豎著大理石做成的小石碑，勒上彎彎曲曲的橫行文字」〔註 28〕，這裡的文字在《干崖壩》中有所介紹，應該是「傣族文字，大約是講著飲水者應該遵守的規矩吧。單就這一點看來，傣族人的文化，也並不顯得怎樣低」，並且「在川滇道中，漢人也很少有這樣良好的設備的」〔註 29〕，這裡對少數民族文化的評價是客觀的。《南行記》的第一篇是《人生哲學的一課》，「我」在這裡接受了社會給「我」上的第一堂課，讀過作品的人都知道，這堂課用的是反面教材，雖然昆明相對中原較遠，但畢竟是一省之省會，是文明之地，而此文明之地給作者的影響以及作者筆下的人文景觀來看，野蠻與文明形成了強烈的對照，最後終究是野蠻文化中的金子般的特質，與中原文化的純樸善良之根基完美地融合在了一起，形成了艾蕪筆下的西南邊地理想國。由此可見，艾蕪堪稱中國較早正視少數民族燦爛文化的漢族人代表。

幾十年以後，在中國西北邊地又出現了一位用開闊的眼光審視邊地少數民族文化的漢族人代表，他認為「所謂中華文明，漢文化只是其中之一，在

〔註 26〕見李繼凱：《「文化磨合思潮」與「大現代」中國文學》，《中國高校社會科學》，2017 年第 5 期。

〔註 27〕艾蕪：《殺人致用》，《艾蕪文集·第十卷》，成都：四川文藝出版社，1989 年 8 月，第 66 頁。

〔註 28〕艾蕪：《我的旅伴》，《艾蕪文集》第一卷，成都：四川人民出版社，1981 年，第 203 頁。

〔註 29〕艾蕪：《干崖壩》，《艾蕪文集·第十卷》，成都：四川文藝出版社，1989 年 8 月，第 50 頁。

天山南北有豐厚而偉大的中華文明。」〔註30〕這種心境無疑是廣闊的。新疆有很多漢人與少數民族雜居，紅柯作品中大部分主人公是漢族人，但那些漢族人在長期的生活交往中，大都受到了少數民族文化的影響，成為了具有少數民族特質的漢族人，這在紅柯的作品中非常明顯，《金色的阿爾泰》中的營長是蒙古族英雄成吉思汗的化身，《復活的瑪納斯》中的團長是柯爾克孜族英雄瑪納斯的再世，古老的民族傳說、史詩中的英雄形象一下子在現代人身上還魂，現代人在這種激勵下充滿了生機活力。紅柯非常自覺地審視中原文化與大漠文化，在大漠文化與中原文化的碰撞期，他創作過《阿斗》、構思過《百鳥朝鳳》，在此過程中，我們有理由相信，紅柯的本意並不在於讓這些有差異的文化拼個你死我活，而是希望這些文化在碰撞中發出耀眼的火花，進而凝聚成更美好的燦爛的中華文化。這從《哈納斯湖》中可見一斑。《哈納斯湖》的結構比較複雜，在這部中篇小說中出現了圖瓦人、漢人、塔蘭其人、印度人、英國人，雖然作品中涉及到了以巴比爾為首的蒙古人征戰印度，印度又被英國殖民的歷史，但正如紅柯在處理歷史事實的一貫做法，正義與邪惡的評判不是小說的重點，在這部《哈納斯湖》中，眾多的民族，無論是中華民族，還是異國民族，他們在文化方面都沒有發生過嚴重的衝突，而是以一種包容、借鑒的方式在進行「磨合」。《哈納斯湖》可謂圖瓦人的歷史與今世的描摹，古老的圖瓦人結束了跟隨成吉思汗南征北戰的日子，來到了哈納斯湖畔種莊稼，農耕向來是漢人和塔蘭奇人的營生，馬背上的民族放棄馬背生涯，拿起農具是需要極大的勇氣的，圖瓦人的這一壯舉不禁令人心生敬佩，可貴的是在接受農耕文化的同時，圖瓦人還保留著自己偉大民族的根基：信仰騰格里（即長生天），崇拜自然，對駿馬情有獨鍾，對象徵著男女創造力的大紅魚無限敬仰。從馬背上走下來的民族，既吸收了漢人等其他民族的優秀文化，又沒有喪失自己民族的根基，而是非常智慧地在「磨合」當中將這一切融為一體，創建了一種全新的充滿活力的文化，這是作者所極力讚頌的。在小說的結尾，政府的專家來到哈納斯湖修建了水電站，為當地帶來光明，當地居民欣然同意了，但是電燈電視等現代設備並沒有阻礙圖瓦人用孩童的眼光觀看星空的步伐，這再一次證明了每一種文化自有其優勢與劣勢，有意識地容納與磨合才能達到理想中的最佳狀態。

〔註30〕紅柯：《文學的邊疆精神》，《龍脈》，陝西師範大學出版總社，2017 年 10 月，第 136 頁。

　　綜上所述，艾蕪與紅柯在不同的時代、大概相同的年紀啟動了他們的南行與西行之旅，對文化的自覺選擇與「文化磨合」觀念使他們顯得與同時期的作家十分不同，他們比較清醒地認識到了「現當代文化在古今中外文化基礎上『磨合』所形成的綜合優勢」〔註31〕，加之他們的表述又是那樣的自然、純樸，使他們的作品充滿了靈性與活力，與此同時，不同文化之間的選擇、碰撞、融會與磨合，創造出了出神入化、爐火純青的童話般的美好世界，雖然這種理想中的世界也許是烏托邦式的，但至少在文本中為我們建構了一片祥和寧靜、充滿生機的理想家園，這或許能夠給處於迷醉中的「文化人」提供新的思路，這也正是艾蕪與紅柯的文學創作對於當下文學與文化的啟示。

〔註31〕李繼凱：《從文化策略視角看「大現代中國文學」》，《文藝爭鳴》2019 年第 4 期，第 52 頁。